*« Quegli ideali si erano dissolti.*
*Non ci credeva più*
*e per quello sentiva un vuoto insopportabile. »*

*« Ces idéaux n'existaient plus.*
*Lui n'y croyait plus,*
*il ressentait un vide insupportable. »*

Ce n'est qu'un début,
commissaire soneri

Ouvrage publié sous le titre original de
*È SOLO L'INIZIO, COMMISSARIO SONERI*


www.agullo-editions.com

Conception de la couverture : Cyril Favory
Image de couverture : Manarola – Cinque terre par Daniel Sanabria Valdes

Valerio Varesi

# Ce n'est qu'un début, commissaire Soneri

Traduit de l'italien par
Florence Rigollet

Agullo

*À mes lecteurs,*
*mon patrimoine le plus précieux.*
*Et aux amis qui ne sont plus :*
*Felice, Raffaele et Ubaldo.*

## CHAPITRE 1

Les dépressifs aiment le spectacle de la pluie. Le commissaire Soneri ne savait plus où il l'avait lu et fut rassuré de constater que lui ne l'était pas du tout. D'une sale humeur, peut-être, mais dépressif, certainement pas. Toute cette pluie s'agitant dans un vent capricieux, les rues réduites à des torrents, les façades sombres et trempées, les chauffeurs impuissants dans les embouteillages se défoulant à coups de klaxon l'avaient tellement foutu en rogne qu'il avait décidé de prendre des dispositions. Tout d'abord, éviter les réunions du questeur, ensuite, et de manière générale, rester à distance. Enfin, se trouver un peu de distraction.

La radio de la salle de commandement saisissait l'hystérie d'une ville encline à se complaire dans l'insouciance et désormais en proie à une effervescence malsaine : le marché inondé de la Ghiaia, l'eau pénétrant dans les commerces à presque un mètre de hauteur, l'asphalte défoncé qui découvrait un terreau épais et jaunâtre, les caves transformées en rizières où s'agitaient des locataires dans l'espoir d'un improbable assainissement, les pompiers démarrant toutes sirènes hurlantes afin de se frayer un passage au milieu du trafic. Et puis les deux torrents, la Parma et la Baganza, qui rasaient l'œil des ponts de leur courant bourbeux en tentant d'aller se jeter dans le Pô – lequel, plusieurs kilomètres en aval, déjà contenu par les digues, refusait le débordement tout comme la marée haute adriatique repousserait le sien. Tous avaient l'impression d'habiter dans un puits dont le fatal destin serait la submersion.

Frappé par cette vision, Soneri contempla le ciel d'opale par la fenêtre où de sombres nuées avançaient dans le vent telles des crinières ébouriffées suspendues au-dessus des toits.

— Quel temps, hein ? entendit-il dire derrière lui.

Il se tourna et se trouva nez à nez avec Juvara.

— Oui, glissa-t-il en essayant de ne pas montrer son agacement face à cette irruption.

Il savait qu'il était insupportable, mais était-ce de sa faute si, dans ces moments-là, les mots lui paraissaient banals et inintéressants ? *Le jour où les gens se tairont parce qu'ils n'ont rien à dire, le monde plongera dans le silence*, songea-t-il.

— Il y a un mort près de la gare, reprit l'inspecteur. Apparemment, c'est un suicide, mais ce serait mieux d'aller y jeter un œil…, ajouta-t-il en laissant sa phrase en suspens par crainte de la réaction du commissaire.

Soneri ne répondit pas. Sans prévenir, sous le regard surpris et soulagé de Juvara, il prit manteau et parapluie et s'engagea vers la sortie.

— Où ça, près de la gare ? s'enquit-il juste avant de franchir le seuil.

— Vous voyez l'ancien hôtel *Milano* ? Du côté du ponte Bottego ?

— Il est en travaux.

— Exact, confirma Juvara. Il s'est pendu là-dedans. Apparemment, il est rentré sur le chantier en sectionnant des grilles. Ou bien c'était déjà ouvert à cause des toxicos qui vont là-bas pour se shooter.

Soneri fit seulement un signe et disparut dans le couloir. Il sentait qu'il retrouvait de l'énergie malgré le spectacle morbide qui l'attendait. Après tout, l'enquête l'arracherait à la banalité du quotidien. *Le tragique n'est jamais banal, il renferme toujours un fond de vérité*, songea-t-il à nouveau. Au moins, c'était l'un des aspects positifs du métier : être au contact de la vie, même si elle fait souvent horreur. Il traversa le centre dans la lumière plombée de la bourrasque, accompagné par l'incessant ruissellement des gouttières, et chemina jusqu'à ce qu'il surplombe la berge sur le ponte Bottego. La Parma était *voladora*, comme disaient les vieux en dialecte quand l'eau sortait de son lit et dévalait en effleurant les murs épais des maisons de l'Oltretorrente. Ici aussi, elle s'élançait à quelques mètres du parapet et donnait l'impression d'emporter tout sur son passage. Il dépassa le pont et s'enfonça dans le chantier boueux, puis distingua un sous-sol sombre à l'arrière-plan. À peine à l'intérieur, les yeux toujours emplis d'images de mouvements tumultueux, Soneri découvrit le cadavre immobile du pendu.

— Il est déjà raide, le prévint l'un des deux agents qui tenait une grosse torche.

Le commissaire tenta de digérer la brusque transition qui l'avait fait passer de l'élan vital du torrent à la sobriété obscène d'un cadavre fixé à une poutre comme un jambon.

— Depuis quand ? questionna-t-il en indiquant le suicidé.

— D'après le légiste, au moins douze heures, répondit le policier.

L'homme s'était pendu avec une ceinture et avait dû mourir d'asphyxie, car sa chute avait été de faible hauteur et le cou n'était pas brisé. On le comprenait aussi au pantalon baigné d'urine.

— En s'étranglant, tout se relâche, corrobora l'agent.

— Tu crois qu'on pense à l'étiquette dans un moment pareil ? commenta Soneri d'un ton amer cependant qu'arrivait le *dottor* Coriani, le magistrat de garde.

Le commissaire le salua et se plia aux opérations d'usage. Puis, en regardant une nouvelle fois le mort, il s'aperçut avec angoisse qu'il exerçait sur lui une fascination désagréable. Ce n'était pas la première fois que la part de mystère que se trimballent les morts lui faisait cet effet, mais pas avec autant d'intensité. Était-ce à cause de son aspect insolite ? Il n'avait jamais vu de suicidé aussi bien habillé. Veste, pantalon, chaussures… Le tout, de marque. Et puis sa mort semblait le fruit d'une impeccable mise en scène de plateau de cinéma. Il y manquait cette négligence qui va toujours de pair avec le désespoir et rend crédible ce genre d'adieu. Le malheureux avait à ses côtés une valise Vuitton sur laquelle il avait pris soin de replier son manteau, et devant lui, inclinée de façon à ce qu'il puisse la voir avant de mourir, une icône de la Vierge éclairée par un cierge réduit dorénavant à un grumeau de cire.

— Vous l'avez identifié ? s'informa Soneri auprès du même agent.

— Il n'a pas ses papiers, l'instruisit ce dernier. Rien dans les poches, à part la clé de sa voiture, une Renault.

— Et dans la valise ? insista le commissaire.

— À première vue, rien d'important, les collègues de la Scientifique s'en occupent.

— On est sûr qu'il s'est donné la mort ?

— Quasiment. Pas de signes de violence, ni de corps-à-corps, et les seules empreintes fraîches relevées sur la poussière sont les empreintes du mort.

— La Scientifique est déjà passée ? s'étonna le commissaire.

— Ils sont partis il y a une demi-heure, précisa l'agent.

Peu après, Soneri affronta à nouveau la boue du chantier et le fracas de la pluie sur les tôles de l'échafaudage. En dépit du vacarme, il appela Nanetti à son bureau :

— Depuis quand tu interviens sans me prévenir ? attaqua-t-il.

— Calme-toi, commissaire, professa l'autre posément, et rengaine tes compliments, le type s'est vraiment suicidé. J'en mets mes couilles à couper.

— Tu ne devrais pas, on ne sait jamais, le tança Soneri.

— Je ne prends aucun risque, avec tous ceux que j'ai vus…

— Tu devrais cultiver le doute, collègue, je trouve la scène un rien factice…

— Sur la ceinture, on n'a relevé que ses empreintes, répliqua Nanetti.

— Ça ne veut rien dire, s'obstina le commissaire, toujours prudent.

— On a trouvé une ouverture toute fraîche sur le grillage alors que tout avait été refermé il y a un mois pour se débarrasser des toxicos. Et des tricoises toutes neuves sur un tas de briques, avec le nom du quincaillier. Les agents l'ont déjà interrogé, et sa description du client coïncide avec le cadavre. Tu as besoin d'autres confirmations ? acheva Nanetti.

— Un acharné... Qui ne voulait pas laisser de traces, pas de papiers, pas d'argent, rien... songea Soneri à voix haute. Il l'a payé comment, le quincaillier ? Il ne lui reste même pas de monnaie...

Nanetti soupira.

— Qu'est-ce que tu veux que j'en sache ! Il a sans doute tout fait pour disparaître de la circulation. Les suicidés sont beaucoup plus clairvoyants qu'on le croit.

Le commissaire évalua en un laps la dernière phrase de son collègue : exact, c'était assez fréquent. Et raccrocha dans la foulée : la question ne le concernait plus. Ainsi, en retournant à la PJ, il était libre de disposer de son temps à loisir, exactement comme cette averse qui se perdait dans le ciel agité, déchaînée et désordonnée.

Quand il franchit l'entrée de la Questure borgo della Posta, il avisa une dépanneuse en manœuvre dans la cour. Il crut d'abord à la mise sous séquestre d'une énième auto, mais reconnut ensuite un objet familier suspendu au crochet de la grue : une Vespa Primavera 125. Au surplus, de ce bleu pâle si caractéristique qu'il faisait presque office de couleur officielle. Ce fut comme de retrouver un vieil ami après des décennies, d'en reconnaître la physionomie : la boîte à quatre vitesses sur le guidon, la pédale du frein arrière à l'abri de la coque, le ventilateur de refroidissement derrière la grille que les plus roublards retiraient pour exhiber le moteur comme on exhibe ses muscles. Et puis les aventures sur ce scooter pour ceux qui, à l'époque, avaient vingt ans et une envie féroce de franchir les colonnes d'Hercule en migrant loin du nid.

Il voulut chasser les souvenirs, mais l'image du jeune homme qu'il fut se souda cruellement à l'image du pendu comme dans un fondu enchaîné.

— Vous l'avez trouvée où ? demanda-t-il aux deux agents de police qui escortaient la dépanneuse.

— Au campement rom de San Pancrazio, répondit le chef de bord. On en a chopé deux, hier soir, en train de braquer le concessionnaire de la via Emilia, alors ce matin, on a voulu regarder de plus près. Des spécialistes du cuivre, on dirait, conclut l'homme d'un ton sarcastique.

— Va savoir à qui elle appartient…, murmura Soneri en regardant la selle déchiquetée et recouverte d'une épaisse couche de poussière.

— On lit encore le numéro de châssis, fit savoir l'agent. Y aura peut-être un vieux dépôt de plainte…

— Vieux, oui, opina le commissaire, la voix brisée par l'émotion. Tenez-moi au courant, ordonna-t-il ensuite tandis que les deux policiers le fixaient d'un regard perplexe en se demandant pourquoi un commissaire s'intéressait à un scooter tout juste bon pour des rassemblements de collectionneurs.

Quand Soneri revint à son bureau et que Juvara voulut en savoir davantage, il hésita à lui répondre. Que dire ? Le suicide ne le concernait pas, et la Vespa non plus. En résumé, il n'avait rien conclu, mais une ribambelle d'hypothèses avait fleuri dans son esprit.

— Il va falloir identifier ce cadavre, dit-il enfin. Ça risque d'être compliqué.

— Ça l'est, *dottore*, s'empressa de répondre Juvara. J'ai fait tourner le cliché de la Scientifique, mais pour l'instant, personne n'a réagi. Et je n'ai personne qui lui ressemble dans la liste des disparus.

— Quand la presse balancera l'info, quelqu'un finira bien par se manifester, présuma Soneri. Il y a aussi cette clé… de la Renault. Elle doit bien avoir un numéro de série, non ?

Le mort continuait de l'intriguer et rendait le commissaire de plus en plus frustré de ne pouvoir s'en occuper. À cet instant, son portable sonna.

— On a regardé dans la valise, commença Nanetti, mais on n'a rien trouvé.

— Vide ?

— Tu veux que je te fasse l'inventaire ? Alors : deux slips Coveri, un pull Navigare, une cravate Marinella, deux pantalons de chez Armani, une chemise Polo Ralph Lauren. Je continue ?

— Apparemment friqué, marmonna le commissaire. Si tu décidais d'en finir, tu te fringuerais aussi bien ?

— Si tu vas par là, j'en connais qui se mettent sur leur trente-et-un pour aller acheter du jambon, dit Nanetti.

Soneri entendit son estomac gargouiller. Le mot « jambon » avait réactivé un fort besoin d'appartenance.

— Ça te dit d'aller déjeuner au *Milord* ? proposa-t-il à son ami en changeant brusquement de sujet.

— Impossible de refuser une telle invitation, accepta Nanetti.

Ils se donnèrent rendez-vous devant le restaurant, toutefois, avant de partir, le commissaire essaya de joindre Angela, mais celle-ci ne répondit pas. Le commissaire s'achemina alors sous cette pluie cinglante qui recouvrait la ville d'un voile vaporeux et brillant et paraissait ne plus vouloir cesser.

Nanetti l'attendait à table en grignotant des *grissini*.

— Impossible d'y résister, se justifia-t-il.

Alceste s'approcha de la table avec la carte en main, mais Soneri ne lui laissa pas le temps de prononcer un mot.

— Avec un temps pareil, les *anolini* au bouillon s'imposent, décréta-t-il tandis que son collègue acquiesça comme s'il s'agissait de la chose la plus évidente du monde. Avec du bonarda.

Là encore, Nanetti n'eut rien à redire.

— Tu as vu ce qu'ils ont déchargé dans la cour ? lui demanda ensuite le commissaire.

— Quoi ?

— Tu te souviens de la Vespa Primavera 125 ?

— Et comment ! J'avais gonflé le moteur, je montais jusqu'à 130.

— Les flics l'ont saisie chez des Roms : je me demande à qui ils l'ont volée.

— À quelqu'un de notre âge : ces Vespas ne datent pas d'hier.

— Nous non plus, sourit Soneri.

— Parle pour toi, le rembarra Nanetti. Les hommes vieillissent mieux que les motos. En ce qui me concerne, mon moteur n'est jamais grippé.

— Tous les étés que j'ai pu passer le cul sur cet engin ! Le nombre de virées à la mer ! Lerici, Tellaro, les Cinque Terre…, se rappela le commissaire en fermant légèrement les yeux.

— Eh oui…, murmura son collègue. Malheureusement, on a tendance à embellir tous nos souvenirs. La mémoire les arrange. À moi, elle m'a gâché la vie.

— Gâché ?

— Et ma jambe ? Comment tu crois qu'elle est dans cet état ? T'as cru que j'étais boiteux de naissance ? s'exclama Nanetti en indiquant machinalement le dessous de la table.

— Tu es tombé de Vespa ?

— On m'a fait tomber. Un mec sortant de chez lui… Moi qui passais… Pas facile de se retrouver comme ça à vingt-deux piges, conclut-il avec amertume.

Ils savourèrent leurs *anolini* après les avoir recouverts d'une épaisse couche de *grana*. Le bouillon chaud les consolait. Ils commandèrent ensuite de la poitrine de veau farcie.

— La seule chose qui se maintienne, c'est ce qu'on a dans l'assiette, nota Soneri. Le reste, c'est terminé. Je crois que c'est pour ça que j'aime bien manger. Mes sensations gustatives sont les seules à ne pas avoir muté, depuis toutes ces années.

— Et le sexe, ricana Nanetti.

— Sauf si tu changes de femme, argua le commissaire. Avec la même, tu es moins inventif.

— Ça doit être parce que je m'en tape rarement que je me sens comme un débutant ! plaisanta le collègue. La faute à la Vespa. Si je n'étais pas bancal… Vu mon état, elles m'évitent comme les flaques.

Soneri ne releva pas. Il eut follement envie de s'allumer un cigare, mais il se contenta de l'engourdissement que l'on ressent après un déjeuner et quelques verres de vin. On entendait la pluie tomber et, au lointain, le clapotement des roues sur l'asphalte mouillé telles des vagues qui se brisent à un rythme régulier. Il devait être déjà 15 heures, car la lumière s'était légèrement assombrie derrière les vitres du restaurant. D'un coup, l'atmosphère extatique qu'offraient les bons repas se brisa : le téléphone sonna et le commissaire dut revenir au moment présent.

— *Dottore*, on vient de nous signaler une attaque au couteau, l'informa Juvara. Via Palestro, du côté du viale Solferino.

— Mort ?

— Je ne sais pas, répondit l'autre, on a reçu un coup de fil… Une femme, assez confuse. Avec cette pluie, les portables ne marchent plus très bien. On a été coupés…

— OK, j'y vais, abrégea Soneri avant de saluer Nanetti, de payer et de s'en aller.

Quelques minutes plus tard, l'inspecteur le rappela et lui apprit, le souffle court :

— *Dottore*… un homicide. Un homme à terre, numéro 4. Il semblerait qu'on se soit acharné sur lui.

Le commissaire accéléra en piétinant les flaques et en glissant sur les feuilles mortes accumulées sur les trottoirs. Arrivé via Palestro, il découvrit une sorte de baldaquin en toile installé par les secouristes volontaires afin de protéger le corps de la pluie battante. Malgré l'abri, du sang ruisselait sur la pente de l'allée de pierre qui, depuis l'entrée de l'immeuble, conduisait à la rue en traversant un petit jardin. Durant tout son trajet, il se diluait et se décolorait, teintant à peine de rose l'eau qui stagnait près du portail.

L'homme était renversé sur le dos dans une pose désarticulée, les bras tournés vers l'intérieur comme des ailes qui auraient eu du mal à se déployer. Son survêtement était trempé et lui moulait le corps d'une maigreur maladive. Il avait une grosse moustache et le crâne dégarni, mais de longs cheveux blancs paraissaient recouvrir sa nuque. En dépit de la pluie, il portait des pantoufles de drap, de celles avec des semelles en caoutchouc rigide. Une des pantoufles avait fini à quelques mètres, vers le portail, et le commissaire se demanda si dans le corps-à-corps la victime avait tenté de retourner chez elle pour échapper à l'assassin. Ce n'est qu'en relevant les yeux sur le petit immeuble à deux étages où l'homme vivait qu'il repéra le parapluie. Le manche en l'air, celui-ci gisait sur la pelouse, la pointe fixée dans la terre molle. À présent, tout était plus clair : l'homme était probablement allé à la rencontre de celui qui avait sonné, puis l'avait attendu sous la petite véranda, mais l'autre avait dû le héler, alors il avait pris son parapluie et s'était avancé comme il était, en vêtements d'intérieur. Quand, peu après, Juvara se préoccupa de connaître les instructions, le commissaire lui répéta ce qu'il venait de reconstituer.

— Vous pensez qu'ils se connaissaient ? en déduisit l'inspecteur.

— Qui sait ? Peut-être, suggéra Soneri.

— C'est déjà un point de départ, une hypothèse d'investigation…

— En tout cas, ce qui est sûr, c'est que cette fois, ce n'est pas un suicide, conclut le commissaire.

## CHAPITRE 2

— Bien, reprenons dans l'ordre, récapitula Soneri. Vous étiez en train de prendre votre douche quand vous avez entendu sonner…

Franca Pezzani, pelotonnée sur le canapé du salon, était confuse et bredouillait. Par la porte vitrée, on apercevait le jardin où Nanetti et son équipe travaillaient sous la pluie. C'était une grande femme maigre au visage solennel dont les traits, par moments, vibraient de peur.

— Oui, j'étais sous la douche… Avec la pluie, j'ai juste entendu l'interphone et Guglielmo qui demandait qui était là…

— Ensuite ?

— Rien, murmura-t-elle au bord des larmes. J'ai cru entendre ses pas dans le couloir, la porte-fenêtre qui s'ouvrait… C'est tout.

— Combien de temps s'est écoulé avant que vous ne vous rendiez compte…?, questionna encore Soneri.

— Je ne sais pas… Le temps qu'il faut pour se doucher et s'habiller… Dix minutes, peut-être un quart d'heure. Je pensais qu'Elmo, excusez-moi, Guglielmo…

Le surnom raviva chez le commissaire un souvenir aussi fort qu'un réflexe conditionné, tout comme la vision de la Vespa quelques heures auparavant. Guglielmo Boselli, dit Elmo, un des leaders du Mouvement Étudiant et du 68 parmesan. Un chef de meute, un type qui enflammait les foules pendant les assemblées, dans les cortèges de tête et lors des affrontements avec les flics, ou les fascistes – qui, à l'époque, étaient considérés comme du pareil au même.

Toutefois, à l'inverse de la Vespa, le commissaire n'avait pas reconnu Elmo, étendu sur la pelouse, trempé et perclus de blessures. Et ce n'étaient pas les coups de couteau qui en étaient la cause : c'était le temps qui avait provoqué les dégâts les plus grands.

— Votre mari était une figure politique à l'époque du Mouvement…, affirma timidement Soneri, redoutant presque de se rafraîchir la mémoire.

— Nous ne sommes pas mariés, précisa-t-elle en insistant sur ce détail. Bien que nous vivions ensemble depuis huit ans, Elmo n'a rien voulu savoir. Oui, c'était une figure, mais moi, je n'en sais pas beaucoup plus : en ce qui me concerne, 1968 est seulement mon année de naissance.

— Il ne faisait plus de politique ?

— Non, depuis longtemps. Il ne se reconnaissait plus dans les partis actuels.

Le commissaire hocha la tête.

— Je comprends…

Il se sentait soudain confus : tout à la fois curieux de parcourir l'époque où Elmo haranguait les étudiants et ces dernières années qui l'avaient vu s'éteindre. Il dut faire un effort pour reprendre le fil :

— Racontez-moi ce qui s'est passé, après.

— Je suis restée sous la douche, je me suis dit qu'on avait sonné pour distribuer de la pub : ils viennent à n'importe quelle heure, poursuivit Franca. Du coup, j'ai pris mon temps. On est samedi, on devait aller à l'Ipercoop…

Soneri fut déçu et repensa à Boselli tel qu'il l'avait connu : à sa vitalité et à ses appels à la lutte. Jamais il ne l'aurait imaginé faire ses courses le samedi en poussant un chariot, et tout ce qui va avec. Il était fatigué d'explorer le passé : il n'offrait que de la douleur.

— Quand je suis sortie de la salle de bains, je ne l'ai pas vu, mais je ne me suis pas inquiétée outre mesure. Je suis allée m'habiller dans la chambre, et c'est seulement après l'avoir cherché dans tout l'appartement que j'ai regardé dehors, dans le jardin…

Le commissaire écoutait la femme, toujours aux prises avec cette superposition de sensations présentes et passées, comme les interférences sonores d'une radio au signal précaire.

— Vous n'avez vu personne s'enfuir ? Une voiture démarrer ? Des gens dans la rue ?

Franca secoua la tête.

— J'ai d'abord vu le parapluie renversé, répondit-elle la voix brisée. Vous allez peut-être trouver ça bizarre, mais j'ai tout de suite compris… Mon intuition de femme, je suppose…

— Et après ?

— Je suis sortie en courant, et dans l'allée, j'ai vu Elmo par terre. Il respirait encore. Ensuite, il a eu une sorte de râle, comme s'il souffrait, un souffle est sorti de sa bouche et il n'a plus bougé, acheva Franca tandis que de grosses larmes coulaient sur ses joues.

— Il avait reçu des menaces ces derniers temps ? reprit Soneri après qu'elle se fut calmée.

— Pas à ma connaissance, renseigna la femme. Il avait coupé net avec tout le monde. Il était déçu, dégoûté, il ne votait même plus.

— Et à son travail ?

— Il était à la retraite… Il vendait juste un peu de vêtements, un des derniers métiers qu'il avait exercé. Des vêtements de marque : quels ennemis pouvait-il avoir ?

Elmo en vendeur de vêtements griffés tenait du paradoxe ou d'une mesure de représailles. Avoir affaire avec la futilité de la mode, lui qui se baladait en parka et qui cachait les marques de ses coupe-vent avec du ruban adhésif noir.

— Il avait définitivement quitté la scène, souligna Franca un rien triomphatrice comme s'il s'agissait de sa propre victoire.

Soneri retint un rictus : c'était celle-là, la véritable mort d'Elmo.

— Le jardin est sous surveillance ? Votre interphone possède une caméra ou quelque chose de ce genre ? s'informa-t-il ensuite en s'adressant également aux agents qui assistaient à l'entretien.

— Oui, il y a une caméra, mais elle ne prend que la véranda, intervint l'un des policiers.

— Mettez les images sous séquestre, ordonna le commissaire.

Puis, en s'adressant de nouveau à la femme :

— C'est vous qui avez prévenu la Questure ?

— Oui, confirma Franca. D'abord le 15, et ensuite la police. Il était couvert de blessures, il perdait du sang.

Soneri n'avait pas d'autres questions. Une espèce de mélancolie le poussait loin de cette résidence où la mort paraissait plus nette, plus absolue. Perdu dans ses pensées, il se leva et heurta par inadvertance les genoux de la femme, qui recula en s'enfonçant dans le canapé.

Les agents de la Scientifique poursuivaient leur travail dans le jardin cependant que la pluie effaçait peu à peu leurs traces et emportait Elmo, ce qu'il avait été, et une époque entière.

Quand le commissaire rejoignit Nanetti dans l'allée, ce dernier dit un mot à ses hommes et lui emboîta le pas.

— Triste fin, hein ? exprima-t-il.

— Pire que ça…, chuchota Soneri. Certains devraient mourir à trente ans pour ne pas voir que tout a été vain, ajouta-t-il.

— Mais arrête ! s'exclama Nanetti. Tu crois qu'il n'en a pas profité ? Tu y renoncerais, toi, à trente années de vie ?

— Je suis né à une autre époque, et je n'avais pas ses certitudes, répondit le commissaire. Je doute trop. Cela dit, le doute a de bons côtés : avoir plusieurs routes devant soi, et ne jamais finir dans un cul-de-sac.

— Arrête de faire le malin, le sermonna son collègue. Je t'ai vu devant le corps de Boselli, tu étais ému.

— J'ai vu ce qui se passe à prendre la vie trop au sérieux.

— Tu préférerais rester à l'arrière ? le titilla Nanetti tandis qu'ils reprenaient la route de la Questure. Zieuter lâchement derrière tes persiennes ? ironisa-t-il.

— Bien sûr que non, dit Soneri en haussant les épaules. Mais je suis obligé de me mettre en retrait pour observer la bataille, sourit-il. Même s'il m'arrive de compatir. Ce n'est pas ça, notre boulot ? Additionner les morts et les blessés dans nos rapports quotidiens ?

Son collègue hocha la tête sans ajouter un mot. Une fois arrivés à la Scientifique, Nanetti prépara son matériel pour examiner les images de la vidéosurveillance. Présent dans la même salle, un technicien taiseux.

— Alors, voyons voir cette attaque, annonça Nanetti, et il fit courir les images en stoppant sur le plan de 13 h 47. Avant, il ne s'est rien passé, à part l'ouverture des volets blindés de la porte-fenêtre, à 8 h 38, précisa-t-il.

L'image était en noir et blanc et n'avait pas de son. On voyait toute la véranda ainsi qu'un bout de jardin d'où partait la petite allée. Au fond, la haie brise-vue qui servait de frontière. À 13 h 47, Elmo, en pantoufles, apparaît sur le seuil. Il ne porte pas de manteau, signe qu'il n'a pas l'intention de sortir longtemps. Lorsqu'il se tourne pour prendre son parapluie dans un coin de la véranda, on distingue son visage. Soneri l'observe attentivement et demande de mettre sur pause. Celui-ci, en partie déformé par l'objectif, est méconnaissable. Ses joues sont creuses, son front proéminent épouse déjà la forme du crâne, et ses lunettes aux verres épais éteignent le peu de vivacité qu'il lui reste dans le regard. Les cheveux blancs et mal coiffés au niveau de la nuque renforcent le sentiment d'un homme vieilli prématurément. Avec un geste d'impatience, Soneri indiqua au technicien de poursuivre, et Nanetti lui lança un signe d'intelligence.

Boselli se déplace aussi lentement qu'un vieux. Il se saisit de son parapluie calmement, puis se met en chemin doucement. Il a l'air tranquille quand il sort du champ de la caméra.

— Il ne donne pas l'impression d'avoir peur, dit Nanetti.

— Il n'a clairement pas l'air d'un type inquiet, approuva le commissaire.

— Ce qui veut dire qu'il ne s'attendait pas à se manger vingt-trois coups de couteau.

— Il connaissait sûrement la personne qui a sonné. Sinon, il n'aurait pas ouvert.

— Pas forcément…

— Il a une caméra et des volets blindés, rappela Soneri. Ça prouve qu'il était vigilant.

— Il avait même un visiophone, reconnut Nanetti. Malheureusement, il n'enregistre pas les images.

— Tu vois ? Il ne s'est pas méfié de la personne qui a sonné, réaffirma le commissaire.

— Je te montre le moment où sa femme est sortie, proposa son collègue en ordonnant au technicien de mettre sur avance rapide.

Les images s'animèrent de secousses indéchiffrables et laissèrent derrière elles le moment où Boselli s'était fait poignarder. Quand la véranda réapparut, il était 14 h 12.

— Il s'est passé plus d'un quart d'heure avant que sa femme ne le découvre, poursuivit Nanetti.

— Le temps pour l'autre de disparaître…, supputa le commissaire.

— Tu crois que c'était un acte prémédité ? Dans ce cas, comment l'assassin a pu choisir le bon moment pour agir ? questionna son collègue.

— Tu as raison. Il ne pouvait pas savoir qui était dans l'appartement, ni l'heure à laquelle la Pezzani prendrait sa douche.

— Alors ?

— Meurtre impulsif.

— Mais particulièrement haineux, observa le collègue.

— Toujours, à coups de couteau. Et si tu en balances vingt-trois, c'est une haine ancienne. Un truc qui s'est accumulé avec le temps, jugea le commissaire.

Tout en parlant, il se sentit rétif à l'idée d'une nouvelle enquête où, pour la énième fois, il serait obligé de traverser le mystère d'un assassinat. Cela faisait pourtant partie de son métier. Il eut du mal à comprendre la raison de cette sorte d'inertie, pourquoi soudain tout lui semblait si laborieux.

Il le comprit plus tard, quand il appela au rapport Juvara et Musumeci afin d'organiser les investigations.

— Ça n'était pas un leader du Mouvement Étudiant ? crut savoir le premier.

Le commissaire acquiesça.

— Probable qu'il y ait derrière de vieilles querelles politiques, avança-t-il.

Et Musumeci d'ajouter :

— À mon avis, va falloir sacrément creuser pour trouver quelque chose.

Cette phrase fit brusquement réaliser à Soneri l'attitude de réserve qu'il avait éprouvée d'instinct devant le cadavre d'Elmo. Elle venait de sa difficulté à fouiller une époque qui le ramenait à son intimité, une époque douloureuse, aussi sensible qu'un abcès qu'on effleure.

— Il s'était retiré de la politique, s'empressa-t-il de préciser, comme s'il cherchait à se protéger.

— Les vieilles embrouilles ne s'arrangent pas avec le temps, affirma Musumeci. J'irai interroger des anciens de la Digos[1].

— Il ne faudrait pas non plus négliger les autres pistes, intervint le commissaire avec fermeté. Femmes, amours, affaires…, clarifia-t-il. Dernièrement, il vendait des fringues de marque. Il a peut-être laissé des dettes. C'est aussi une piste à creuser. Quand il y a de l'argent quelque part, ça sent toujours le pourri.

1 Direction des opérations spéciales de police. *(Toutes les notes sont de la traductrice.)*

Juvara opina tout en prenant des notes. Quant à Musumeci, il avait pris de l'avance.

— J'ai entendu des habitants de sa résidence, et d'autres du voisinage environnant, expliqua-t-il, je leur ai demandé s'ils avaient vu quelqu'un via Palestro avant 13 h 40.

— Fructueux ? demanda Soneri plutôt sceptique.

— Non, répondit l'inspecteur. Tous les immeubles ont des jardins, les arbres empêchent de voir ce qui se passe dans la rue.

— Même s'ils n'empêchaient rien…, grommela le commissaire.

Musumeci le regarda d'un air étonné et interrogateur.

— Quartier de riches, précisa Soneri. Chacun s'occupe de ses affaires.

L'inspecteur ne répliqua pas. Personne à la Questure ne connaissait mieux Parme que le commissaire. Une connaissance anthropologique. Il lui suffisait d'entrevoir une tête derrière le pare-brise d'une grosse cylindrée pour y reconnaître les attributs des enrichis : la face encore terreuse, les stigmates de la faim à peine chassés par deux générations. Des gens élevés dans l'égoïsme, l'indifférence et le cynisme, voie royale pour gagner de l'argent.

— On n'apprendra rien des nantis du quartier, abrégea-t-il quelques instants plus tard en pensant à Franca et à son beau visage.

Elle aussi devait être riche, mais depuis plus longtemps. La terre avait eu le temps de se détacher de sa peau. Cette femme éveillait sa curiosité et lui offrait d'autres chemins pour affronter l'enquête : des pistes secondaires qui effleureraient la vie d'Elmo, mais également la sienne.

Juvara et Musumeci donnaient l'air d'attendre un congé tandis que, rapidement, fanait l'après-midi.

— On fait comme ça, acheva Soneri en se levant.

Il avait à l'esprit une grande confusion et s'en remit à son instinct afin de s'en débarrasser.

— Du nouveau sur le pendu ? questionna-t-il alors, passant du coq à l'âne.

— Rien du tout, répondit Juvara. Apparemment, le proc a décidé de rendre l'info publique pour voir si des gens se manifestent. Il voulait aussi publier sa photo, mais les rédactions ont refusé : on ne voit qu'une tête gonflée.

— Tant mieux, apprécia le commissaire. Lui qui se plaint sans arrêt des « monstres balancés en première page » !

Lorsque Soneri débutait une nouvelle enquête, il avait toujours l'impression d'être une vis qui tourne à vide. Il demanda à Nanetti si les résultats des prélèvements étaient déjà disponibles et ordonna qu'un équipage aille planquer via Palestro. Mais aussitôt après, il éprouva le besoin d'y aller lui-même et il vida les lieux. La pluie battante s'était transformée en eau fine qui tombait timidement sur le bitume. Sur le trottoir, à la vue d'un énorme enchevêtrement de voitures étincelantes qui s'acharnaient à s'imbriquer les unes dans les autres, il se sentit agréablement libre. Soudain, son téléphone sonna, et Angela se présenta.

— Tu as pris un coup de froid ? s'inquiéta-t-il en entendant sa voix cassée.

— Je viens de parler pendant deux heures, expliqua-t-elle avec lassitude. J'avais une audience, c'était au tour de la défense.

— On a tué Elmo, tu t'en souviens ?

— Bien sûr ! Tué comment ?

— À coups de couteau, vingt-trois pour être exact.

— Je me demandais ce qu'il était devenu ces derniers temps.

— Maintenant, tu le sais.

— Et ça s'est passé quand ?

— En début d'après-midi.

— Où ?

— Via Palestro. Il habitait là-bas avec sa compagne : une certaine Franca Pezzani.

— Je la connais. Elle faisait lettres classiques, comme moi, sauf que j'étais à Romagnosi, et elle, à Maria Luigia, tu vois la différence ?

— Les deux lycées de la Parme qui compte, coupa court Soneri.

— Pour Maria-Luigia, d'accord, admit Angela. Mais pas pour Romagnosi : le lycée est public et tout le monde peut y aller.

— Faut le dire vite, bougonna le commissaire. Quel genre, la Pezzani ?

— Pas besoin de bosser, résuma-t-elle. Fille unique issue d'une famille d'anciens chefs d'entreprise blasonnés qui ont tout vendu pour investir dans des dizaines d'appartements : agents immobiliers.

— On appelle ça rente de situation, scanda Soneri.

— Tout juste. Mais pas au point d'être des requins, et ce sont des gens cultivés. Père avocat, propriétaire d'une galerie d'art, avec des peintres pour amis, le cœur à gauche.

— Ça ne garantit rien, mais c'est bon signe, commenta le commissaire. Elmo a toujours eu un certain flair pour les tables déjà dressées.

— Si on va par là, lui non plus ne manquait de rien, fit noter Angela.

— Son père était autoritaire et le considérait comme un dégénéré…, lui apprit-il. Un fasciste pur et dur.

— Ça fait tellement longtemps, tout ça…

— Trop, soupira Soneri d'une voix dolente. Tu sais que je ne l'ai pas reconnu ?

— Tu ne veux pas qu'on se retrouve chez toi ? proposa Angela pour empêcher son homme de sombrer dans la nostalgie. On se prépare à dîner, et on laisse Elmo sur le seuil ?

Le commissaire eut un sourire de tristesse ironique.

— Tu sais bien que ce n'est pas possible, son histoire nous concerne aussi. Elle nous concerne tous parce que nous sommes tous faits de rien.

— Justement. Autant saisir la balle au bond, décréta Angela. La vie est courte, et moi, je n'ai pas envie de la passer à pleurnicher.

Soneri l'entendit raccrocher et resta immobile pendant plusieurs secondes, son portable à la main. Il repensait aux années du Mouvement, au boucan des cortèges, aux manifestations et aux meetings, aux amours et aux coups. C'est alors que la vieille Vespa débarquée dans l'après-midi lui revint à l'esprit. Il contacta Pasquariello, le commandant du 17.

— Tu as du nouveau sur la Vespa saisie à San Pancrazio ?

Sa requête ne surprit nullement son collègue.

— Après ce qui s'est passé, j'étais sûr que tu allais m'appeler… D'habitude, tu n'en as rien à foutre de ce genre de truc. (Et avant que Soneri ne réponde, l'autre poursuivit :) Ils avaient remplacé la plaque, mais grâce au numéro de châssis, on a retrouvé le propriétaire. Au début, on s'est dit qu'il avait sûrement zappé ce vieux tas de ferraille, rapporta-t-il. En fait, maintenant, on en est sûrs.

— Tu veux dire…

— Absolument, confirma le commandant. La Vespa est au nom de Guglielmo Boselli. On a aussi déterré une déclaration de vol vieille de trente-quatre ans, déposée par le père. Pourquoi c'est lui qui a déclaré le vol alors que le scooter appartenait au fils...

— Vu les relations de l'époque entre les étudiants et la police…, supposa Soneri.

— Étrange coïncidence, non ? reprit Pasquariello. On retrouve cette Vespa le jour où son propriétaire se fait assassiner.

Le commissaire acquiesça en hochant la tête et raccrocha sans prendre congé : il leur serait impossible de laisser Elmo sur le seuil.

## CHAPITRE 3

L'homme de la situation s'appelait Borriani. « Le vieux », comme on disait à la Questure lorsque l'on évoquait le temps où la Digos se nommait encore le Bureau politique. Soneri n'était guère enthousiaste à l'idée de rendre visite à ce collègue désormais retraité et d'entendre ses sempiternelles tirades contre la gauche, le désordre social et l'anarchie régnante, même si, au fond, en Italie, les fascistes n'étaient pas les seuls à jouer les fanfarons en matière d'autoritarisme.

— Tu vas être obligé de fourrer ton nez dans les affaires de ta famille, attaqua immédiatement Borriani.

— À la différence de la tienne qui ne s'est jamais précipitée pour ouvrir des enquêtes, riposta Soneri d'un ton acide. Tu devrais aussi te souvenir que je suis orphelin.

— Toi, orphelin ? Arrête !

— Tu as passé ta vie à cataloguer les gens, je comprends que tu aies du mal à croire que certains soient sans étiquette, sourit Soneri.

— Tu n'es pas sans étiquette : tu es à moitié communiste. Et tu le serais à cent pour cent si le mur de Berlin n'était pas tombé, persifla le collègue.

— Et toi, tu es resté fasciste même si Mussolini est resté le cul par terre ?

— Au moins, Mussolini a fait de bonnes choses. Alors que vous…

— Il ne manquerait plus que ça, qu'il n'ait rien fait de bon en vingt ans : des ponts solides, des écoles…, renvoya Soneri. Tu sais ce qu'il y a de plus fasciste en toi ? De traiter de communistes tous ceux qui ne te donnent pas raison.

Borriani fit signe de laisser tomber, preuve qu'il était en train de s'échauffer. Dans ces cas-là, il s'enfermait dans le silence et campait sur ses positions.

— Qu'est-ce que tu veux de moi ? Vous venez seulement quand vous en avez besoin, dit-il d'une voix rauque en jouant sur les sentiments.

— Boselli s'est fait poignarder.

Le vieux parut surpris.

— Tu penses que le mobile est politique ?

— Qui sait ? répondit le commissaire. Je suis venu ici pour comprendre. Je ne sais pas… De vieilles embrouilles…

— Bah ! grommela Borriani. J'ai toujours trouvé qu'il manquait de couilles, trancha-t-il. Pas le seul, hein ! Pour la plupart, fils à papa. Pas habitués à se battre quand ils étaient gamins. Aux premiers coups de matraque, ils se chiaient dessus, résuma-t-il avec un sourire menaçant.

— Et tu n'y allais pas de main morte… Tu as toujours aimé ça, la matraque…, le provoqua Soneri.

— Ce n'est pas moi qui matraquais, grogna l'autre. Ceux de la Celere[2] s'en chargeaient.

— Pratique pour laver sa conscience, glissa le commissaire.

2 Équivalent des CRS.

— Je ne lave rien du tout ! C'étaient des excités, faut voir comment ils nous ont caillassés ! Cela dit, pas Boselli. Lui, il finissait toujours par négocier : pas stupide, le garçon, raconta Borriani.

— C'est-à-dire ?

— Il n'avait rien d'un dur et avant de s'en prendre une, il y réfléchissait. Quand il pigeait que les choses tourneraient mal… Disons qu'il était doué pour l'armistice, railla l'autre. Pas vraiment bolcheviks, tous ces chouchous à leur maman.

— Tu admires les gardes rouges, maintenant ?

— Je respecte ceux qui ont de la discipline et du courage. Boselli, il rentrait à la niche avec une paire de claques.

— Tu es toujours un putain de militariste, Borriani. C'étaient seulement des jeunes, et vous étiez armés comme à la guerre. Tu voulais qu'ils fassent quoi ?

Le vieux fit de nouveau signe de laisser tomber en haussant les épaules.

— Boselli avait des ennemis ? demanda alors Soneri.

— Ils se foutaient dessus en permanence, balança Borriani. Une spécialité des gauchistes. Y a que le parti communiste qui a su maintenir son unité. Parce que les dirigeants savaient manier le fouet. Dans tous les camps, il faut de la discipline.

— Je te répète que je ne suis pas encarté. Et je n'aime pas les fouets, s'irrita le commissaire. Parle-moi plutôt de Boselli.

— Des ennemis, dans son camp, il en avait, révéla Borriani, mais je ne suis pas sûr que les dissensions aient été politiques.

— Quoi d'autre, alors ?

— Des femmes, non ? Niveau bagout, c'était le meilleur. Il avait du charisme, et dans les assemblées, les filles occupaient le premier rang. Lui, il goûtait à toutes les tartes, si tu vois ce que je veux dire…

Le commissaire le fixa avec indifférence.

— À vingt ans, c'est normal, minimisa-t-il. On a tendance à l'oublier…

— Les voilà, les flics d'aujourd'hui ! maugréa Borriani. Des présomptueux. Vous croyez tout comprendre, et vous ne pigez que dalle. Moi, si on me piquait ma fiancée, je m'en souviendrais, affirma-t-il en élevant la voix.

Ils se turent quelques secondes.

— Admettons que ce soit le cas, reprit patiemment Soneri, je pense qu'il y a quand même autre chose.

— Tu sais très bien qu'il n'y a jamais qu'une seule raison…

— Justement. C'est pour ça que je voudrais savoir s'il n'y aurait pas un vieux mobile derrière cet homicide. Tu vois, je suis tellement présomptueux que je bats toutes les pistes…

— Ses plus gros ennemis venaient du camp d'en face, marmonna Borriani.

— Des fascistes ? C'est ça ?

— Ça te plaît de le prononcer, ce mot, hein ? martela l'ancien flic d'une voix rancuneuse. Le nombre de fois où on me l'a balancé comme une insulte pour me faire taire.

Le commissaire préféra éluder :

— Avec qui, les conflits ?

— Le Front de la Jeunesse. Scaglioni, Bini, les chefs de l'époque.

— Ils vivent encore à Parme ?

— Oui, je crois. Eux aussi ont vieilli…, dit Borriani avec mélancolie. Ce n'est pas seulement mon âge qui me rend nostalgique : je trouve qu'il y avait plus de vitalité qu'aujourd'hui.

— Tu devrais être content, la droite est en train de revenir…

L'autre haussa les épaules.

— Et j'en fais quoi, maintenant ?

Soneri entrevit à nouveau le piège de la mélancolie et chassa cette menace en se levant d'un bond comme s'il évitait une flaque.

Il salua Borriani d'un geste et se rendit via Palestro en traversant la ville trempée qui sentait les feuilles mortes.

Le portail du jardin était ouvert, et là où l'on avait trouvé le corps de Boselli, brûlaient des cierges protégés par une marquise improvisée de parapluies. Tout autour, des bouquets de fleurs. Le commissaire s'approcha et, à la lueur des petites flammes ondoyantes, se mit à déchiffrer les visages vieillis des anciens combattants de ce printemps fané. Barbes blanches, dos voûtés et bedaines d'employés de bureau se détachaient dans la lumière ambrée qui jouait avec les ombres des silhouettes immobiles frôlées par des spectres dansants.

Dans le noir, à l'écart, Soneri sentit une main le caresser. Il reconnut ce contact familier qui l'empêcha de se noyer dans la tristesse.

— Angela, qu'est-ce que tu fais ici ? chuchota-t-il.

— Je savais que tu viendrais…

Un des hommes qui veillait autour des cierges se tourna lentement et les fixa d'un œil sévère, comme à l'église. Puis arriva une vieille avec un bouquet de fleurs, et dès qu'elle fut plus proche, tous s'aperçurent qu'il s'agissait d'une religieuse. Son corps menu disparaissait sous son habit, et sa mine était affligée. Après avoir déposé son bouquet sur la pelouse, elle prit un minuscule rosaire et commença de prier à mi-voix. Le commissaire s'écarta d'Angela et parcourut l'allée afin de dépasser le groupe. Quand il se tourna, il les avait quasi de face, disposés en demi-cercle sous les parapluies. Il essaya de distinguer les traits de ces visages rougis par les flammes des bougies. Le plus gros, qui était au centre, devait être Gabriele Castellazzi, dit Lalo. À côté de lui, un petit homme plutôt gracile, quasiment chauve, avec de rares cheveux rassemblés en queue-de-cheval. Soneri tenta de faire le point dans la lumière précaire, puis reconnut son regard encore vif et mobile : Paolo Gotti, Gabo, pour les intimes. Parmi eux, une femme plutôt mal en point qu'il n'identifia pas ainsi qu'un grand type aux allures de banquier qui restait un peu en retrait et donnait l'air de s'enfoncer petit à petit dans la terre molle.

Au bout d'un moment, Lalo et Gabo se lancèrent un petit signe et s'agacèrent de la présence de Soneri. On devinait dans leurs coups d'œil la défiance ancestrale vis-à-vis de la police, et le commissaire songea qu'elle était l'unique résidu de ces années d'affrontements. Puis les deux s'engagèrent vers le portail. Soneri les suivit, et dès qu'ils furent sur le trottoir, les arrêta, tout en se présentant. Après qu'ils l'eurent scruté quelques instants, Castellazzi parla d'un ton expéditif :

— Vous voulez savoir quoi ?

— Tout ce qui pourrait me servir à comprendre, répondit simplement le commissaire. Vous vous expliquez ce qui s'est passé ?

— On ne s'explique rien du tout, répondit Gotti.

— Comptes à régler ? Fascistes ? Rivalités ? insista Soneri machinalement en remâchant les mêmes hypothèses.

Les deux eurent un rire forcé :

— Aujourd'hui ? Tout le monde a réglé ses comptes, commissaire, intervint Castellazzi. Il y a prescription. Pour nous aussi.

— On ne dirait pas, à en juger par ce qui vient de se passer…

— S'il avait encore des affaires à régler, elles ne concernaient pas son passé politique, reprit Gotti. Son dernier bout de route, Elmo l'a fait tout seul. On ne se fréquentait plus aussi souvent qu'avant, on était trop prisonniers de nos souvenirs. Vous avez vu combien on est, ce soir ?

— La nouvelle n'a pas forcément circulé, avança Soneri.

— Dans une ville aussi petite ? Même si elle avait circulé, murmura Castellazzi, où sont passées les foules qui l'applaudissaient ?

Le commissaire ébaucha un geste comme pour dire qu'on n'y pouvait rien.

— Oui, on n'y peut rien, acheva Castellazzi en reproduisant le même geste.

— Vous connaissiez sa situation, ces derniers temps ? insista Soneri.

— Oui et non, répondit Gotti. Il avait l'air tranquille, avec cette femme, il avait l'air d'avoir trouvé la paix, poursuivit-il en faisant allusion à la Pezzani avec une pointe de mépris. Plutôt heureux, mais pas comme autrefois.

— Le bonheur aussi, avec les années…, commenta le commissaire.

— Il avait une tête d'abruti, marmonna Gotti, comme s'il ruminait à haute voix. Est-ce que c'est lié au fait qu'elle soit plus jeune que lui ?... En somme, c'est différent. À l'époque, Elmo avait la joie du feu qui crépite, ces derniers temps, c'était plutôt le mec béat qui vient de fumer un joint.

— Il a dû en fumer pas mal..., glissa le commissaire.

— En Inde, oui, quelques-uns...

— En Inde ?

— Comme tout le monde, rappela Castellazzi. À cette époque, on allait tous se défoncer en Orient. Elmo y est resté trois ans, mais ce qu'il a fait, personne ne le sait.

— Vous savez quand il est parti ?

— Au début des années 70. On était tous déçus par la tournure qu'avait pris la politique. C'est là qu'on a compris que tout avait été inutile, expliqua l'homme. Les rangs ont commencé à se rompre, chacun a tenté de sauver ses rêves comme il a pu.

Ils gardèrent un moment le silence en écoutant tomber les gouttelettes sur leurs parapluies. De tout petits crépitements aussi légers que des pattes de souris.

— Récemment, quand on se croisait, recommença Gotti à voix basse, il avait la même expression qu'à son retour d'Inde. Stone.

— La pire des morts, résuma Castellazzi d'un ton amer. Tant mieux pour lui si ça l'a consolé. À son âge, c'est déjà pas mal. Mais Elmo ne tenait pas en place, c'était quelqu'un qui aimait bien changer. On a trouvé bizarre qu'il se soit rangé. Cela dit, je comprends qu'à un moment tu préfères tirer un trait avant que le temps ne le tire pour toi.

Soneri étudia les deux hommes dans la semi-obscurité et, sous la pluie de cette fin d'automne maussade en parfaite harmonie avec ce qu'ils disaient, sentit monter l'angoisse. Il tenta de la réfréner en posant de nouvelles questions et en jouant son rôle comme s'il était en représentation, et que le monde, le monde réel, était partout sauf là.

— Et quand il est rentré en Italie, il a repris la politique ?

— Personne n'a arrêté d'en faire, répondit Gotti. Quand vous avez la politique dans le sang… On a cherché un camp, sans trop savoir lequel : certains au PCI, d'autres à Lotta Continua, ou chez les maoïstes, d'autres dans des groupes comme Potere Operaio. On s'est éparpillés.

— D'autres ont flirté avec la lutte armée, ajouta Castellazzi. Et d'autres ont fini dedans.

— Et lui ? les pressa Soneri.

— On avait avant tout besoin d'espoir, et on croyait ceux qui nous le laissaient entrevoir, confessa Gotti sans répondre. On a même un de nos camarades qui est entré dans les ordres, est-ce qu'il a encore de l'espoir ? L'espoir, tout le monde en veut, parce que aujourd'hui il n'a jamais autant manqué.

— Qui est entré dans les ordres ? s'étonna Soneri.

— Torri, l'informa Castellazzi. Un blasphémateur sans pitié, bouffeur de curés… Il faut avoir connu la haine pour s'affranchir et affronter la vie en prenant soin de l'essentiel. En tout cas, c'est comme ça que Torri a trouvé sa voie.

— J'ai vu une religieuse, tout à l'heure, fit noter Soneri.

— Elle, elle n'a rien à voir, vous avez vu son âge ? répliqua Castellazzi. C'est une bonne sœur du Sacré-Cœur qui le suivait ces derniers temps, Elmo était en confiance avec elle. Est-ce qu'il était devenu croyant ou qu'elle voulait le convertir ? Je ne sais pas... On n'a jamais parlé de ça avec lui, personnellement, ça ne m'intéressait pas tellement.

— Ou peut-être qu'il avait choisi de vivre en faisant une croix sur son passé, comme pas mal d'entre vous, risqua Soneri.

— La majorité, grinça Gotti. Mais nous, on parle de ceux qui y ont cru, pas des opportunistes. À votre avis, ce soir, qui n'est pas là ?

— Si c'est le cas, vous n'êtes vraiment plus nombreux...

— L'Italie est un pays de girouettes. Et de lâches. Ils sont restés avec nous jusqu'à ce qu'ils trouvent quelque chose à gratter. Ensuite, ils se sont casés en flairant l'odeur de l'argent, gronda Castellazzi. Regardez autour de vous : combien jouissent de prébendes à l'université ou dans la presse, combien sont à la solde des patrons ? La majorité. Sans parler de ceux qui ont joué des coudes dans les partis de gauche et qui se permettent aujourd'hui de nous donner des leçons. Allez vous faire foutre ! termina-t-il avec un geste de mépris.

Il était en colère, et tout compte fait, le commissaire songea que la colère valait mieux que la nostalgie. Il se demanda tout de même s'ils ne regrettaient pas d'avoir été tenus éloignés du banquet.

— On en était restés à son retour d'Inde, reprit Soneri en essayant de revenir à son enquête.

— Il n'a pas mis longtemps à redevenir actif, dit Gotti. En fait, il n'avait pas changé, c'était toujours le vieil Elmo. Il était même insupportable, sa colère avait redoublé. Ensuite, il a rencontré sa femme...

— Il a été marié ?

— Oui, avec une bourgeoise. Elmo a toujours plu aux filles de bonne famille. Qui brûlaient de se farcir un transgressif, histoire de respirer et de s'affranchir des conventions. Les mecs comme lui les rendaient folles.

— C'était qui ?

— Une Carattini, le renseigna Gotti. Ceux des conserves de tomates.

— Eh oui, il a toujours su se placer…, releva Soneri. Leur mariage a duré longtemps ?

— Précisément, je ne sais pas, répondit l'autre. Peut-être une dizaine d'années. Ils ont un fils qui va bientôt devenir avocat, tout le contraire de son père.

— Il ne ressemble pas à Elmo ?

— C'est sa mère qui l'a façonné : même caractère. Et même hypocrisie, cingla Castellazzi.

— Alors, comment faisait Boselli ? Je veux dire, pour rester avec elle ? demanda Soneri.

— Vous ne connaissiez pas Elmo, sourit Gotti. Il avait l'art de mener la belle vie avec le minimum d'efforts. Il avait du charme, voilà tout. On a tous nos contradictions. Au moins, intellectuellement, Elmo est resté cohérent, il ne s'est pas vendu comme les autres.

Le commissaire médita sur cette considération et poursuivit ses interrogations :

— Mais après l'Inde, qu'est-ce qu'il a fait ? Il a travaillé quelque part ?

— Partout ! s'exclama Castellazzi. On vous l'a dit, il ne tenait pas en place. Son idée fixe, à un moment, c'était d'être journaliste, alors il a monté des petites revues en dégottant de l'argent ici ou là, mais ça n'a jamais pris. À un moment donné, quand le temps n'était plus à la cohérence idéologique, il a atterri dans une banque, mais il a fini par partir, dégoûté par l'ambiance. Un de nos camarades l'a fait ensuite entrer dans une coopérative agricole de la périphérie, il était enthousiaste, mais le boulot était trop dur, Elmo n'était pas habitué. Au bout du compte, il s'est mis à vendre des vêtements. La vente, il avait ça dans le sang : il savait convaincre, et puis, le fait d'être toujours en vadrouille, ça lui rappelait les mythes de sa jeunesse, vous voyez ? Kerouac… Il répétait souvent qu'il avait l'âme d'un Tsigane.

Soneri s'était toujours méfié de ceux qui avaient la bougeotte. Il se disait qu'ils voulaient échapper à quelque chose. Ou qu'ils avaient une sérieuse incapacité à se regarder tels qu'ils étaient. On peut toujours choisir de faire bouger les choses autour de soi plutôt que de le faire dans sa tête. Sans compter que, pour Soneri, le meilleur moment du voyage était le plaisir du retour.

— Difficile de se fuir soi-même, résuma-t-il en fixant les deux autres.

— Oui, difficile, murmura Castellazzi. Mais personne n'aurait cru qu'Elmo aurait fini comme ça.

Un coup de vent secoua les arbres et de lourdes gouttes d'eau tambourinèrent sur la toile de leurs parapluies. On eût dit qu'elles signaient la fin de l'entretien.

— Si j'ai besoin de vous, je peux vous trouver quelque part ? interrogea le commissaire.

— Chez *Pàcio*, piazzale Picelli, indiqua Gotti. Un tout petit bar-refuge pour les survivants de l'Oltretorrente. Une réserve indienne, plaisanta-t-il.

Soneri les salua d'un signe et s'éloigna, ivre de mots et d'impressions. Il aperçut Angela dans la lumière du lampadaire où elle était restée pour l'attendre et il fut soulagé d'aller la retrouver.

— Quelle enquête de merde ! jura-t-il.

Elle passa un bras dans son dos :

— Elles le sont toutes, susurra-t-elle. C'est le contact avec la mort qui nous fait mal.

— Laisse tomber..., murmura Soneri en secouant obstinément la tête. Les morts ne sont pas toutes égales. Buter un délinquant, ce n'est pas comme égorger une vieille ou étrangler sa femme. Quoi qu'on en pense, Boselli était un symbole...

— Alors le problème n'est pas tant la mort des autres, mais la part de nous-même qui meurt avec eux, nota Angela. Aujourd'hui, tu t'es rendu compte que le reflet qu'Elmo te renvoyait s'est envolé. C'est ça qui te fait mal.

Soneri sentit qu'Angela avait raison. Alors, il l'étreignit comme s'il voulait retenir à l'infini le reflet qui émanait d'elle. Et plus il sentait ce geste illusoire, plus il avait envie de l'aimer.

— Si on allait terminer la soirée dans un endroit à nous ? proposa-t-il avec un orgueil émouvant.

— Tu crois qu'il en reste ? dit-elle en souriant.

— J'en suis sûr. En tout cas, nous, on va le trouver.

## CHAPITRE 4

— *Dottore*, et c'te Vespa, qu'est-ce qu'on en fait ? demanda le gradé Cardone au moment même où Soneri passait le seuil de la Questure.

Il l'avait oubliée, et la question rouvrit soudain la porte à de désagréables divagations.

— Remisez-la avec les cars de service, expédia-t-il.

Il s'efforça de se concentrer sur son enquête, mais elle aussi le contraignait à un retour dans le passé alors qu'il aurait préféré une fuite en avant. Quand il entra dans son bureau, il essaya de penser à autre chose et s'enquit du pendu :

— Quelqu'un s'est manifesté ?

Juvara écarta les bras.

— Personne.

Sa tentative de s'accrocher au quotidien échoua pour de bon à la vue du journal. La une affichait un portrait récent d'Elmo et des photos du lieu du crime tandis qu'à l'intérieur apparaissaient d'autres clichés en noir et blanc : Elmo lors d'une assemblée étudiante, ou encore en tête de cortège, vêtu de sa parka, les cheveux longs et le visage adolescent. Soneri replia le quotidien avant que le cafard ne lui serre totalement la gorge.

— Ils ne parlent pas du suicide ?

— Si, en page 7, indiqua Juvara en le lorgnant d'un air inquiet. Ils nous éreintent ? dit-il ensuite en faisant allusion aux articles.

— Non, non…, répondit vaguement Soneri. Je me demandais seulement comment quelqu'un pouvait finir de cette façon.

Les deux morts lui semblaient, d'une certaine manière, entrer en relation. Sans explications, le pendu avait cherché à se dissoudre dans le néant quand Boselli y avait sombré peu à peu : ça n'était pas si différent.

— Avec un peu de patience… quelqu'un finira bien par nous dire quelque chose, soupira Juvara.

La pluie avait cessé, mais le ciel demeurait plombé.

— Il faut retourner fouiller le jardin de la via Palestro, décida le commissaire. Hier soir ils n'ont rien trouvé, mais ce matin, il faut réessayer. Où est Musumeci ?

— Il est déjà là-bas, le tranquillisa Juvara. Il a convoqué une dizaine d'agents pour tout passer au crible : jardin, haies, trottoirs. On a aussi fait interrompre le nettoyage des rues et le ramassage des poubelles dans tout le quartier.

— Parfait, approuva Soneri comme son portable sonnait.

— J'ai appris quelque chose qui peut t'intéresser, attaqua Angela.

— En tant qu'avocate ou source confidentielle ?

— Les deux. Tu veux savoir ou pas ?

— Ça dépend du prix.

— On fera les comptes après, gloussa-t-elle, malicieuse. Je t'explique : le fils de Boselli, qui s'appelle Francesco, glandouille dans le cabinet d'un confrère, maître Bonacini.

— Il anticipe déjà la suite, ironisa le commissaire.

— Bonacini est franc-maçon, tu vois ce que je veux dire ?

— Je vois. Sa mère a l'intention de lui faciliter la tâche.

— Pour entrer dans certains milieux…

— Un des vieux maux de l'Italie : la mafia à tous les étages.

— Tu ne t'es jamais étonné de la carrière de certains de tes collègues ?

— Dans l'administration publique, enchérit le commissaire, en plus de t'affilier à des clans politiques, il faut aussi que tu sois obéissant et légèrement obtus. Au premier signe d'intelligence, tu es foutu.

— Et toi, alors ? Tu te traites de crétin tout seul ?

— Dans mon cas, c'est justement parce qu'ils ont des œillères qu'ils n'ont pas vu qui ils laissaient entrer, répondit Soneri en riant.

— Ça t'intéresse de rencontrer son fils ?

— Bien sûr. Tu me prépares le terrain ?

Dès qu'il eut raccroché, Juvara reparut avec une expression de gravité.

— *Dottore*, on a trouvé le couteau.

— Où ?

— Dans une poubelle de tri juste à côté de chez Boselli. Musumeci les a quasiment toutes fouillées.

Soneri se leva d'un bond.

— Tu as prévenu la Scientifique ?

Et sans attendre la réponse, il composa le numéro de Nanetti.

— On a trouvé le couteau, l'avisa-t-il. Attends-moi dans la cour.

— Pourquoi l'avoir foutu à la poubelle ? marmonna son collègue sur le siège arrière du bolide lancé en direction de la via Palestro toutes sirènes hurlantes.

L'agent qui conduisait avait provoqué la cohue en frayant à travers la foule qui baguenaudait dans la portion piétonne de la via Farini. Au niveau de l'ancienne barrière d'octroi, face à la gare routière, Soneri lui avait ordonné de ralentir et d'éteindre la sirène.

— Parme est une petite ville, pas besoin de brailler pour arriver à temps. Si les éboueurs étaient passés, tu sais où serait ce couteau ? dit-il en s'adressant cette fois à Nanetti.

— Quel crétin ! S'il s'en était débarrassé près de la gare, on ne l'aurait jamais retrouvé, répondit l'autre.

— Comment ça, près de la gare ?

Nanetti avança son menton d'un air dubitatif.

— J'ai dit ça comme ça…

Le commissaire se tut et l'auto s'arrêta. Ils descendirent en silence, accueillis par Musumeci.

— Alors ? Quel genre de lame ? s'informa Soneri.

— Un cran d'arrêt tout ce qu'il y a de plus banal, fit savoir l'inspecteur. Par contre, la lame fait bien quinze centimètres.

— Quasi une baïonnette, commenta Nanetti. Fais voir ?

Musumeci lui tendit une enveloppe de nylon transparente. Le couteau était replié et son manche était sombre, probablement en corne.

Le chef de la Scientifique s'en empara et la fourra dans sa mallette.

— Vous avez trouvé autre chose ? poursuivit le commissaire.

— Ça, montra Musumeci en tendant une nouvelle enveloppe dans laquelle se trouvait un petit papier rectangulaire, sale et trempé.

— C'est quoi ? questionna-t-il en l'examinant de plus près.

— Je penche pour un billet d'autocar, mais la flotte l'a décoloré, précisa l'inspecteur. Et il a dû être piétiné pendant le corps-à-corps.

— Il y a des signes de corps-à-corps ?

— À en juger par les empreintes dans la boue, Boselli a tenté de se défendre, développa Musumeci. Par contre, les premiers coups lui ont été fatals, tout s'est passé sur une surface réduite.

— On verra le rapport du légiste, établit Soneri. En attendant, cherche à savoir d'où vient ce confetti, ajouta-t-il en tendant la seconde enveloppe à Nanetti.

Quand ils rejoignirent le portail afin de remonter dans la voiture, ils tombèrent nez à nez avec une quinzaine de personnes. Certains photographiaient les lieux avec leur téléphone, d'autres observaient avec curiosité les allées et venues des agents dans le jardin.

— Le pouvoir des médias, proclama Nanetti en faisant allusion à l'annonce de la mort d'Elmo parue dans les journaux et diffusée sur toutes les chaînes locales. Si tu n'es pas dans le coup ou que tu n'es pas au courant, tu es mort.

Lorsque deux journalistes munis de leur carnet firent leur apparition, le commissaire vira le long de la grille dans la direction opposée.

— Je vais voir son ex-femme, dit-il en guise de congé et en laissant son collègue planté sur le trottoir.

En réalité, il fuyait. S'il n'était pas continuellement cité dans les journaux, il aurait opté pour la mort médiatique.

Tout comme les animaux nocturnes, il préférait rester dans l'ombre, pouvoir chasser sans être vu : marcher beaucoup, ratisser le territoire. Car dans cette petite ville, les recherches finissaient toujours par être fructueuses. Ce fut encore le cas. Après avoir rejoint le piazzale Volta à l'abri du viale Solferino et à deux pas de l'ancienne forteresse de la citadelle, il tomba sur l'école élémentaire des sœurs du Sacré-Cœur d'où arrivaient des cris d'enfants qui étaient en récréation. Une religieuse à l'air sévère le bloqua net.

— Vous êtes un parent ?

— Non, je suis commissaire de police, l'informa-t-il sèchement.

La sœur se fit plus attentive et son corps se tendit sous son large habit.

— Que se passe-t-il ?

— J'ai besoin de parler avec la religieuse qui connaissait Guglielmo Boselli.

— Le pauvre ! s'exclama l'autre à voix basse. Je vais prévenir sœur Donata.

Quelques minutes plus tard, cette dernière apparut dans le couloir derrière un tablier taché de sauce avant de se déplacer d'un bloc, aussi figée qu'une statue, comme si ses pieds, invisibles sous son ample soutane, étaient montés sur des roulettes. De près, elle paraissait encore plus humble. Elle avait les mains rugueuses de ceux qui sont habitués aux corvées, et une attitude réservée, presque soumise. Elle conduisit le commissaire dans une petite pièce à l'abri des cris des élèves.

— Depuis combien de temps connaissiez-vous Boselli ? démarra Soneri.

— Bientôt deux ans, répondit sœur Donata. J'étais de sortie pour les offrandes à santa Lucia[3], et nous nous sommes mis à bavarder. Il m'a dit qu'il voulait faire quelque chose pour les enfants, les enfants les plus pauvres, et la manière dont il m'en a parlé m'a touchée. On comprenait qu'il avait une douleur en lui. Une douleur ancienne.

— Et comment ça s'est terminé ?

— On s'est mis d'accord pour un cours d'anglais, ici au Sacré-Cœur : à partir de là, on a fait des tas de choses ensemble.

Le commissaire essaya d'imaginer Elmo dans le rôle du bénévole entouré d'une nichée d'enfants.

— Vous avez une idée de la douleur dont il souffrait ?

— Sincèrement, non, répondit la sœur. C'était quelqu'un de très sensible, il me parlait souvent des erreurs qu'il avait commises, il parlait même de « fautes. » La plupart du temps, en faisant référence à son activité politique. Il se rapprochait de moi et de ce que je représente avec beaucoup de pudeur, je sentais qu'il fallait du temps pour qu'il arrive à se confier. Parfois, il me souriait et il disait : « Vous avez devant vous un sacré bouffeur de curés ! » Et moi, je répliquais : « Mais moi, je suis une sœur ! »

— Justement, intervint Soneri, selon vous, pourquoi avait-il décidé de vous fréquenter ?

3 D'origine sicilienne, la tradition veut que le soir du 12 décembre, devant les portes des maisons, les enfants déposent en offrande des gâteaux pour santa Lucia et de la paille pour son âne afin que ces derniers viennent leur distribuer des gâteaux et des jouets pendant la nuit.

— Parce qu'il s'était rapproché de Dieu. Il était prêt à se convertir, mais il n'en a pas eu le temps. Dans les faits, il l'était déjà, et je crois que notre Père éternel saura l'accueillir.

— Il avait trouvé la foi ?

— J'en suis certaine. Sans doute mûrissait-il encore sa décision, mais ses actions étaient déjà celles d'un croyant. Il avait décidé de se consacrer aux autres. N'est-ce pas le principal ? acheva la sœur dans un sourire délicatement évocateur.

— Avant aussi, il se consacrait aux autres, rétorqua le commissaire. En s'engageant politiquement.

Sœur Donata le regarda d'un air dubitatif.

— L'engagement politique n'est pas un engagement d'amour, mais de calcul. Le don d'un fidèle est un acte gratuit.

— Certains sont morts pour des idéaux, répliqua Soneri sans lâcher le morceau, échaudé par la suave opiniâtreté de la religieuse.

— Ces idéaux n'existaient plus, insista-t-elle avec calme. Lui n'y croyait plus, il ressentait un vide insupportable.

Le commissaire capitula et se limita à un signe d'assentiment.

— Il en était arrivé là de ses réflexions, ajouta la sœur. Il était convaincu que Dieu était la solution, mais il n'osait franchir le pas. Comme un oiseau qui ne se décide pas à prendre son envol. C'était une question de temps.

— Parlez-moi de lui, demanda le commissaire à brûle-pourpoint. Je voudrais comprendre s'il y avait quelque chose…

— Je ne comprends pas toute cette haine…, murmura sœur Donata en dodelinant de la tête. Il avait l'air en paix, concentré sur lui-même…

— Il était en bons termes avec son ex-femme ?

— En excellents termes. Ils sont restés mariés, ils n'ont jamais demandé le divorce.

— Et avec son fils ?

— Il faisait tout pour lui donner des marques d'attention, même s'il n'était pas souvent là. Vous allez peut-être trouver ça bizarre, mais c'était un père exemplaire.

— Que vous a-t-il raconté de sa vie ?

— Si vous voulez des faits, je crois que vous les connaissez aussi bien que moi : il était une figure publique. Mais lorsque nous étions ensemble, nous parlions d'autre chose. Pas tant de son passé politique, plutôt de la manière dont il l'avait vécu et comment il l'analysait.

— Il le voyait comment ?

— Il ne reniait rien, mais il était déçu, confia sœur Donata. Il disait qu'il ne lui en resterait rien, parce que c'était le sens de la vie. De toute vie accomplie sur terre. C'est sur ce point que je l'attendais. Quand on en arrive là, c'est qu'on est prêt, qu'il n'y a qu'une seule issue possible, et cette issue, Elmo la connaissait.

— Il avait des remords ? Il se sentait coupable envers des gens ? la pressa Soneri. Je comprends que vous soyez davantage intéressée par son âme, mais avec le métier que je fais… J'aimerais comprendre pourquoi il est arrivé…

— Oh ! l'interrompit la religieuse. C'était un homme pétri de contradictions, et je ne les connaissais pas toutes. Juste quelques-unes. Je sentais qu'il y avait autre chose, et je savais qu'il lui faudrait du temps. Il faisait partie de ces personnes qu'il ne faut surtout pas forcer, sinon, elles se renferment comme des huîtres. Je ne l'ai jamais jugé : j'écoute les autres, c'est tout, ce n'est pas à moi de condamner ou d'absoudre.

— De quelles contradictions vous parlait-il ?

— Son attitude avec les femmes, par exemple, était un poids. Il ne savait pas résister, et tôt ou tard, il finissait par les trahir. Ce n'est qu'avec l'âge…

— À part ça ?

— Il me disait aussi qu'il avait trahi ses idéaux, qu'il n'avait pas été suffisamment cohérent. D'autres avaient réussi, pas lui. « Trop de compromis », répétait-il.

— Il citait des gens en particulier ?

— Qui étaient morts, malheureusement. Des gens qui avaient préféré sortir de scène plutôt que d'assister à la chute. Du reste, il était persuadé que ceux-là avaient moins souffert, parce qu'ils n'avaient pas contribué au désastre actuel. Une piqûre d'héroïne ou bien un tube de somnifères, et c'est fini.

Le pendu ressurgit dans les pensées du commissaire. Il médita ensuite sur les années qui passent et se rendit compte que le suicidé sans nom avait dû naître bien après 68. Les déceptions n'avaient pas d'âge.

— C'était comme s'il n'admirait que les morts, continua sœur Donata. Je lui disais que c'était ça, sa maladie, et je lui rappelais qu'il était père. Alors, il se reprenait. Pas bien longtemps. Le lendemain, il recommençait à se traiter de lâche. « J'ai trahi, me disait-il frénétiquement, dans ma vie, je n'ai fait que ça : trahir. » Une obsession.

— Il ne citait pas de noms ? De circonstances ? voulut approfondir Soneri.

— Si, sûrement, mais tout de suite, je ne m'en souviens pas… s'excusa la religieuse. La plus grosse faute qu'il reprochait à sa génération, c'était d'avoir été la plus égoïste. Il répétait sans cesse qu'elle avait été la première à ne pas penser aux autres. Il me parlait de son grand-père et de son père qui avaient travaillé sans jamais relever la tête, sans le moindre loisir. Tout pour permettre à leurs enfants une vie où l'on pourrait reprendre son souffle. Alors que lui et ceux de sa génération s'étaient vautrés dans le confort en vivant aux crochets des autres et en ne pensant qu'à leur réalisation personnelle. « Comme si on avait tout flambé », répétait-il.

Plus la sœur parlait, plus le reflet d'Elmo se fanait et se transformait. Le commissaire revit l'image de son visage vieilli et déformé par l'objectif de la caméra de surveillance. Comme s'il enquêtait sur deux personnes différentes, celle d'hier et celle d'aujourd'hui.

— Essayez de vous souvenir des noms, insista-t-il auprès de la sœur.

— Mon Dieu… Vous savez, la mémoire… Je me souviens de celui d'un député : Torreggiani. Il mentionnait également ce conseiller municipal, Lanzetti.

Le commissaire connaissait les deux hommes. Torreggiani avait habilement vagabondé entre plusieurs formations d'extrême gauche, un virtuose des campagnes électorales devenu aujourd'hui un masque pathétique. Lanzetti, en revanche, avait dirigé plusieurs journaux de gauche avant de basculer à droite par ambition.

— Il ne vous a jamais parlé d'un voyage en Inde au début des années 70 ? questionna encore Soneri.

Sœur Donata le regarda d'un air surpris.

— Non, jamais. Je ne savais pas qu'il avait voyagé en Inde. Mais maintenant que vous m'y faites penser… Pour ses cours de travaux manuels, il fabriquait des objets en bois qui avaient un côté très oriental.

— Il savait s'y prendre avec les enfants ?

— Oh oui ! Les enfants l'adoraient ! Mais dès qu'ils lui manifestaient de l'affection, cela le rendait très mal à l'aise. Il prenait tout de suite ses distances, au risque de paraître froid.

— Pourquoi, selon vous ?

— Je ne sais pas. Je me suis souvent posé la question, et je n'ai jamais trouvé de réponse. Boselli était un homme plein de pudeur, et d'une timidité surprenante pour quelqu'un d'aussi rompu à parler en public. Il est vrai que c'est une chose de parler du monde, et une autre de parler de soi. Je ne crois pas qu'il en ait eu l'habitude. Peut-être que la découverte de son intériorité, ou l'idée de devoir en parler, lui faisait peur ? Tout ce qui venait du tréfonds de son être le terrifiait.

La religieuse devint subitement silencieuse et regarda dans le vide avec une expression d'incrédulité.

Le commissaire interrompit cette sorte de réflexion en se levant.

— Si des noms ou des faits vous reviennent en mémoire..., répéta-t-il. Je suis preneur de tout type d'élément pour essayer de comprendre.

La sœur leva les yeux et le scruta avec intensité.

— On n'en finit jamais de connaître les autres, et malgré nos efforts, une partie de nous-même nous demeure toujours inconnue.

— Le temps nous transforme, on a souvent l'impression que nos actes passés ne nous appartiennent plus, ou bien qu'ils appartiennent à une personne qu'on aurait enterrée petit à petit, jour après jour, nota Soneri.

— Cela fait partie de notre condition d'humain, approuva sœur Donata. Mais elle est transitoire. Elmo l'avait compris, c'est pourquoi il s'était rapproché de Dieu.

Le commissaire hocha la tête avec gravité. Il sentait revenir l'angoisse, mais heureusement, son téléphone mit un terme à la discussion : une sonnerie aussi libératrice que le gong du boxeur dans les cordes.

— D'abord, laisse-moi te dire que t'es qu'un enfoiré, grogna Nanetti.

— Je suis désolé, mais tu t'en sors beaucoup mieux que moi avec les journalistes : tu possèdes cette dialectique qui m'a toujours manqué, repartit Soneri.

— Dialectique, mes couilles ! renvoya Nanetti. Je les ai eus sur le dos pendant un quart d'heure avec leurs questions. Et que je te note dans mon carnet la moindre de tes respirations !

— Tu aurais dû faire comme les flics américains : « rien à déclarer », et tu te casses.

— Va te faire foutre, ronchonna Nanetti. Je te la fais courte : le billet retrouvé dans le jardin vient de la régie des transports de La Spezia.

— C'est déjà ça, estima le commissaire. Première info de la journée après avoir tourné à vide. Rien d'autre ?

— Non, le jour et l'heure n'apparaissent pas, les traces du compostage sont complètement décolorées.

— L'assassin pourrait venir de La Spezia…, songea Soneri à voix haute.

— Pas forcément, objecta Nanetti. Il est peut-être juste passé par là pour prendre le car.

— On pourrait tout imaginer, admit le commissaire.

## CHAPITRE 5

Quand il revint à son bureau, il trouva sur son secrétaire les résultats de l'autopsie de Boselli. Il ouvrit le dossier, mais, impatient d'en savoir plus, leva les yeux sur Juvara.

— Tu es déjà au courant ?

L'inspecteur le fixa à son tour.

— Ben oui. Il n'y a pas grand-chose à en dire…

— Il est mort sur le coup ? s'informa Soneri avec sollicitude.

— Quand il s'agit d'une arme blanche, la victime ne meurt jamais sur le coup, mais dans le cas de Boselli, je crois que c'est allé très vite : le premier coup a lésé le cœur.

— Je croyais qu'il s'était défendu.

— Il ne s'est rendu compte de rien.

— Comment c'est possible ?

— Attaqué par-derrière.

Soneri réfléchit un instant.

— Il fuyait ?

— Peut-être. Mais c'est difficile de frapper avec force et précision quelqu'un en train de s'enfuir. Le coup porté a été extrêmement violent.

— On aurait pu le frapper après l'avoir foutu par terre ? supputa le commissaire.

— Vu sa position, je ne pense pas, répondit l'inspecteur. On a du mal à reconstituer ce qui s'est passé. La distance entre leurs empreintes n'est pas régulière, les piétinements sont désordonnés. Ajoutez l'âge de la victime… et le fait qu'il était en pantoufles…

— Ou alors Boselli retournait chez lui et l'autre en a profité, imagina Soneri.

— Peut-être, mais ça paraît bizarre, reprit Juvara. À moins que les deux se soient engueulés. Et que Boselli ait tourné le dos pour retourner chez lui…

— Va savoir…, murmura le commissaire d'un air songeur. En tout cas, ils n'ont pas dû se quitter en bons termes. Il n'a qu'une seule lésion dans le dos ?

— Non, une autre sous l'épaule, et là aussi, le coup porté laisse entendre qu'il était de dos.

— Tous les autres coups sont de face ?

— Oui, vingt et un coups assénés de haut en bas quand la victime était à terre, à quelques mètres de la première attaque.

— Mortels ?

— Une dizaine ont lésé des organes vitaux : le cœur et les poumons, et de gros vaisseaux sanguins. Le premier a provoqué un arrêt cardiaque, les autres lui ont fait perdre très rapidement beaucoup de sang.

Soneri pencha légèrement la tête et garda le silence. Un sentiment d'absurdité l'avait envahi tout entier, au point de le rendre indifférent à tout. Toutefois, il s'efforça de revenir à sa fonction de policier. Il remit les résultats à Juvara et demanda :

— Qui se sert le plus d'un couteau, aujourd'hui ?

C'était surtout à lui qu'il posait la question, face à cette arme qui rappelait d'anciens rituels. L'inspecteur, en revanche, prit sa question très au sérieux.

— Statistiquement, l'instruisit-il, dans la majorité des cas, ce sont les extracommunautaires et les ultras qui s'en servent. C'est ce qui ressort de mes recherches dans les archives et sur le Net, acheva-t-il.

— Et tu y crois ?

— Les chiffres donnent des indications, rétorqua l'inspecteur. On peut les considérer au même titre que les indices.

La sonnerie du portable de Soneri les interrompit.

— Si tu veux savoir ce que le fils a à dire, tu le trouveras cet après-midi chez maître Bonacini, suggéra Angela. Tu me tiendras au courant ? Ou bien tu penses ne pas avoir le temps ?

— Je te passerai des aveux complets, ricana le commissaire.

En raccrochant, il ordonna à Juvara :

— Contacte sa femme et convoque-la ici.

Puis il se leva et sortit du bureau, traversa la cour en lorgnant la Vespa dans un coin de la remise et déboucha via Repubblica. Quelques mètres plus loin, il entendit qu'on le hélait. Nanetti l'avait rattrapé en courant derrière lui.

— J'aurais pu te tirer ton portefeuille, tu ne t'en serais même pas rendu compte, dit-il en lui saisissant le bras. Cela dit, quand tu fais preuve de catatonie, c'est bon signe.

— Tu viens manger ? lui proposa le commissaire.

— Tu vas où ?

— Au bar. Un sandwich.

— Je passe, déclina son collègue. J'ai du nouveau, reprit-il en changeant de sujet. Ou plutôt une confirmation : le sang sur le couteau est bien le sang de Boselli, et à part ça, pas d'autres empreintes utiles.

Soneri opina du bonnet.

— C'est à peu près ce qu'on s'était dit, au moins, maintenant, on en est sûrs, marmonna-t-il d'un ton expéditif.

Il le salua et rejoignit le bar. Il se sentait agité, et son repas frugal commandé au comptoir en jouant des coudes au milieu des clients le rendait davantage nerveux. L'atmosphère joyeuse qui régnait dans l'établissement lui paraissait grotesque, une pantomime qu'il observait en spectateur. Après toutes ces années passées, la réapparition d'Elmo sous la forme d'un cadavre exsangue exacerbait ce sentiment de totale inutilité dont il était malheureusement devenu coutumier.

Il engloutit son sandwich et prit la direction du cabinet de maître Bonacini.

Le fils d'Elmo partageait un bureau en grand désordre avec deux autres stagiaires. Il était grand, maigre, habillé impeccablement, comme s'il endossait déjà le rôle de l'avocat à succès. Il avait également parfaitement intégré cette courtoisie un rien mielleuse du professionnel plein aux as qui mettait Soneri sur les nerfs.

Il se présenta :

— Francesco Boselli.

— Je ne pensais pas vous trouver ici, dit le commissaire en entrant directement dans le vif du sujet, avec ce qui est arrivé à votre père…

Le jeune homme plissa légèrement le front.

— Mieux vaut se jeter dans le travail, ça évite de penser.

— Thérapeutique, confirma Soneri en repensant à l'état dans lequel il était dans le bar. Vous étiez en étroite relation, j'imagine.

— Affectivement, oui, répondit Boselli d'un air vague. Bien que mon père n'ait pas brillé par sa présence au moment où j'en avais le plus besoin. Maintenant qu'il est mort, c'est assez lourd à porter, conclut-il en le déplorant.

— Vous voulez dire, dans votre enfance ?

— J'ai passé trop de dimanches en tête à tête avec ma mère, poursuivit-il. Ce n'est pourtant pas faute d'avoir espéré ! Mais lui se volatilisait… Personne ne peut vous rendre la joie qu'on ne vous a pas donnée.

— Le travail nous arrache le meilleur de la vie, considéra Soneri.

— Pas le travail, la politique ! s'écria Francesco d'un ton exaspéré.

— Ce n'est pas la même chose ?

— La politique n'est pas un métier. Surtout dans le cas de mon père… Des années entières à lutter… Pour quel résultat ? Aucun. Il était du mauvais côté, ajouta-t-il.

Le commissaire tressaillit.

— Du mauvais côté ?

— Communiste, vous n'êtes pas au courant ? Vous croyez qu'on peut se battre pour des idées pareilles ? OK, c'était une autre époque…

— On se battait pour de grands idéaux : la liberté, la justice, l'émancipation des plus pauvres…

Boselli rejeta l'argument d'une main négligente.

— Des utopies, c'est tout. Quand je pense au temps qu'il a perdu pour ce truc, c'est effrayant. Vous êtes quand même au courant de ce que le communisme a apporté ?

— Vous parliez politique ?

— On s'accrochait, corrigea le jeune homme. Il n'a jamais réussi à me convaincre. Pour moi, c'était la faute de ses idées s'il était toujours absent, et je les ai détestées dès ma plus tendre enfance.

— Votre mère pensait la même chose ?

— Ma mère disait qu'il fallait respecter tout le monde, mais ça, c'était pour aplanir les conflits avec mon père. De toute manière, ma mère l'a toujours admiré, même quand il l'a quittée.

— Toujours la fuite. J'imagine qu'elle en a beaucoup souffert.

— Ça n'a pas changé grand-chose, le détrompa le garçon. Il continuait d'aller et venir comme à son habitude. Je l'ai même trouvé plus proche de moi quand mes parents se sont quittés. Comme s'il éprouvait de la culpabilité à mon égard. Par contre, avec ma mère, la rupture n'a rien changé.

— Ils se sont séparés, non ?

— Bien sûr, mais je les trouvais plus sereins, confia Francesco. Peut-être parce qu'ils ne portaient plus le masque de l'hypocrisie conjugale. Ça les a souvent rendus ridicules.

— Ridicules ?

— Les femmes étaient folles de mon père, mais lui se lassait rapidement. Ma mère n'y a pas échappé…

— Pourtant, ils ne se sont jamais perdus de vue, rappela le commissaire.

— Ils sont toujours restés amis, je crois qu'ils se voulaient du bien, confirma Francesco. Ma mère savait depuis le début ce qui se passerait avec mon père, disons qu'elle le tenait pour acquis.

Soneri fixa quelques instants le visage du jeune homme en essayant d'y retrouver les traits d'Elmo. Il se concentra sur ses yeux et découvrit un regard perdu et humide, au bord des larmes.

— C'était un père tellement sympathique, fantasque, imprévisible ! Tous mes copains me l'enviaient sans se douter à quel point ses absences me faisaient souffrir, se plaignit ensuite Francesco.

— Vous disiez que vous vous accrochiez, se souvint le commissaire.

— Mon père parlait, parlait..., raconta le jeune homme. Il m'emmenait à ses réunions, dans des débats, sans doute en espérant que tout ça me passionne, mais déjà, à l'époque, j'estimais que c'était du temps perdu. Tous ces gens qui discutent des heures et finissent par voter en se regardant de travers sans jamais se mettre d'accord. Je pense que c'est là que je me suis dit qu'il fallait de l'ordre, des décisions claires, de la discipline. En fait, tous les types comme mon père n'ont jamais rien foutu.

— Et votre mère ?

— Ma mère vient d'une famille aisée, et quand on a des biens, il faut s'en occuper, les défendre, être réaliste. C'est grâce à elle qu'on a pu vivre correctement pendant que mon père courait les réunions au lieu de chercher du travail. Mon père n'avait aucun sens des réalités. Tous ses petits copains se sont placés pendant que lui continuait de prêcher dans le désert. Le communisme : ou l'utopie, ou le goulag.

— Évitez les jugements sommaires, le sermonna Soneri. Si vous aviez été ouvrier dans les années 60, vous auriez peut-être été communiste.

— Jamais ! s'indigna le jeune homme. De la branlette intellectuelle sur un monde qui n'existe pas.

— Ou qui reste à construire, suggéra le commissaire.

— D'accord, ils ont perdu. Ils ont seulement été capables de se détruire eux-mêmes. Vous ne les avez pas vus ? Tous ces caméléons qui ont renié leurs convictions ? Les seuls à être restés cohérents errent comme des vagabonds qui aboient à la lune. Vous savez, même mon père n'y croyait plus. Lui aussi les avait lâchés.

Francesco s'était enflammé au point d'en perdre son assurance exaspérante. Il semblait à présent plus insolent, et donc, plus sympathique.

— Vous savez ce qu'il m'avait dit récemment ? « Au moins, toi, tire ton épingle du jeu. Parce que les occasions ne se présentent jamais deux fois. » Voilà ce que c'est, la vie : saisir les occasions, se frayer un passage pour ne pas rester à la traîne. Si on ne comprend pas qu'il faut se battre, on se fait écraser. Une compétition dans laquelle on est seul.

— Votre père aussi se battait, lui fit remarquer Soneri. Pas seulement pour lui, mais aussi pour les autres.

— Mon père était un cas à part, un artiste de la vie. Il s'en serait sorti n'importe où. Il aurait pu aller très loin avec le talent qu'il avait, mais il a préféré le sacrifier pour une utopie. Et quand l'heure a sonné, c'était trop tard. Des types beaucoup moins doués ont fait carrière parce qu'ils ont vite compris qu'ils devaient laisser tomber leurs rêves.

— La jeunesse a besoin de croire en quelque chose, dit le commissaire en secouant la tête. J'aurais peur d'une jeunesse sans idéaux.

— Vous avez la même maladie que mon père, le railla Francesco. Vous ne seriez pas communiste, vous aussi ? Je n'aime pas les flics de gauche.

— Je ne suis pas communiste. Mais vous, qu'en pensez-vous ? Que les policiers devraient être des fascistes comme beaucoup l'étaient à l'époque de votre père ?

— Je dis que si on fait ce métier, on doit être attaché à l'ordre et s'y tenir fermement. Les flics de gauche sont ambigus. Avec eux, tout est toujours matière à discussion, ils n'ont que le dialogue à la bouche... Je ne leur fais pas du tout confiance. Comment un type de gauche peut faire ce métier ? Il n'a pas l'esprit à ça.

— Parce qu'à droite ils l'ont ?

— Ils se posent moins de questions et accomplissent leur devoir sans hésiter. Le monde est aussi fait de troupeaux et de fourmis obéissantes. Avec une hiérarchie : un chef et des exécutants, s'expliqua Francesco.

— C'est ça, votre idéal ? insinua Soneri.

— En quoi les gens de mon âge pourraient croire, selon vous ? En notre famille, en Dieu pour ceux qui ont la foi, en un ordre qui remet les choses à leur place, et en nous-mêmes. On nous a laissé autre chose ? s'emporta-t-il, rictus aux lèvres.

— C'est ça, ce que vous reprochez à votre père ?

Le garçon eut un léger sursaut, mais ne répondit rien.

— C'est vrai qu'il était sur le point de se convertir ? Au moins, ça aurait pu vous mettre d'accord...

— Oui, il était souvent avec cette religieuse... Mais je n'ai jamais été convaincu par les revirements tardifs... Je le lui ai dit, d'ailleurs, que c'était trop facile d'avoir vécu sans se refuser aucun plaisir et de se repentir une fois qu'ils ne sont plus à votre portée. J'en connais pas mal, des convertis, à cause de leurs hormones en berne. De toute manière, pour les curés, c'est toujours une victoire quand ils attirent quelqu'un de l'autre rive. C'est aussi le cas de cette bonne sœur.

Soneri lisait enfin dans les propos du fils d'Elmo un admirable désir de pureté. Seul un jeune homme que les compromis de l'âge n'avaient pas encore corrompu était capable de l'éprouver aussi clairement. Et il envia un peu cette indignation authentique.

— Il vous manque la capacité de rêver, lâcha le commissaire. Supprimer l'espoir, c'est comme empêcher de respirer.

L'expression grimaçante du garçon semblait s'être figée, bien qu'il donnât l'impression de réfléchir.

— Mon père et une grande partie de ses contemporains n'ont pas su donner, lâcha-t-il à son tour. Ils se sont toujours pris pour le centre du monde. Ils ont tout brulé, et maintenant, on doit repartir de zéro. Qu'on nous laisse au moins le droit de foutre des coups de pompe dans leur bazar.

Le commissaire se tut un bref instant.

— Votre père avait des comptes à régler ? questionna-t-il en revenant à son enquête.

— Je ne sais pas. Je ne crois pas. Ces derniers temps, il s'était retiré.

— Des ennemis ?

— Avant, oui, probablement, à l'époque où il s'exposait. Mais je crois que c'est de l'histoire ancienne.

Soneri en prit son parti et se leva.

Francesco l'imita avec un geste las.

— Je ne m'explique pas ce qui s'est passé, dit-il un instant après. Mon père avait tellement changé… j'avais du mal à le reconnaître. Je crois qu'il sentait qu'il devenait vieux, mais qu'en même temps il en tirait de la sérénité. Comme si sa vie n'avait été qu'une adolescence interminable et qu'il avait enfin atteint une vraie maturité.

— Nous non plus, on n'y comprend rien, avoua le commissaire. Votre père était un homme public, tous ses faits sont connus. J'en déduis que le mobile est à chercher dans les dernières années, depuis qu'il s'était retiré, comme vous venez de me le confirmer.

— Clairement, je ne suis pas au courant de tout, ajouta le garçon soudain plus conciliant.

Soneri acquiesça et recula vers la porte, puis le salua d'un signe de la main et sortit.

Chemin faisant, il repensait aux conclusions de sa conversation avec le fils d'Elmo : peut-être valait-il mieux enquêter sur les années récentes et larguer la vieille politique ? Le fils s'en chargerait en la faisant valdinguer comme il l'avait promis.

Il parcourut le borgo Parmigianino, déboucha via Melloni, puis dépassa l'ancien club de lecture pour se retrouver sous le palazzo della Pilotta. Il appela alors Juvara :

— Tu as convoqué son ex-femme ?

— Elle ne peut venir qu'à 18 heures à cause de son travail, répondit l'inspecteur.

Soneri bougonna :

— Alors je passe chez la Pezzani, prévint-il. Toi, essaye de savoir ce que faisait Boselli ces dernières années, qui il fréquentait, où il allait, à quoi il occupait ses journées…

— *Dottore*, les journalistes ne nous lâchent pas : ils poireautent dans la cour pour avoir des infos.

— Capuozzo n'a qu'à se démerder : c'est lui le porte-parole.

— Y a un autre truc, réussit à placer l'inspecteur avant que le commissaire ne raccroche.

— Dis-moi, s'impatienta-t-il.

— Au sujet du pendu, annonça Juvara, quelqu'un a enfin répondu.

— Aaah ! s'exclama Soneri en s'arrêtant juste à côté du monument au Partisan. Qui l'a reconnu ?

— Ce n'est pas encore certain, mais les collègues de La Spezia pensent l'avoir identifié.

— Condamné ?

— Non, ils l'ont retrouvé sur une vidéo tournée au stade.

— Au stade ?

— De La Spezia, spécifia Juvara. Ils doivent encore bosser dessus, parce que la vidéo est de mauvaise qualité et que c'est le gros bordel dans les gradins. Vous savez ce que c'est : on n'a jamais beaucoup d'images, mais un type lui ressemble.

— Le billet qu'on a ramassé dans le jardin de Boselli venait aussi de La Spezia, rappela le commissaire.

— Éh oui, opina l'inspecteur. Coïncidence ? Sur les images, y a un autre truc intéressant, je ne sais pas si ça a un rapport…

— Dis-moi.

— Ce type faisait partie d'un groupe de supporteurs qui se fait appeler La Spingarda. Des ultras d'extrême droite.

Des propos du fils Boselli lui revinrent en mémoire : des phrases qui avaient, elles aussi, une odeur de fascisme.

— Reste en contact avec les collègues de La Spezia, lui recommanda Soneri. Et puis demande au magistrat de se tenir au courant auprès du tribunal, ça ne gâtera rien. Tu as un bon ascendant sur lui, plaisanta-t-il.

— Commissaire, le retint encore Juvara sans riposter à la saillie. On en fait quoi de cette Vespa ?

— Pourquoi ? Elle dérange quelqu'un ?

— Pasquariello m'a rapporté que le magistrat lui a demandé des comptes. Il a demandé de la remettre à son propriétaire ou à ses héritiers directs.

— Son propriétaire est mort, faut lui dire en quelle langue ? s'exaspéra Soneri.

— Il a un fils, objecta l'inspecteur. Pasquariello aussi est d'avis qu'il faut la lui remettre.

— Écoute, trancha le commissaire, je ne suis pas spécialiste des héritages, mais ça m'étonnerait qu'il en ait quelque chose à foutre de ce vieux clou.

— D'accord, mais les objets peuvent avoir une valeur sentimentale, souligna Juvara. On peut tenir à un objet insignifiant s'il nous rappelle des choses.

C'est alors que le commissaire se prit un coup quelque part au milieu de la poitrine. Non pas un coup qui fait souffrir mais qui vous envoie au tapis. Alors, tout s'éclaira : aucune raison valable ne l'obligeait à garder cette Vespa, pourtant, il s'obstinait. Son refus de s'en séparer devait passer pour un caprice absurde, surtout pour un homme de loi. Mais c'était justement ce sentiment d'absurdité qui donnait à son âge sa signification : le moment où l'on dit adieu aux rêves irréalisés, à ses espoirs trahis, et aux symboles de sa jeunesse.

# CHAPITRE 6

Il prit la direction de la via Palestro malgré l'angoisse de retrouver ce rez-de-chaussée avec jardin, et cette allée le long de laquelle il avait vu le corps d'Elmo.

Sous la petite portion d'arcades de la via Farini, il reçut un appel d'Angela.

— Dis-moi, répondit-il d'un air absent.

— C'est quoi, cette voix ?

— On vient de m'envoyer au tapis, l'arbitre a compté huit.

— J'ai toujours dit que tu n'étais pas fait pour la baston, le moqua-t-elle. Évite aussi les corps-à-corps, poursuivit-elle, allusive. Qui t'a mis K-O ?

— Une Vespa.

— Arrête de te foutre de moi, commissaire.

— Je t'assure. Une Vespa des années 60. La Vespa de Boselli, expliqua Soneri. À toi aussi, ça devrait rappeler des souvenirs…

— Oh mon Dieu ! geignit-elle. Tu recommences avec ta nostalgie ! Raconte-moi plutôt ce que t'a dit l'apprenti avocat.

— Tu as raison, parlons d'autre chose, abrégea le commissaire. Un beau petit fasciste à deux balles, mais après tout, ce n'est pas de sa faute.

— En effet. Si tu connaissais sa mère, ça ne t'étonnerait pas.

— Je dois la voir à 18 heures : je l'ai convoquée à la Questure.

— Des soupçons ?

— Non, pour l'instant, je n'y comprends rien. Tu es en train de me dire qu'elle vient d'une famille de droite ?

— D'une famille très fortunée, précisa Angela. Et tu devrais savoir que les gens fortunés, même les plus éclairés, finissent toujours par se préoccuper de leur patrimoine. Et quand ils doivent choisir…

— Tu tiens des propos de communiste, la moqua à son tour Soneri. Quoi qu'il en soit, il n'a pas l'air très épanoui : déjà piégé par le prestige de l'uniforme, il m'a même fait un peu pitié.

— Quand tu manques d'assurance, tu t'accroches à ce que tu possèdes : ta famille, ta carrière, tes études. Les bonnes valeurs bourgeoises d'antan, considéra Angela avec sarcasme. D'un autre côté, ça n'a pas dû être évident d'avoir un père comme Boselli.

— Toujours absent. Le fils en a souffert, le vide que j'ai senti chez lui paraît d'autant plus douloureux qu'il admirait son père.

— Ah ! Tous ces hommes admirés et insaisissables ! soupira Angela. Les enfants les subissent, et les femmes qui les aiment ont la vocation au martyre.

— Je dois aller en entendre une autre qui a prononcé ses vœux, annonça le commissaire avec ironie.

Cette fois, ce fut elle qui ne saisit pas.

— Qui est-ce ?

— Sa dernière compagne : Franca Pezzani.

— Ce soir, on dîne ensemble et tu me racontes.

Soneri parcourut la via Farini jusqu'à la barrière d'octroi. La pluie avait cessé, mais le ciel était lourd, et tout dégoulinait. La ville avait des sueurs froides le long de ses murs détrempés et dégageait une forte odeur d'humidité stagnante qui s'élevait des bouches d'égout comme d'une intimité torpide. Viale Solferino, en revanche, on sentait les parfums des jardins morts pendant l'hiver. Une multitude de petits bois derrière des clôtures à pointes avec leurs arbres emprisonnés entre les résidences.

Il emprunta une nouvelle fois l'allée et rejoignit la véranda qu'il connaissait déjà. Franca Pezzani l'accueillit, enveloppée dans un sombre peignoir qui devait être celui d'Elmo. Elle y disparaissait à l'intérieur, comme ensevelie dans un linceul. Soneri constata que rien n'avait été touché dans l'appartement. Même ordre que la veille, mêmes traces de boue sur le carrelage laissées par les allées et venues de la police.

— Je voudrais ne pas me réveiller, mourir un peu et le sentir encore à mes côtés, murmura la femme. Quand je ne dors pas, je revois sans arrêt la scène et je culpabilise.

— Vous n'avez pas la possibilité d'aller loger ailleurs, au moins pour une semaine ? suggéra le commissaire.

— Je n'arrive pas à me détacher de la présence d'Elmo. Il n'y a qu'ici que je peux encore avoir l'illusion de sa présence : ses affaires, l'odeur de ses vêtements… Et puis, je voudrais comprendre. Comment peut-on mourir comme ça ? On sonne à votre porte et quelqu'un vous poignarde.

— Je suis là pour le découvrir, dit le commissaire.

— Je n'arrête pas d'y penser, reprit la femme, mais je ne trouve rien qui justifie une telle férocité.

— Essayez de vous rappeler les personnes qu'il a rencontrées ces dernières années, son travail, ses affaires. Vous n'avez pas eu vent d'autres relations ? Étant donné ses précédents…

Franca secoua la tête.

— Non, de ça, j'en suis sûre. Il était encore séduisant, mais le temps passe pour tout le monde. Vous l'avez vu, non ? Vous ne pensez pas que ça pourrait être en lien avec la politique ? demanda-t-elle tout de suite après.

— En politique, la vengeance n'attend pas. Le métabolisme est rapide, et Elmo en était sorti depuis longtemps, commenta Soneri, toutefois peu convaincu. Je pencherais davantage pour une affaire privée. Et vous, vous étiez la personne la plus proche de lui, ces derniers temps.

— J'y ai pensé, qu'est-ce que vous croyez ? rétorqua aussitôt la femme. J'ai passé en revue toutes les personnes qu'il fréquentait, mais je refuse d'envisager que l'une d'entre elles ait pu accomplir un geste pareil.

— Vous en êtes sûre ?

— Certaine. Elmo avait décidé d'éviter les conflits. Il avait même rompu avec certains milieux pour ne plus se fâcher. Il était fatigué de se battre.

— Et ses anciens camarades ? Castellazzi ? Gotti ?

— Ils ne les voyaient plus beaucoup, minimisa Franca. Bien sûr, ils parlaient politique, mais sans s'impliquer comme avant. Tout le monde était déçu, mais celui qui restait le plus critique, c'était quand même Elmo. Il admirait tellement la sœur qu'il fréquentait, pour lui, le fait qu'elle se dévoue aux autres sans le crier sur les toits avait davantage de valeur que les discours creux de ses anciens camarades recyclés dans les partis. Parfois, il devenait tellement aigri qu'on aurait pu le croire jaloux de tous ceux qui s'étaient casés. Mais quand j'entends les discours des politiques à la télé, je n'arrive pas à lui donner tort.

— Des ordures, approuva Soneri. Sauf que tout ça n'a pas grand-chose à voir avec une attaque au couteau, ajouta-t-il afin de replacer leur discussion sur le rail de l'enquête.

— Je me doute que je ne suis pas d'une grande utilité, reprit Franca d'un ton navré, mais je vous assure que je n'arrive pas à me faire une raison. Elmo avait beaucoup changé, il disait qu'avec moi c'était la première fois qu'il se sentait finalement à sa place. Peut-être était-ce lié à son âge, ou à ce que nous venons d'évoquer, quoi qu'il en soit, il avait fait la paix avec lui-même. Il avait décidé de consacrer du temps aux autres, de renouer avec son fils, d'avoir des projets de vie comme jamais il n'en avait eu. Il avait même acheté des livres pour apprendre à cultiver son jardin.

Le commissaire s'efforça d'imaginer Boselli avec une tondeuse à gazon – autant essayer de marier le vin avec du lait.

— Et son travail ? Son négoce de prêt-à-porter, j'entends.

— Il le faisait par-dessus la jambe, il n'était pas obligé de travailler, répondit Franca.

— Pourtant, il était à la retraite ?

— Oui, mais sa vie professionnelle a toujours été compliquée. Il changeait souvent de poste. Il ne gagnait pas beaucoup. C'est pour ça qu'il continuait, pour ramener un peu de sous à la maison.

— Vous venez de me dire qu'il n'avait pas besoin de travailler…

— J'étais là, répondit la femme un peu gênée. Mais Elmo était orgueilleux. Il ne voulait pas dépendre… vous comprenez ?

— D'une femme ?

Franca le fixa en silence avec une expression qui voulait dire qu'elle acquiesçait.

— Ce logement est à vous ? s'informa le commissaire.

— Oui, répondit Franca. C'est un cadeau de mon père. J'ai derrière moi une famille solide.

Soneri garda le silence un petit moment. Boselli avait un vrai talent pour s'en sortir, ainsi que l'avait dit son fils. Entouré de femmes riches qui lui tendaient la main.

— Ce n'était pas la première fois qu'il se faisait entretenir..., fit noter le commissaire.

— Je sais, mais ça aussi, il voulait arrêter, confia Franca. Compter sur sa compagne ne faisait plus partie de son projet de vie.

— Dans quel sens ?

— Il avait l'embarras du choix s'il voulait qu'une femme subvienne à ses besoins. Son objectif était de se consacrer à la politique à plein temps, chose impossible quand on est obligé de gagner sa vie. On médite mieux dans l'oisiveté, acheva la Pezzani d'un ton railleur.

— Ces derniers temps, c'était vous, la solution ?

— Je vous ai dit qu'avec moi c'était différent : il n'était plus obsédé, la politique ne l'intéressait plus, répliqua la femme légèrement piquée.

— Toutes ses compagnes ont eu les moyens de l'entretenir ?

— À ma connaissance, oui. Il m'a même avoué qu'il considérait sa situation comme une sorte d'expropriation au nom de ce qu'il tenait pour des nécessités supérieures.

— Il n'a jamais eu honte de prêcher le communisme en vivant au crochet de femmes riches ? s'étonna le commissaire.

— Jeune, ça lui était égal, c'est plus tard qu'il n'a plus assumé, répondit Franca. À tel point que ces derniers temps il me donnait l'impression d'être mon colocataire. Il tenait à payer sa part, mais il manquait souvent d'argent, et il devenait fou de rage. L'appartement est grand, on a pas mal de frais. Je lui disais que ça n'était pas grave, mais lui se rendait coupable de ne pas savoir bricoler ou se débrouiller comme n'importe quel homme. Il avait honte d'en être incapable à ce point.

— Son affaire de vêtements était peut-être une couverture ? Il avait peut-être des comptes en suspens dont vous n'êtes pas au courant ?

La femme secoua résolument la tête.

— Je l'exclus, affirma-t-elle. Elmo n'était pas préoccupé par le présent. Éventuellement, comme je vous l'ai dit, son passé pouvait le tourmenter. Mais seulement s'il réglait ses comptes avec lui-même.

Le commissaire se sentit brusquement découragé, sans énergie. Dès qu'il tentait une piste, une insaisissable barrière s'obstinait à lui barrer la route. Cette situation l'oppressa à tel point qu'il se leva d'un bond du canapé pour s'approcher de la porte vitrée donnant sur le jardin. Il resta un moment debout à regarder dehors, en tournant le dos à Franca. L'après-midi s'éteignait vite entre les arbres. Alors il voulut chercher la lumière au-delà du feuillage, salua la Pezzani et courut vers la rue où le jour se montrait encore.

Cela ne dura pas. Le temps de marcher jusqu'à la Questure en côtoyant les couleurs du jardin botanique du viale Martiri della Libertà et d'emprunter la via XXII Luglio, là où la ville devient étroite et où les rues cessent de singer les grandes avenues pour redevenir des tranchées. Le crépuscule du soir sonna le glas de la journée, et la procession du retour à la maison commença de grouiller. Soneri continua sa route, tourna borgo della Posta et gagna son bureau où Cinzia Carattini, l'ancienne épouse d'Elmo, l'attendait en s'impatientant.

Dès que le commissaire apparut sur le seuil, Juvara l'avertit d'un coup d'œil en indiquant la femme, et ce n'est qu'à ce moment-là qu'il s'aperçut de son retard. Il s'excusa et s'assit en face d'elle. La femme avait le regard fixe et un air batailleur.

— Vous vous y attendiez ? attaqua Soneri sans détour.

Cinzia Carattini sursauta et le regarda avec stupéfaction.

— Comment aurais-je pu ? Autrefois, peut-être. Je crois qu'un certain nombre de ses adversaires politiques auraient aimé qu'il termine de cette façon, mais aujourd'hui… Là encore, ce serait ridicule, conclut-elle avec une pointe de cynisme.

— Ridicule ?

— Tout ce qui nous est arrivé, nos passions… Elmo m'a quittée parce que la politique avait davantage d'importance que notre couple. Il a foutu une famille en l'air, créé des malheureux, brisé un avenir possible… Pourquoi ? Comment croyez-vous que je puisse accepter qu'il ait fini par se résoudre à vivre comme je le lui suggérais avec une autre femme ?

— Eh oui, après coup, tout peut sembler futile, reconnut Soneri en croisant le regard perplexe de Juvara. Mais quand on le vit et que les passions vous dominent, on peut aussi tuer pour des choses futiles, ajouta-t-il. C'est assez fréquent.

— Si Elmo n'allait pas très bien, c'est justement parce que les élans de passion s'étaient brisés et que son monde avait disparu, reprit la femme. On en parlait souvent, ainsi que de l'occasion qu'on avait ratée tous les deux, de ce que nous aurions pu devenir… Tout s'est évaporé pour un pari perdu. Elmo ne pouvait pas vivre sans utopie. Il trouvait qu'aujourd'hui la politique ressemblait à une basse-cour, que les idées manquaient, qu'il n'y avait plus d'espoir. Il répétait que sans espoir on finirait par s'entretuer à coups de couteau. Comme s'il avait imaginé sa propre mort.

— C'est justement de sa mort que je suis chargé de m'occuper, intervint le commissaire afin de calmer le déballage de la Carattini. Selon vous, qu'est-ce qui aurait pu provoquer une haine aussi féroce ?

— Je ne sais pas, dit la femme en réfléchissant. Pourtant, on était restés très amis, on se parlait souvent. Elmo était devenu une sorte de frère laïque, il se consacrait aux enfants. Depuis quelques années, il s'était rapproché de notre fils, bien qu'il soit tout à fait conscient de l'impossibilité de reconstruire l'intimité qui leur avait manquée. Francesco a grandi en détestant tout ce qu'Elmo aimait, un besoin de revanche, je suppose.

— Il détestait aussi son père ?

— Non, dit-elle en secouant vigoureusement la tête. Il l'admirait, et il souffrait, parce que l'absence d'Elmo avait créé de la distance, une forme de gêne. Comme s'ils faisaient connaissance une fois adultes et qu'ils devaient construire un vécu commun.

— Quand vous viviez ensemble, il ne vous parlait pas d'ennemis, ou de menaces ?

— Si, bien sûr, répondit la femme, mais c'est de l'histoire ancienne.

Le commissaire, l'air contrarié, hocha la tête, posa ses mains sur le bureau et garda le silence. Il se sentait de plus en plus coincé, sans le moindre élément.

Mais au bout d'un moment, la Carattini le fixa.

— J'ai quand même un soupçon.

Soneri se pencha vers elle et l'invita à poursuivre.

— Elmo, plusieurs fois, a eu affaire à des groupes de l'ultragauche proches de la lutte armée. À l'origine, ce n'étaient pas des terroristes, mais certains le sont devenus. Elmo a toujours essayé de ramener ces formations à la politique, et il s'est souvent accroché avec les plus fanatiques. Des gens dangereux que je n'ai jamais oubliés.

— Et dans l'autre camp ? Chez les fascistes ?

La femme se mit à rire.

— Ils sont tous recyclés ! Aujourd'hui, ils jouent aux champions de la démocratie et ils sont revenus au gouvernement. Il existe sûrement des groupuscules violents, mais ils ne connaissent pas Elmo.

— Boselli ne vous a jamais dit si d'anciens camarades s'étaient manifestés ?

— Une seule fois, il y a quelques mois, il m'a dit qu'il avait rencontré Maselli, un ancien camarade, et qu'il l'avait trouvé vieilli, aigri. Leur discussion n'a pas duré longtemps parce que ce vétéran communiste l'a congédié en le traitant de traître. Ce genre de vieille accusation, ingénue, par certains côtés, l'avait fait sourire.

— Il ne vous a pas semblé préoccupé ?

— Il m'a dit qu'il avait eu l'impression de faire un retour en arrière, d'en revenir aux échanges violents qu'on avait dans les assemblées, à l'époque où on s'est connus. Du coup, on a changé de sujet, confia la femme en baissant la voix.

L'espace d'un instant, le commissaire faillit se laisser déborder par le passé, mais il parvint à se maîtriser.

— Vous pensez que Maselli est un type dangereux ?

— Elmo l'a toujours décrit comme un déséquilibré, avec des accès de rage incontrôlés, raconta la femme. De ces personnes qui agissent sans réfléchir, et donc, à risque. Les types de ce genre ne guérissent pas avec le temps, au contraire, ils ont plutôt tendance à perdre le contrôle.

Soneri jeta un regard de connivence à Juvara, lequel se mit immédiatement à pianoter sur son clavier afin de vérifier si le terminal avait des infos sur Maselli.

— Vous ne vous souvenez pas d'autres accrochages entre anciens camarades ?

— Non, c'est le seul dont il m'ait parlé, et ça faisait déjà un moment qu'Elmo avait pris ses distances. En général, ce sont eux qui se manifestaient.

— De quelle manière ? En le menaçant ?

— Ils voulaient qu'il revienne dans le groupe pour refaire de la politique. Il n'en avait même pas parlé à sa compagne pour ne pas l'inquiéter.

— Et lui ?

— Il n'y songeait pas un instant, assura la Carattini. Pour lui, ce milieu, c'était fini, il n'avait aucune envie de renouer avec des gars du genre de Maselli, ou d'autres, tout aussi obsédés.

— Alors pourquoi ils lui couraient après s'ils n'étaient plus d'accord ?

— Parce qu'Elmo était très connu, il en aurait attiré d'autres.

— J'imagine que son refus les a beaucoup énervés…

— Ils l'ont considéré comme une trahison. Chez eux, c'est comme chez les curés : une fois que tu es ordonné, tu l'es jusqu'à ta mort. Avec des types comme Maselli…

Un raclement de gorge de Juvara détourna l'attention de la femme, qui se leva.

— Je crois que je vous ai tout dit, conclut-elle. Le reste, vous le savez mieux que moi. Chacune de nos petites actions oriente notre avenir, sans qu'on s'en rende réellement compte. Des choses insignifiantes, mais si on les ajoute les unes aux autres, elles finissent par peser.

— Sans aucun doute, reconnut le commissaire. Reste à comprendre quelle sorte de carambolage provoquent toutes ces prémisses une fois qu'elles se déchaînent.

Cinzia Carattini le regarda en souriant à demi.

— Absolument. Et des prémisses, Elmo en a semé beaucoup.

Soneri observa la femme s'éloigner dans le couloir jusqu'à ce qu'elle rejoigne la porte qui donnait sur la cour, et il lui sembla qu'au moment de passer le seuil elle lui jeta un regard ambigu.

— Vous pensez qu'elle nous a refilé un tuyau ? questionna Juvara peu après.

— Je me méfie toujours un peu des femmes qu'on a quittées, répondit distraitement Soneri.

— N'empêche que ce Maselli n'est pas tout blanc : rixes, résistance envers l'autorité publique, dommages… Enfin, c'était il y a longtemps, en convint l'inspecteur.

— Qui n'avait pas de casier, à cette époque ? ajouta le commissaire.

— La Digos a récemment perquisitionné son domicile, reprit Juvara en parcourant plus attentivement son écran. La dernière fois, c'était il y a trois mois.

— Motif ?

— « Recherche de matériel de propagande pour éventuelle appartenance à des groupes subversifs », lut l'inspecteur.

Le commissaire lui lança un coup d'œil.

— Eh ben dis donc ! Tu parles d'une affaire ! Ils ont trouvé quelque chose ?

— Négatif. La perquise n'a entraîné aucune mise sous séquestre.

— Il habite où, ce Maselli ?

— Via Preti 9.

— Ah ! s'exclama Soneri. Dans le quartier Montanara. Il se remémora ce dernier avant-poste urbain juste avant les champs de luzerne, entre ville et campagne, là où les cités populaires cohabitaient avec les bâtisses agricoles.

Juvara se permit de le tirer de ses pensées :

— Commissaire, La Spezia vient de confirmer que le pendu est bien le gars du stade.

Soneri eut un sursaut et se tendit comme un arc.

— Et tu me le dis seulement maintenant ?

— *Dottore*, se défendit l'inspecteur, vous êtes arrivé en retard pour entendre la Carattini. Je n'allais pas vous le dire devant elle !

— Son nom ?

— George Oliescu.

— Roumain ?

— En Italie depuis plusieurs années. Travailleur aux chantiers navals, permis de séjour en règle, développa l'inspecteur. Ils confirment aussi qu'il était membre de La Spingarda, le groupe néofasciste qui organise les déplacements du kop de La Spezia.

— Demande-leur qu'ils t'envoient ce qu'ils savent sur lui, on transmettra au questeur et au substitut pour qu'ils clôturent le dossier.

— *Dottore*, ce corps, personne ne le réclame.

— Je sais, mais ce ne sont plus nos oignons, répliqua sèchement le commissaire, perdant d'un coup tout intérêt pour cette affaire. Ils feront intervenir l'ambassade... Je ne sais pas.

— J'essaierai de solliciter les collègues liguriens, mais vous connaissez le sort qu'on réserve aux suicidés : en dessous de la pile. Après tout, conclut Juvara, on n'a personne à chercher.

Soneri initia un mouvement de départ.

— Rien d'autre ? questionna-t-il, comme s'il attendait l'autorisation de l'inspecteur pour s'en aller.

— Non, bredouilla l'autre du bout des lèvres. À part l'histoire de la Vespa. Apparemment, ils ne veulent plus la garder.

Le commissaire souffla :

— On verra ça demain, non ?

— *Dottore*, le retint Juvara, pourquoi vous ne la prenez pas ? J'ai cru comprendre qu'elle vous plaisait. Puisque personne n'en veut... Sinon, elle va terminer à la casse.

— Ça, jamais ! déclara fermement Soneri.

— Si vous l'emmenez chez un concessionnaire et qu'en échange vous lui achetez un scooter comme le mien, ils peuvent vous faire une belle ristourne, insista l'inspecteur.

— Juvara, t'as pas suffisamment de bouteille pour t'attacher à des objets, coupa court le commissaire en sortant.

## CHAPITRE 7

Il traversa la ville en passant par les rues étroites du centre. Il était fatigué de penser à Elmo, à ce passé auquel l'enquête le ramenait sans cesse.

— C'est ton métier, lui rappela Angela, les enquêtes sont toujours tournées vers le passé, les commissaires sont un peu des archéologues qui fouillent la vie des autres.

— Moins on en sait, et mieux on se porte. Au lieu de ça, je dois fouiller, toujours fouiller… Et pas seulement la vie des autres, aussi la mienne.

— Tu as besoin de consolations, susurra Angela l'œil malicieux. Commençons par un bon dîner.

— Tu m'emmènes où ?

Angela éclata de rire.

— *Aux Barricades*, dans l'Oltretorrente, histoire de parler du futur, annonça-t-elle toujours rieuse.

— Parme n'a plus le goût des barricades, déplora le commissaire avec amertume.

— Au contraire, tu verras. Tu vas retrouver ta joie de vivre.

— Je ne l'ai pas perdue, se défendit Soneri. Je suis juste attristé par tout ce qui m'entoure.

— Alors ? Parle-moi de Boselli junior !

— Avec un père comme Elmo, soit tu t'écrases, soit tu te révoltes. Son fils a choisi la deuxième solution.

— Le conflit des générations. Tu savais que le père d'Elmo était fasciste ? Elmo aussi s'est révolté contre son père.

— Alors, le petit-fils d'Elmo sera communiste, ricana Soneri.

— Pas sûr, rit Angela, ça ne saute pas forcément une génération : l'Italien moyen est fasciste, tu devrais le savoir.

Une bouffée d'humidité les assaillit quand ils arrivèrent piazza Duomo. Des grappes de gouttelettes s'abattirent sur leur visage dressé vers le ciel juste en dessous du campanile, qui, en contre-plongée, paraissait transpercer l'épaisse couche de brouillard.

— On n'était pas à Parme quand Elmo et les étudiants ont occupé cette place et les nefs de la cathédrale, dit Angela.

— On est arrivés juste après, les portes étaient déjà fermées, se lamenta le commissaire.

— Qu'est-ce que tu regrettes ? D'être devenu flic ? Ce n'est peut-être pas un hasard si tu es passé de ce côté.

— Aujourd'hui, j'ai vu l'ancienne épouse d'Elmo : une vie brisée qui m'a fait réfléchir sur ce que nous aurions pu devenir, sur la manière dont on choisit inconsciemment de ne pas exploiter nos potentialités tous les jours...

— On appelle ça construire sa vie, résuma Angela.

— On ne la construit pas toujours librement : le menu existe déjà, toi, tu choisis seulement où planter ta fourchette. En 68, les jeunes ont quasiment tout dévoré, ils nous ont juste laissé les miettes, ajouta Soneri. Ça m'aurait plu de rester dans le milieu universitaire, malheureusement, à mon époque, ça se bousculait au portillon.

— À ta façon, tu fais de la recherche, non ? dédramatisa Angela.

Le commissaire sourit et se souvint des images passées en revue chez Borriani. Le vieux policier était le seul à savoir déchiffrer ces photos historiques, le seul capable d'identifier chacun de ses acteurs par leurs nom et prénom. Il lui avait montré Pino Setti, le prêtre ayant mené l'occupation du *duomo*, entouré de ses compagnons d'alors encore vêtus des pulls en laine tricotés par leurs mères, tout droit surgis d'une jeunesse oubliée. On voyait aussi Borriani, entraînant avec lui un jeune, gracile et binoclard.

— Notre génération n'a pas élevé la voix, elle n'a jamais été protagoniste, décréta soudain Soneri. On a traversé notre époque sans faire de bruit et sans relever la tête.

— Si tu étais né dix ans plus tôt, tu en serais au même point qu'Elmo ou que les opportunistes qui ont fait carrière : tu crois que ce serait mieux? lui fit remarquer Angela.

— Au moins, ils ont vécu avec passion. Il n'y a pas de vérité dans la passion, seulement la vie. La vérité est dans la réflexion, et quand tu réfléchis, tu t'éloignes de la vie et de son tourbillon.

Angela ne répondit pas. Elle le prit sous le bras et l'entraîna via Cavour. Ils longèrent le *teatro Regio* et s'engagèrent dans le dédale de ruelles qui débouchait sur l'esplanade de la Ghiaia, l'ancien marché des Parmesans. Les bulldozers l'avaient dévastée sans offrir de nouveau visage à ce grand espace vide, blotti sous la digue artificielle du viale Mariotti au-delà de laquelle s'écoulait le torrent.

— Même nos souvenirs, ils nous les volent, persifla Soneri en balayant des yeux l'endroit où les pelleteuses avaient ouvert une plaie béante.

— Ils ont fait appel à un grand architecte, tout sera encore plus beau, le fit taire Angela. De nouveaux bâtiments, de nouveaux éclairages, des rues, du mobilier urbain… Tu verras. Les villes aussi doivent évoluer.

— Mouais, bougonna le commissaire, moi, je préfère limiter les dégâts. Moins ils sont à l'œuvre, moins ils font de conneries.

Ils remontèrent vers le ponte di Mezzo pour rejoindre l'Oltretorrente, empruntèrent la via d'Azeglio en lançant un coup d'œil à la statue de Filippo Corridoni, le dos arqué en un ultime sursaut de vie, puis contournèrent l'église de l'Annunziata, et s'enfoncèrent dans la via Imbriani. Les quelques bars restés ouverts étaient tous occupés par des groupes d'immigrés.

— Les pauvres habitent toujours les mêmes immeubles, commenta Soneri.

— Tous gérés par des SAS immobilières qui se font du fric sur leur dos, rectifia Angela en désignant les Noirs et les Arabes qui discutaient sur le trottoir.

Ils tournèrent ensuite borgo Marodolo et entrèrent dans le restaurant. Les murs étaient couverts de photos historiques des barricades de 1922 que Soneri examina avec sévérité.

— Tout se vend dans cette société de commerçants, bougonna-t-il en s'asseyant. Voyons voir le menu, grinça-t-il.

— D'après toi, qui s'en souviendrait si personne ne prenait la peine d'apposer des plaques commémoratives ? riposta Angela.

— Mais bien sûr ! Vendons notre mémoire ! Écrivons-la dans les pages jaunes plutôt que dans les livres !

Elle le regarda en hochant la tête.

— Qu'est-ce que t'es casse-couilles !

Puisque le restaurant proposait également des spécialités de la région de Plaisance, ils commandèrent des *pisarei e fasò*[4] avec une pointe de couenne pour en relever le goût. Angela n'alla pas plus loin tandis que le commissaire termina son repas par une ration de tripes sur lesquelles il saupoudra une épaisse couche de *grana*.

— J'espère que ce dîner a fait fondre tes réserves, le taquina-t-elle.

Soneri fit une moue d'assentiment.

— À table, on se réconcilie comme les époux sur l'oreiller.

— Alors, reprit Angela, tu as flairé quelque chose autour de la mort d'Elmo ?

— Récemment, il avait revu des anciens camarades, dont un certain Maselli qui a tenté de le faire revenir dans leurs rangs.

— Je le connais de nom : un de mes confrères l'a défendu, il était accusé de soutenir des groupes armés, l'instruisit-elle.

— Exact. Un type avec des précédents, un type dangereux.

— Je ne te sens pas convaincu.

Le commissaire secoua la tête avant de s'expliquer, mais n'alla pas plus loin : un serveur s'était approché afin de proposer un verre de sburlon, cette vieille liqueur de coings typique de la région de Parme.

— Tu as besoin d'un petit remontant, on dirait, intervint Angela. Apportez-nous deux verres. Pour monsieur, bien remplis.

4 Petits gnocchis de farine et de chapelure (*pisarei*) servis dans une sauce aux haricots (*fasò*), au lard (ou couenne, ou saucisse, ou tout à la fois), à la tomate et aux oignons.

— La vérité, c'est que je n'ai aucune idée de par où commencer. La piste politique semble la plus logique.

— Et alors ? Suis-la, non ?

— Les modalités sont bizarres. Un militant comme Maselli ou bien un type qui fait partie d'une bande armée n'utilisent pas les armes blanches. Ils tirent. Et même en admettant qu'il se servent d'un couteau, ils ne s'acharneraient pas, ils tueraient, et basta.

— Tu sais très bien que chacun interprète les homicides à sa façon. Comme un acteur qui interprète un rôle.

— Évidemment ! dit Soneri. Mais certains interprètes sont plus passionnés que d'autres. Le type qui a planté Elmo, il en a fait des tonnes.

— Ne néglige pas les haines politiques, conseilla Angela. Entre camarades, elles peuvent être implacables. Supposons qu'Elmo ait refusé catégoriquement…

— C'est ce qu'il a fait, d'après son ex-femme.

— Tu vois ? Tu as déjà un mobile.

— Pas besoin de me le rappeler : dès que le questeur lira le P-V, il va se mettre à trépigner et le vendre à la presse.

— Mais toi, tu n'es pas convaincu.

— Je me dis que c'est possible, répondit Soneri d'un air soucieux, mais que ça pourrait être autre chose. En résumé, je n'y comprends rien.

Ils cessèrent de parler, leurs pensées suspendues au-dessus du bourdonnement du restaurant. Le commissaire dégustait sa liqueur à petites gorgées, glissant peu à peu dans un temps qui mélangeait ses sensations passées à celles de ce moment présent, beuveries d'hier et d'aujourd'hui. Seuls l'alcool et la bonne chère parvenaient à lui faire atteindre un tel état de grâce. Ce même état que les buveurs devaient chercher avant que la soûlerie ne les prenne par la main.

Il regarda Angela, qui semblait, elle aussi, dans un état d'extase. Alors il se rapprocha d'elle et proposa de s'en aller.

— Chez toi ? C'est plus près, s'empressa-t-il de dire une fois sur le trottoir.

Elle fit non de l'index.

— Chez moi, alors ?

Même geste.

— Strada Mulattiera.

— Strada Mulattiera ? Mais pourquoi ?

— Parce que c'est là qu'on s'était arrêtés la première fois. Tu t'en souviens ?

— En voiture ? Mais on a deux appartements, Angela ! Et puis, là-bas, c'est dangereux.

— Mais tu es flic…

Quelques minutes plus tard, Soneri scrutait le brouillard qui les avait accueillis dès la sortie de la ville.

— Espérons qu'il tienne les voyeurs à distance, murmura-t-il cependant qu'Angela lui sautait déjà dessus.

Le lendemain matin, il arriva d'assez bonne heure à la Questure. La ville, encore calme et tranquille avant l'ouverture des bureaux, portait encore les marques des inondations. Des cicatrices de saleté que l'eau avait accumulées apparaissaient sur les bords des trottoirs, et dans le silence, on entendait des gens s'affairer dans les caves du vieux Parme qui donnaient sur la rue par de petits soupiraux telles des gueules-de-loup.

Il sut par le planton que quelqu'un l'attendait à la PJ.

— Un vieux demande après vous.

Le vieux était assis à côté de la machine à café. Il tenait dans ses mains un béret fatigué et endossait un paletot élimé d'où dépassait un bleu de travail.

— Je suis Beppe Tirelli, se présenta-t-il timidement.

Le commissaire le regarda en recherchant dans sa mémoire un souvenir qui corresponde à ce visage.

— Je suis mécanicien, le secourut le vieux. Je répare des motos et des motocyclettes, précisa-t-il. Bah, aujourd'hui, poursuivit-il, quelques bricoles, je ne fais plus grand-chose. Je remets à neuf des vieilles motos, des motos de mon époque.

Et il sourit.

Le commissaire continua de le fixer sans comprendre.

— Vous avez été cambriolé ? Agressé ? questionna-t-il pour se tirer de l'embarras qu'il éprouvait.

— Je suis venu pour cette Vespa, se décida enfin le vieux. J'ai vu sur le journal que c'était la Vespa d'Elmo… J'ai vu aussi que personne n'en voulait, alors… C'est ma passion, j'en ai réparé des centaines.

— Ah, la Vespa de Boselli, percuta Soneri.

— Eh ! Je m'en suis souvent occupé ! Elle avait un défaut dans la bobine d'allumage, et j'avais mis un bon moment à le trouver, expliqua Tirelli.

— Vous le connaissiez ?

— Elmo ? Bien sûr. C'était dans mon garage qu'il venait. Comme beaucoup d'autres étudiants, dont certains qui ont fait carrière.

— Lui n'a pas bien fini.

— Le pauvre. À l'époque, on pouvait s'y attendre, mais aujourd'hui ? dit-il en secouant la tête.

— Vous vous étiez vus, récemment ?

— De temps en temps, répondit Tirelli. On parlait de sa Vespa. Quand on lui a volée, il n'a jamais voulu la remplacer. Il y était très attaché avec tous les voyages qu'il avait faits... Parme/La Spezia dans la journée.

— La Spezia ? releva Soneri.

— Oui, souvent. Mais par la nationale, parce que avec une Vespa on ne peut pas prendre l'autoroute. Il lui aurait fallu une 150. Ou bien un Lambretta.

— Il allait au bord de la mer ?

— Oui, au bord de la mer. C'est qu'il ne manquait pas de petites amies, çui-là ! En Ligurie aussi, elles lui couraient après. Le nombre de pneus que je lui ai changé ! Je connais tout de cette Vespa, c'est pour ça que j'ai demandé à la famille s'ils étaient d'accord pour que je la récupère, révéla le vieux en tendant une déclaration signée du fils de Boselli, sur une feuille à en-tête du cabinet d'avocat où il travaillait.

— Je ne vois aucun problème à ce que vous la preniez, accepta Soneri.

Tirelli fit un large sourire en découvrant le peu de dents jaunies qu'il lui restait.

— Vous savez, ajouta-t-il, j'en ai pris soin comme d'une enfant.

— Je vous préviens, elle n'est pas en très bon état, l'avertit le commissaire. Je vais vous la montrer. Ensuite, vous passerez voir mon collègue et vous irez au secrétariat du magistrat pour remplir les formalités.

Ils sortirent dans la cour et rejoignirent la remise. Tirelli l'examina minutieusement.

— Il y a beaucoup à faire, estima-t-il, mais ça en vaut la peine.

— Bien, trancha alors Soneri. Marché conclu. Je commençais à m'y attacher, j'ai beaucoup voyagé en Vespa, moi aussi.

— Tous ceux de votre âge y ont posé leur cul : faut dire qu'avec toutes leurs versions ils ont su rester dans la course ! s'exalta Tirelli.

Soneri lui tendit la main.

— Vous m'avez ôté un remords. Si vous n'étiez pas venu, on aurait dû la mettre à la casse.

— Un crime ! s'insurgea le vieux. Des comme ça, y en a plus beaucoup.

À peine se fut-il engagé pour retourner à son bureau que le commissaire, pris d'un doute, se tourna vers le mécanicien qui le fixait, debout et immobile, en faisant tourner son béret.

— Vous m'avez dit qu'il avait une petite amie à La Spezia ? demanda-t-il au vieux sans même savoir où il voulait en venir.

— Pas qu'une, dit Tirelli en clignant de l'œil. Quand il n'y avait pas de neige, il affrontait aussi le col en plein hiver. J'avais même monté un pare-brise, du plus grand qu'on trouvait, avec un petit auvent pour le protéger, en cas qu'il pleuve.

Soneri acquiesça, lui adressa un regard reconnaissant et s'en alla.

Au bureau, Juvara lui annonça :

— La Vespa a trouvé preneur, annonça-t-il.

— Vous vous êtes enfin décidé ?

— Non, je l'ai refilée à l'ancien mécano d'Elmo : Beppe Tirelli. Son atelier est dans l'Oltretorrente, borgo San Giuseppe.

— *Dottore*, vous avez loupé une occasion : en la revendant, vous auriez pu récupérer un scooter neuf à prix cassé, le réprimanda l'inspecteur d'un air débonnaire.

— Je te l'ai déjà dit : tu n'as pas encore l'âge d'être nostalgique. Cette Vespa a marqué l'histoire, Tirelli va la restaurer.

— C'est seulement un scooter !

— À force d'avoir grandi dans la surabondance, votre génération n'a plus aucun symbole. Vous ne savez même plus quoi choisir, entre les dizaines de modèles qui sortent chaque année ! Comment tu veux t'attacher ? Nous, on n'avait que trois ou quatre modèles, et on les gardait des années. Et seulement trois tribus : la Gilera, la Morini et la Vespa. Moi, c'était la Vespa, tu vois ? Tu voudrais que je l'oublie ?

L'inspecteur le fixa d'un air peu convaincu et interrogateur, mais ne répliqua pas.

— La surconsommation sème la confusion et rend tout identique, enchérit Soneri. Comme nous, dans notre enquête : on ne sait pas par où commencer.

Il réfléchit quelques instants, puis ordonna :

— Essaie de joindre Maselli : c'est lui qu'il faut entendre.

Juvara parut soulagé de se dépêtrer de cette conversation en train de l'envoyer dans les cordes et se mit à taper sur son clavier.

— Le voilà, dit-il enfin. Libero Maselli, né en 1949, débardeur à la coopérative La Rapida, célibataire…

— OK, j'ai compris, abrégea Soneri en laissant Juvara sans voix. J'y vais.

Et il sortit en lançant un regard mauvais à l'ordinateur.

Il connaissait le quartier Montanara pour y avoir travaillé à sa sortie de l'école de police en tant que chef de bord. Les logements populaires avaient vu s'installer la petite pègre parmesane, voleurs de voitures, rats d'appartements, maquereaux, une délinquance qui prêtait à sourire si on la comparait aux infiltrations mafieuses de ces dernières années. Le quartier était à présent le seul secteur homogène de la ville, loin des lueurs du centre et pas encore campagne. Via Preti était la partie résidentielle de cette ancienne cité-dortoir où avaient été relégués les ouvriers des usines du nord de la ville. Au numéro 9, il y avait un immeuble de cinq étages à l'aspect élégant. Il sonna, mais n'obtint pas de réponse. Dans l'arrière-cour, il tomba sur un type qui lavait sa voiture et qui parlait avec deux autres locataires. Le commissaire ne se présenta pas, se limitant à demander Maselli. L'homme de la voiture essora son éponge et s'adressa aux deux autres :

— C'est celui du troisième étage ?

— On ne le voit pas souvent, répondit l'un des hommes, il n'est jamais chez lui. Parfois, il est là en milieu de semaine, mais aujourd'hui samedi, vous ne le trouverez pas.

— Vous ne savez pas où il peut être ?

— Qui peut savoir ? On ne sait pas trop ce qu'il trafique. Des fois, la police vient le voir et il leur dit d'entrer.

— Un jour, en passant devant chez lui, j'ai jeté un œil à l'intérieur, intervint le laveur de voiture : toutes les pièces étaient vides, seulement des chaises contre les murs.

Soneri prit congé et remonta dans son Alfa afin de se rendre chez Borriani. Mais avant, il voulut faire une ronde comme il le faisait à ses débuts. Sur le terrain de la peupleraie, on avait construit les écoles maternelle et élémentaire, et l'ancien internat Victor-Emmanuel II, surnommé l'« orphelinat », avait été abattu pour laisser place à d'horribles immeubles de bureaux et d'habitations tandis que l'ancien cinéma *Olimpico* était devenu une galerie marchande. Seuls la Baganza et le Cinghio, les deux torrents qui marquaient la limite du quartier, étaient restés en place, bien qu'assaillis par le béton.

Il prit la fuite en accélérant vers la via Langhirano jusqu'à ce qu'il dépasse le ponte Dattaro, autre frontière entre les quartiers nobles et le vieux Parme populaire. Il trouvait que le monde changeait à toute vitesse sans que l'on ait le temps d'en absorber les mutations. Une précipitation qui accentuait cette impression de vieillissement global et donnait à la vie un rythme étourdissant. Un métabolisme trop rapide poussait marchandises et personnes vers une mort prématurée, empêchant le monde de comprendre cette course perpétuelle qui l'entraînait dans une rumba sans mémoire et sans perspective.

Il s'arrêta chez *Pàcio*, piazzale Picelli. Il y trouva Gotti et Castellazzi discutant au comptoir, peu surpris de le voir.

— Un petit verre de blanc ? proposa Lalo.

— Non merci, jamais pendant le service, déclina Soneri.

— Dans les années 70, avant la bataille, vos collègues de la Celere buvaient comme des éponges. Ils puaient l'alcool quand ils nous matraquaient, rappela Gotti.

— Et dix ans plus tôt, ils tiraient. Ils en ont buté deux, ici, à Parme, et cinq à Reggio[5], sans compter tous les autres, ajouta l'ami.

— C'est quoi ? Un procès ? se froissa le commissaire.

Castellazzi fit signe de laisser tomber.

— Je cherchais Maselli, reprit Soneri en changeant de sujet. Vous savez si Boselli et lui ont entamé des discussions, ces derniers temps ?

— Nous aussi, on l'a cherché, répondit Gotti d'un air énigmatique.

— Je ne suis pas sûr que ce soit pour les mêmes raisons, insinua le commissaire.

— Imaginez, alors, reprit l'autre. Vous croyez qu'on laisserait passer cette histoire sans remuer le petit doigt ? On ne fait pas confiance à la justice ordinaire.

— Vous voulez dire que Boselli est la victime d'une justice parallèle ?

— On n'en sait rien, intervint Castellazzi. On veut comprendre.

— Et Maselli serait impliqué ?

— Elmo et lui n'ont jamais pu se blairer, et récemment, ils s'étaient encore engueulés. On a juste fait deux plus deux…

— Où est Maselli ?

5 Le 22 mars 1950, à Parme, Attila Alberti et Luciano Filippelli tombèrent sous les balles de la police à l'issue d'une manifestation organisée par la Chambre du travail. Leur mort est aujourd'hui encore commémorée. Le 7 juillet 1960, à Reggio Emilia, où cinq personnes furent tuées par la police durant une manifestation contre le gouvernement Tambroni (dont la confiance au Parlement avait été obtenue grâce au vote déterminant du MSI) et les violences des forces de l'ordre. Durant les vingt premières années de la première République italienne, on estime à plusieurs dizaines de morts les victimes de la répression policière.

— Si on savait… Maselli est un habitué de la clandestinité. Ce ne sera pas la première fois qu'il disparaît.

Pàcio remplit les verres des deux amis et fit un petit signe à Soneri en montrant la bouteille, mais celui-ci déclina de nouveau. Le bar n'était pas grand et toutes ses tables étaient occupées par des hommes entre deux âges qui jouaient au rami. Une porte conduisait dans une autre salle où devaient se trouver d'autres clients. Sur le mur, près du comptoir, trônait une grande photo de Guido Picelli et d'autres icônes de la gauche : les barricades, Che Guevara, des cortèges d'ouvriers, mais aussi un portrait d'Attila Alberti, une des victimes de la police à laquelle Castellazzi venait de faire allusion.

— Quelles sont vos intentions ? demanda le commissaire sur un ton légèrement menaçant.

Gabo écarta les bras.

— Nous informer. Entre camarades, on ne se perd jamais de vue, et nous, Elmo, on l'aimait bien.

— Rien d'autre ?

— Rien d'autre.

— Évitez de faire des conneries, leur recommanda-t-il. Et si vous avez du nouveau, tenez-moi au courant.

— D'accord, sourit Gabo. On aura plus de chance que vous en frayant avec certains milieux. Je veux dire, là où les flics sont encore plus détestés qu'ailleurs. Là où votre collègue Borriani n'a pas laissé de très bons souvenirs.

— De toute façon, rien ne dit que la politique y soit pour quelque chose, coupa court Soneri.

— En effet, ça n'a peut-être aucun rapport, admit Gotti sur un ton ambigu et peu rassurant.

— Les matraquages de vos collègues nous ont appris à prendre nos précautions, poursuivit Castellazzi. Une espèce de contre-espionnage.

— Eh bien, arrangez-vous pour que les informations circulent, les avertit Soneri en se désignant lui-même d'un geste évocateur.

— Commissaire, l'interpela Gotti comme il sortait. Regardez là-bas, dit-il en indiquant la strada del Quartiere.

Le commissaire tourna les yeux et vit le vieil hôpital Ugolino da Neviano derrière lequel se distinguait la construction massive de l'ancienne clinique neurologique. Il mit un certain temps avant de comprendre.

— Il a été là-dedans ?

Les deux acquiescèrent.

— Quand ?

— Deux fois, répondit Gotti en levant son index et son majeur.

— Fou ?

— Pas vraiment. Déséquilibré. Son cerveau avait des courts-circuits : trop de colère. Vous l'avez déjà vu, Maselli ?

— Pas en chair et en os.

— Difficile de voir quelqu'un en chair et en os s'il a décidé de disparaître. Maselli est plus méfiant qu'un loup.

— Il ne travaille pas dans une coopérative de déchargeurs ?

— Quand il y va, ironisa Castellazzi. Il a beau en être membre, il est capable de ne pas s'y rendre pendant des semaines. Ses collègues le connaissent, ils le prennent comme il est.

— Vu l'état de son cerveau…

— Oui, dit Gotti en baissant la tête. Vous comprenez qu'un type de ce genre…

Soneri acquiesça et s'en alla.

## CHAPITRE 8

Le piazzale Picelli était chargé d'humidité. La vapeur exhalée par les sources entre San Pancrazio et Fontevivo, là où s'embrassent le Taro et le Pô, surgissait dans la ville depuis la barrière Santa Croce. Le brouillard était dense, aérosol de gouttelettes et de pots d'échappement que la brise envoyait à la face des passants : comme un énorme éternuement au rythme cadencé. Via d'Azeglio, Soneri dut se résigner à laisser son cigare éteint pour répondre à son téléphone.

— *Dottore*, attaqua Juvara, je voulais juste vous prévenir qu'ici c'est bourré de journalistes. Capuozzo a prévu un point presse dans une demi-heure.

— Tu as bien fait, je vais rester à distance. Du nouveau ?

— Les collègues de La Spezia nous ont refilé le dossier Oliescu. Ils disent qu'ils sont en sous-effectif à cause d'agents en arrêt maladie. Au pire, ils pourront nous aider si on va enquêter sur place.

— Juvara, soupira Soneri, je ne sais plus où donner de la tête.

L'inspecteur se tut quelques instants.

— *Dottore*, je..., bredouilla-t-il, embarrassé. Capuozzo semble avoir épousé la piste politique. J'ai parlé tout à l'heure avec le chef de cabinet qui m'a rapporté que le questeur et le magistrat en étaient convaincus. Ou tout du moins, qu'ils estimaient que c'était la seule piste concrète.

— À propos, intervint le commissaire, on sait quelque chose des fascistes qu'Oliescu fréquentait ?

— Les collègues de La Spezia se sont dits prêts à nous envoyer un rapport, mais on n'a encore rien reçu.

— Je vais devoir y faire un saut, en Ligurie, décida Soneri d'un air songeur.

— Le *dottor* Coriani a demandé que l'affaire soit conclue, le prévint Juvara. Il ne veut pas qu'on perde du temps sur cette enquête.

— Et c'est à nous de le faire ? Personne d'autre ne peut s'en occuper ? s'agaça le commissaire.

— Vous le connaissez : « C'est la PJ qui a mené l'enquête, c'est à la PJ de la conclure », récita-t-il en imitant la voix du substitut.

— OK, acheva Soneri, ça veut dire que je me prends une journée pour aller à la mer.

Contrarié, il raccrocha sans prendre congé et se rendit à grandes foulées chez Borriani : l'envie lui était venue de voir la tête de Maselli. Les visages parlent. Avec le temps et le métier, il avait appris à observer les délinquants, à en épier les moindres tics et expressions, l'alphabet muet de leur physionomie. Il avait commencé à connaître les hommes, à voir s'ils étaient sincères ou s'ils dissimulaient. Pourquoi n'en serait-il pas ainsi dans le cas de Maselli ? Il fallait qu'il le scrute, même sur une photo datée, même au prix de subir encore les insultes de Borriani et ses tirades de vieux fasciste nostalgique contre les « rouges » qui continuaient de le démanger.

De fait, l'accueil fut peu aimable :

— Je savais que tu reviendrais. Les gauchistes ont toujours eu le don de tendre leur cul pour se prendre des coups de tatane.

— Ne te fatigue pas, tu as passé l'âge, cingla le commissaire.

— Petit con ! Si je n'avais pas de respect pour l'uniforme que tu portes sans le mériter, je ne me gênerais pas pour t'en foutre un.

— En pantoufles, ça ne fait pas très mal, riposta Soneri en souriant.

L'autre lui passa devant et le zieuta du même regard hostile avec lequel il observerait un détenu.

— Qu'est-ce que tu veux, cette fois ? demanda-t-il en s'asseyant.

— Des infos sur Maselli. Tu en sais quelque chose ?

Le collègue réfléchit.

— Un dur. Avec des couilles. Pas comme Boselli.

— Mais encore ?

— Un type avec des convictions qui se battait avec courage, répondit Borriani avec une certaine emphase. Il s'est pris pas mal de raclées... Mais pour finir, il a toujours eu mon respect.

— Pas Boselli ?

— Boselli ? Je crois te l'avoir déjà dit : fort en diplomatie, mais qui décampe aux premières charges, ricana l'homme d'un air mauvais. C'est dans la rue et le combat qu'un homme prouve sa valeur. Maselli ne reculait jamais, il ne prenait jamais la fuite. S'il n'avait pas été communiste, je l'aurais proposé à nos équipes. Alors que Boselli, c'était du genre à te caillasser et à se carapater. Le genre de lâche qui balançait aussi des Molotov, termina-t-il avec mépris.

— Il semblerait que Maselli ait vu Boselli il y a quelques mois et que ça ne se soit pas très bien passé. De quoi nourrir quelques soupçons, renseigna Soneri.

— Ils ne s'entendaient pas, trop différents, confirma Borriani.

— En quoi ?

— En tout, reprit le collègue. Maselli est un sous-prolétaire d'origine paysanne qui n'a pas pu aller plus loin que la cinquième. Boselli, rien à voir, pour lui tout a toujours roulé : beau gars, et les moyens de faire des études, conclut-il en se levant et en disparaissant dans une autre pièce.

Il réapparut peu après avec un dossier et l'ouvrit sur la table.

— Regarde, dit-il en disposant une dizaine de photos sous les yeux du commissaire. Tu vas tout de suite comprendre la différence.

Soneri observa les images jusqu'à ce que Borriani lui en désigne une en particulier. On y voyait Elmo à côté d'un type plus petit, assez trapu, avec un large visage populaire. Son regard fixe dans l'objectif était déterminé. Les traits des deux, leur allure, leurs vêtements révélaient des histoires humaines totalement opposées : on aurait pu croire à un noble en compagnie de son fermier.

— Tout le monde admirait Boselli, tout le monde l'aimait, reprit Borriani. Maselli, le pauvre, c'était tout le contraire. Mais pour faire la révolution, il faut des types comme lui, pas des minets.

— Ils ne l'ont pas faite, en effet, releva Soneri.

— On l'aurait empêchée, décréta Borriani en élevant la voix.

— Tu as des exemples d'affrontements entre les deux ?

— Je te dis qu'ils n'ont jamais été d'accord. Maselli était un vrai communiste et l'autre jouait au hippie : ce qui veut dire glander le bide à l'air en grattant la guitare et en sautant sur tout ce qui bouge. Maselli, lui, possédait une urgence, l'urgence de la misère. L'autre voulait seulement s'amuser. Qui faisait des études dans les années 60 ? Les riches. Tu crois qu'il en avait quelque chose à foutre, Boselli, de changer le monde ? Ceux qui le voulaient vraiment, c'étaient seulement les pauvres. Les ouvriers de 69, par exemple.

— Vous en avez d'ailleurs descendu un paquet, le tacla Soneri.

— C'étaient des accidents ! protesta Borriani avec véhémence. Si on t'avait sauté dessus pour te frapper à coups de barre, toi aussi tu aurais tiré, communiste à quatre sous !

— Des accidents ? Si tu te manges un mur, c'est le mur qui te saute dessus ?

— De quoi tu parles ? C'est quoi, ces commissaires ? s'énerva-t-il. Tu crois qu'on était face à des bonnes sœurs ? On était face à des anciens partisans qui auraient pu nous faire la leçon, à toi comme à moi, en matière de guérilla, des gens qui ne faisaient pas dans la dentelle, et s'ils pouvaient te fracasser la tête, ils n'y réfléchissaient pas à deux fois.

— Et au sein de la Celere, toute une flopée de chemises noires qui voulaient se venger du 25 avril[6], repartit le commissaire. Borriani, à cette époque, vous avez exercé des représailles tardives.

— Si tu es venu ici pour parler politique, la porte est là, renvoya l'autre. J'en ai plein le cul de tes analyses à la con.

— Désolé, mais on ne va pas y couper, le rembarra Soneri. Pour moi, la politique a un rapport avec l'enquête.

6 Date anniversaire de la Libération en Italie (25 avril 1945).

— Ce n'est pas une nouveauté que les rouges se fassent la peau entre eux : ils sont tellement stupides, tellement sectaires…

— Justement, reprit patiemment le commissaire. Revenons-en aux affrontements entre Maselli et la victime.

— Tu veux que je te dise quoi ? Il suffit de les regarder, non ? Maselli fréquentait une cellule et l'école du parti pour devenir militant. Plus que par idéologie, il était surtout motivé par une envie de revanche et de réparation, comme tous les pauvres. Un soldat de la révolution, décidé, obsédé. Alors que Boselli, c'était un intello qui croyait que le communisme apporterait la liberté. Le premier avait Lénine comme référence, l'autre, Marcuse, l'école de Francfort, une image idyllique de la Chine de Mao. Maselli a ensuite intégré les Comités Unitaires de Base avant de militer à Potere Operaio ; pendant ce temps-là, Boselli fréquentait ceux du *Manifesto*. Cela dit, ce n'est pas tellement une question d'idéologie, la différence, c'est l'origine sociale. Quand tu vis dans la merde, tu en veux à tous ceux qui t'imposent d'y rester, t'as juste envie de les éventrer, au moins pour te récupérer un morceau du butin. Boselli, lui, n'a jamais connu de contrecoup. Il a juste fait partie de la première génération qui a pu faire tout qu'elle voulait parce qu'elle a trouvé les portes grandes ouvertes et une société en pleine croissance.

— En bref, intervint Soneri, la discipline de parti contre la créativité quelque peu anarchiste ?

— Appelle ça comme tu veux, ricana l'autre en le toisant. Pour moi, ça veut juste dire qu'on fait ses petites affaires en les recouvrant du beau vernis idéologique de tel ou tel groupuscule comme il en a fleuri dans ce monde de débraillés.

— En même temps, Boselli est resté cohérent : un des rares à ne pas avoir fait carrière, souligna Soneri.

— Il n'a pas compris que le temps passe et qu'on vieillit, que les rêves se dégonflent et que les femmes arrêtent de te lorgner. Soit tu grandis, soit c'est la gueule de bois.

— Si Maselli est allé le rechercher, ça veut bien dire qu'il représentait encore quelque chose, s'obstina le commissaire.

— Il a fait une erreur. Bien sûr, Boselli a été quelqu'un pendant le Mouvement, mais dernièrement, il n'était plus qu'un vieux machin. À l'époque, il impressionnait, il faut le reconnaître. Et ce salaud savait comment en profiter. Maselli n'avait pas ses talents, et il le détestait à cause de ça, mais d'un autre côté, il avait de l'admiration pour lui, au fond, il voulait lui ressembler. Peut-être que cette fois-ci il a voulu l'utiliser, qu'il s'est senti en position de force.

— Peut-être, marmonna Soneri d'un air pensif en se levant.

Il commençait à avoir faim, même s'il savait qu'il n'aurait droit qu'à un sandwich dans un bar.

— Si tu n'étais pas une saleté de communiste, ça me ferait plaisir de discuter, reprit Borriani en lui montrant d'autres clichés.

Sur l'un d'entre eux, on découvrait Elmo qui discutait avec les travailleurs de l'usine d'électroménager Salamini dont on venait d'annoncer la faillite. Sur d'autres, on le distinguait à la tête du cortège des ouvriers de la Salvarani, ou bien encore lors de meetings, l'un piazza Steccata, l'autre sous le monument à Verdi, avec à l'arrière-plan le palazzo della Pilotta. Mes archives sont les meilleures de Parme, s'enorgueillit Borriani. Toutes les conneries des gauchistes sont chez moi, railla-t-il. Avant qu'elles sombrent dans le néant, grinça-t-il furieusement.

— Vous aussi, vous avez fini dans le néant, répliqua Soneri pour la forme.

— Bobards ! Tu ne vois pas ce qui se passe ? aboya son collègue avec mauvaiseté. L'ordre naturel est de retour, avec un chef qui fait la loi. Vous, vous perdrez toujours parce que vous voulez changer la nature humaine. Alors que nous, on l'accompagne. Tout le monde veut commander, non ? Parfait ! Que le plus fort gagne, et qu'il commande ! Le peuple ne demande rien d'autre que de s'occuper de ses petites affaires, et si toi, tu leur garantis que personne ne leur cassera les couilles, ils se frotteront les mains. Ça, vous ne l'avez jamais compris.

— Tu n'as pas beaucoup de qualités, Borriani, mais au moins, tu es clair, railla le commissaire en s'en allant.

— Tu peux le dire, ricana l'autre, parce que avec vous, les communistes, faut s'accrocher pour tout comprendre.

Soneri s'en retourna à la Questure en se fumant un *toscano*. De temps à autre, une gouttelette de brouillard finissait sur la braise et grésillait imperceptiblement. Il était agacé de ne pas avoir trouvé d'arguments percutants pour contrer Borriani. Il ne supportait pas d'admettre que ce dernier puisse avoir raison, mais il savait que le seul moyen de s'y opposer était d'avoir recours à une idée, un idéal auquel on pouvait tendre. Si tout cela manquait, pas étonnant que le monde finisse dans les mains des fascistes.

Le portable de Soneri sonna à l'improviste.

— Commissaire, où en sommes-nous ? l'interrogea Coriani.

— On suit une piste... Le *dottor* Capuozzo a dû vous expliquer...

— Oui, je suis au courant, et j'estime cette piste fondée. La Digos m'a informé d'un retour de l'extrémisme politique, de gauche comme de droite, exposa le magistrat.

Le commissaire réalisa soudain que Maselli et Oliescu appartenaient à ces mouvances.

— Oui, confirma-t-il. On se concentre sur un type qui a fait ses classes au PCI avant d'entrer à Potere Operaio, et qui est très souvent entré en conflit avec la victime.

— Le fait qu'il se soit éclipsé peut signifier qu'il a flairé quelque chose, souligna le magistrat.

— Peut-être. D'autant plus qu'il est habitué à la clandestinité.

— Dites-moi plutôt ce que vous pensez des bruits de couloir qui sont arrivés au parquet.

— Je ne suis pas au courant, répondit le commissaire.

— Que Boselli avait des dettes. Vous en savez quelque chose ?

— Je sais seulement qu'il était sans arrêt fauché et qu'il se faisait régulièrement entretenir par ses compagnes, mais des dettes, non, je ne suis pas au courant. Cela dit, c'est possible : les gens pour qui l'argent n'a aucune importance ne se tracassent pas vraiment de ce qu'ils doivent rembourser.

— Ces calomnies sont peut-être fondées ? questionna Coriani.

— Vous savez d'où elles viennent ?

— Elles font le tour de la ville...

— Son ex-femme et sa dernière compagne m'ont affirmé qu'il n'avait pas de comptes en suspens, mais elles pourraient avoir menti.

— Du reste, l'argent est un mobile des plus courants, fit noter le magistrat.

— Tout à fait, approuva Soneri. Je me demandais d'ailleurs pourquoi on n'avait encore rien trouvé à ce sujet.

Coriani grommela :

— Et cette habitude de se faire entretenir par les femmes ? Bien que la chose puisse sembler sympathique, je ne vous cache pas que tout cela ne sent pas très bon.

— Bah, Boselli vivait à contre-courant, admit le commissaire. Hors des sentiers battus.

— Ce n'est pas seulement ça, souligna l'autre. Plutôt le fait que ce genre de personnes en profite, vous me comprenez ? Nous tenons pour certain qu'il a demandé à ses anciens camarades de lui prêter de l'argent.

— Je comprends, je comprends..., bluffa Soneri, irrité de n'en rien savoir. La gauche a toujours eu un rapport ambigu à l'argent, justifia-t-il enfin.

— Si vous voulez, considéra Coriani. Mais pas toujours. Vous constaterez aussi bien que moi que certains militants de cette époque ont aujourd'hui de bonnes situations : Montacchini, Gaibazzi, Fabiani...

Soneri se rendit compte, toujours aussi exaspéré, que le magistrat avait mené une enquête parallèle.

— Ils ont su se mettre à l'abri au bon moment, argua-t-il.

— Ce serait peut-être le moment de les entendre, qu'en dites-vous ?

— Pourquoi pas ? répondit Soneri d'une voix volontairement sceptique. Mais je dois d'abord aller en Ligurie pour clore le dossier Oliescu.

— J'allais vous le demander. Ce pauvre hère dans son frigo me fait de la peine, avoua le substitut. Et si personne ne le réclame… Nous sommes prêts à délivrer une autorisation de sépulture, mais où ? Et qui s'en occupera ?

— Les collègues de La Spezia auront sans doute alerté l'ambassade ou le consulat ?

— Vous vous en assurerez. Sinon, comment procéder ? On ne peut quand même pas transférer un cadavre si on ne sait pas où le mettre, se récria Coriani.

Le commissaire songea qu'un lieu en valait bien un autre pour quelqu'un qui avait préparé sa sortie en s'efforçant de ne laisser aucune trace. Toutefois, il ne parvint qu'à dire de façon soudainement timide :

— Je ferai mon possible.

La mort privée de mémoire le mettait toujours mal à l'aise. Il aurait eu besoin d'un bon repas chez Alceste pour se débarrasser de ses angoisses, mais il le différa, car il avait un meilleur plan pour son après-midi.

Il entra dans le bar à vins de la via Farini et tandis que Bruno, le titulaire, venait vers lui, son téléphone sonna encore.

— *Dottor* Soneri ?

— Lui-même. Laissez tomber le *dottore*, le pria-t-il d'un ton bourru.

— Je suis Montacchini.

Le commissaire, tout à coup, se méfia : Coriani venait juste de prononcer son nom, et le voilà qui téléphonait en personne.

— Dites-moi, l'invita-t-il.

— Je me permets de vous appeler, car un de vos collègues est passé à mon domicile pour me poser quelques questions sur Elmo en précisant qu'il me traiterait comme une source confidentielle.

— Vous avez son nom ?

— Il me l'a dit, mais je ne m'en souviens plus, répondit Montacchini. Je pensais que vous étiez au courant.

— Il doit s'agir du magistrat qui coordonne l'enquête, je ne suis pas au courant de tout ce qu'il décide.

L'homme parut étonné et se tut un instant.

— Que vous a-t-il demandé ? s'informa alors Soneri.

— Il voulait avoir des renseignements sur des histoires d'argent.

— C'est-à-dire ?

— De l'argent qu'Elmo empruntait ici et là.

— Vous en savez quelque chose ?

— Pour ce qui me concerne ; le reste, j'en ai entendu parler.

— Racontez-moi ce qui vous concerne.

— Eh bien, j'ai perdu un peu d'argent, mais je m'y attendais, je connaissais Elmo : il vous faisait du charme, vous tapait un peu de fric, et ensuite, il n'y pensait plus. Même si on ne vivait plus dans le même monde, au fond, je l'aimais bien.

— Vous lui faisiez l'aumône ?

— Dit comme ça, c'est un peu brutal…, se défendit Montacchini. Il n'avait pas besoin d'argent pour manger, mais il n'aimait pas trop exploiter ses compagnes. Comme il était souvent parti, il se débrouillait en vendant des vêtements, mais ça ne lui rapportait jamais grand-chose. Et quand il tombait amoureux d'un projet, il ne regardait pas à la dépense. Il avait les poches percées.

— Vous pensez qu'il a laissé des ardoises et que quelqu'un se serait vengé ?

— Je ne sais pas… Ce dont je suis sûr, c'est qu'il a frappé à tout un tas de portes. Enfin, si je vous sollicite, c'est surtout pour vous demander le maximum de discrétion à mon égard, insista Montacchini. Je suis directeur financier dans une entreprise importante, et si on apprend que j'ai prêté de l'argent à tort et à travers, qui plus est à un communiste…

— Vous ne l'étiez pas, vous aussi ? le coupa Soneri.

— D'accord, mais quel rapport ? Je veux dire, imaginez ce que les actionnaires penseraient de moi s'ils savaient que leur directeur financier s'est fait avoir aussi bêtement ?

— C'est vous qui avez parlé de bienfaisance, lui fit remarquer le commissaire. La bienfaisance n'a pas besoin de se justifier.

— Écoutez, s'agita Montacchini, dans le meilleur des cas, on me prendrait pour un con. Et dans le pire, on dirait que j'ai financé des groupes subversifs. Dans les deux cas, ils monteraient dans les tours en m'accusant d'avoir subventionné un communiste.

— Vous avez honte à ce point de celui que vous avez été ?

— Ce n'est pas le problème, répliqua-t-il légèrement irrité. Vous devez comprendre le contexte dans lequel je me trouve. Je suis entouré par des gens politiquement à droite, et s'ils savaient…

— Ils ne savent pas que vous apparteniez au Mouvement ?

— Si, plus ou moins, disons qu'ils acceptent qu'on se jette par curiosité dans certaines aventures quand on est jeune et inexpérimenté. Tout compte fait, eux aussi ont fait des trucs de ce genre : de la fumette, des conneries, des transgressions…

— Vous n'aimez pas qu'on vous rappelle votre passé ?

— Eh bien… non, reconnut Montacchini. Aussi parce que je ne le referais pas.

— C'est un jugement politique ? glissa Soneri.

— Si vous voulez le dire comme ça... À cette époque, on avait tout un tas d'idioties en tête, expliqua l'homme. À vingt ans, on a envie de se faire remarquer, de prouver qu'on est grand, qu'on a une opinion. Tous les jeunes sont comme ça, mais nous, ça nous est arrivé à un moment où tout explosait, tout devenait énorme. Être marxiste, ou bien, comme on disait, « représenter l'avant-garde intellectuelle qui mènerait les masses ouvrières vers la révolution », était une mode. Rien d'autre. Si vous aviez envie de vous mettre en avant, c'était la route à suivre. Si vous pensiez différemment, vous viviez dans l'ombre. Vous connaissez le concept d'hégémonie culturelle, n'est-ce pas ?

— Certains y ont cru, rétorqua le commissaire.

— Bien sûr, comme pour tout. Mais la majorité s'en est servi comme d'une passerelle pour afficher ses talents. Une compétition d'égocentriques nourris de leçons de stratégie léniniste. À un moment donné, poursuivit Montacchini, j'ai eu l'impression de vivre dans un bordel. Et que je t'achète à coups de flatteries et d'argent frais. Plus vous étiez grande gueule, plus on vous en offrait. Je ne sais pas qui a dit que pour faire un bon journal de droite il faut les meilleurs hommes de gauche. Mais c'est la vérité. On a besoin du communiste le plus invétéré pour foutre au cul des ouvriers. Excusez-moi, hein, mais les flics les meilleurs ne sont-ils pas d'anciens voleurs ?

— Sans aucun doute, mais ça reste assez rare. Le contraire est souvent plus simple.

Montacchini ricana en soufflant sur son téléphone.

— Combien d'argent vous lui avez donné ? voulut savoir le commissaire.

L'autre hésita une paire de secondes.

— Presque dix mille.

— En plusieurs fois ?

— Oui, je n'allongeais jamais plus de mille euros.

— Il parvenait toujours à vous convaincre ?

— Ces derniers temps, quand je lui disais que je fermerais la caisse, il se mettait à raconter des choses qu'on avait faites ensemble, les bars qu'on fréquentait, des gens qu'on ne voyait plus, ou qui étaient morts… On a connu au moins une dizaine de personnes qui sont mortes à cause de la drogue et de l'alcool, ou du sida.

— Ils n'ont probablement pas supporté la désillusion, supposa Soneri.

Montacchini soupira :

— Il faut savoir prendre acte de la réalité. On ne peut pas continuer éternellement à discuter dans des assemblées alors que le monde est en train de changer et risque de vous offrir mille et une occasions de vous en sortir ! Au fond, confessa-t-il, c'était ce qu'on désirait le plus.

— Par pitié, l'interrompit le commissaire avec une pointe d'ironie, les ambitions sont plus que légitimes…

— Que nous offrait le Mouvement ? Le PCI nous a d'abord regardés avec sympathie, mais ensuite, il nous a tourné le dos.

— Rien, en effet…, en convint Soneri. Vous connaissez d'autres personnes à qui Boselli empruntait de l'argent ? Il ne vous a jamais dit à quoi cet argent lui servait ? questionna-t-il en revenant à l'enquête.

— J'en connais deux.

— Qui sont ?

— Le premier s'appelle Gaibazzi, un ancien camarade qui a monté une agence de publicité. L'autre s'appelle Monti, mais lui s'est retiré à Berceto pour reprendre un petit hôtel où tout est biologique, ou biodynamique, je ne sais plus. À quoi Elmo utilisait son argent, je ne l'ai jamais su. Il m'a toujours parlé d'un milliard de projets, et de ce que j'en sais, il n'en a mené aucun à terme.

— Vous pensez que son réseau d'emprunts était vaste ?

— Je n'en sais rien. Elmo connaissait tellement de gens… Commissaire, je vous en prie. Je vous dis tout ce que je sais, mais ne m'exposez pas. Nous sommes d'accord ?

Soneri cueillit dans la voix de l'homme les traces d'une peur un peu mesquine.

— Ne vous inquiétez pas, le rassura-t-il en s'impatientant. Une dernière chose : pouvez-vous me décrire le collègue qui vous a interrogé ?

— Un type pas très grand, les cheveux bruns, bronzé. Très élégant.

À peine le commissaire eut-il raccroché que Bruno posa sur la table deux sandwichs garnis de jambon, salade et d'une touche de mayonnaise. À côté de l'assiette, un verre de gutturnio. Le commissaire lui fit un signe d'approbation et se remit le portable à l'oreille.

— Musumeci, brailla-t-il sans même lui dire bonjour, tu fais encore partie de la PJ ou tu t'es fait muter ailleurs ?

— Ben oui, *dottore*, pourquoi ?

— Alors pourquoi tu interroges des gens sans m'en parler ? Tant que Capuozzo me charge de l'enquête, je suis encore ton chef.

— Je ne comprends pas, balbutia l'inspecteur apeuré.

— Tu as interrogé Montacchini sur les prêts qu'il a faits à Boselli sans m'avertir. Je n'étais même pas au courant.

— *Dottore*, je pensais que Coriani vous en avait parlé. C'est lui qui m'a demandé d'y aller.

— Il ne m'en a pas parlé, lui apprit le commissaire. Et je suis passé pour un con. La prochaine fois, prends le temps de prévenir ton chef : on a encore des téléphones de fonction.

— J'étais convaincu…

— C'est bon, abrégea Soneri. Dis-moi si ces emprunts sont importants. Je parie que tu as interrogé d'autres personnes en douce.

— *Dottore*, c'est comme avec Capuozzo… Le magistrat m'a convoqué et m'a confié ce filon… Je n'en sais foutre rien si vous vous êtes parlé avant ! Je suis seulement un exécutant !

Le commissaire bougonna :

— Allez, c'est bon, continue.

— J'ai entendu plusieurs personnes qui m'ont toutes dit plus ou moins la même chose : Boselli parlait de projets commerciaux liés à la culture et à l'écologie à ses anciens camarades en les persuadant de lui prêter de l'argent qu'il ne rendait jamais.

— Il soutirait combien ?

— Entre huit et vingt mille euros, pas plus.

— Et il n'a jamais rendu un centime à personne ? Personne n'a jamais protesté ?

— Si. Visiblement, quelqu'un a protesté, répondit Musumeci.

— On sait ce qui s'est passé ?

— Pas précisément. Je sais que dans certains cas Boselli en a rendu une partie, et que dans d'autres, c'est sa compagne qui s'en est occupé.

— La Pezzani ?

— Elle ou son ex-femme, je dois vérifier. Je viens juste de commencer mes investigations, précisa l'inspecteur.

— Sans doute les prêteurs les plus énervés. Ceux qui le menaçaient…, imagina Soneri.

— Ça reste à éclaircir, conclut Musumeci.

Le commissaire raccrocha brutalement et put finalement mordre dans son sandwich. Après en avoir mangé la moitié, il colla de nouveau le téléphone à son oreille.

— Angela, je passe te prendre dans une demi-heure, annonça-t-il.

— Pourquoi, qu'est-ce qui se passe ?

— Rien, je t'emmène au bord de la mer.

# CHAPITRE 9

Il sortit à l'heure creuse du début de l'après-midi quand les commerces baissent leur rideau et que les employés se répandent dans les snacks et mangent debout sans ôter leur manteau, amassés comme de la volaille derrière des vitres embuées. Il traversa la place où un Garibaldi courroucé scrutait les Parmesans depuis son piédestal sous le palazzo del Governatore, et retourna à la Questure. Tout bien considéré, l'idée de franchir les Apennins et de rejoindre ces bords de mer, qui à la fois le fascinaient et l'effrayaient, l'attirait. Il songeait à cette atmosphère à la fois douce et engourdie, rythmée par le mol ondoiement des vagues, quand il tomba sur Tirelli devant la remise de la Questure.

— Je suis venu la chercher, lui dit le vieux en montrant la Vespa.

— Elle ne pouvait pas finir entre de meilleures mains, décréta Soneri.

Le vieux mécanicien hocha la tête et le regarda droit dans les yeux. Le commissaire crut y déceler une pensée inexprimée. Avec un haussement d'épaules, Tirelli se dirigea lentement vers la Vespa, releva sa béquille et la poussa dehors. Ensuite, il la plaça devant sa camionnette.

— Quand vous l'aurez restaurée, elle sera comme neuve…, se félicita Soneri.

Le vieux acquiesça malgré un air soucieux, puis installa la rampe pour faire monter l'engin sur la plate-forme. Mais il ne put aller au bout.

— Je n'ai plus mes forces d'antan, admit-il en soufflant.

Le commissaire se rapprocha, et tous les deux soulevèrent le scooter.

— Maintenant, je vais me débrouiller, marmonna Tirelli.

Il avait l'air de vouloir prendre congé, mais quelque chose le retenait.

— Vous voyez, là, se décida-t-il enfin à dire en caressant le vernis, j'avais mis du stuc après une chute qui avait plié la coque. (Puis il poussa un soupir et ajouta :) La fille derrière Elmo s'était cassé un bras.

Soneri dressa l'oreille.

— Vous vous souvenez de son nom ?

— Non, mais elle était des environs de Berceto. Est-ce qu'elle y habitait encore ? Peut-être qu'elle habitait en ville.

— Comment se fait-il que cette jeune fille vous soit revenue en tête ?

— C'est avec elle qu'Elmo était le plus souvent, répondit Tirelli. Elle ressemblait à une Américaine : blonde, les yeux bleus, toujours joyeuse… Elmo allait aussi la voir en plein hiver.

— C'était quand ?

— Oh ! Il y a longtemps ! Au moins en 69, si je me goure pas.

— Ils se sont fréquentés longtemps ?

— Au moins deux ans, ça, j'en suis sûr : ils avaient l'air inséparables. C'est la seule relation stable que je lui ai connue.

— Vous voulez dire, à part son épouse ?

— Avec celle-là, c'était déjà une autre époque, répondit le vieux avec un geste nonchalant.

— Et ils se sont quittés ?

— Vous m'en demandez trop. Je ne sais pas. Aussi parce qu'à partir de 71 ou 72, Elmo, on ne le voyait plus. Il a réapparu trois ans plus tard, très changé, triste. Il avait du chagrin, sûrement. Il a mis du temps à s'en remettre.

— Qu'est-ce qu'il a bien pu faire pendant tout ce temps ?

— Je n'en ai aucune idée, dit le vieux en secouant la tête. Je sais que cette fille n'était plus là. Peut-être qu'il était triste parce qu'ils s'étaient quittés ? On aurait dit que, pour Elmo, sa jeunesse était terminée, confia Tirelli. Arrive un âge où on arrête de s'amuser, des pensées vous assaillent… Voilà, ce genre de choses.

— Ça se termine souvent comme ça : une fille vous quitte, un deuil, un traumatisme… Tout se brise, on ne peut rien rattraper. Cette jeune fille blonde, vous ne l'avez jamais revue ?

— Jamais. Je n'ai aucune idée de l'endroit où elle a fini. Mais c'est comme ça : un jour ici, le lendemain ailleurs.

Tirelli attrapa des tendeurs et fixa la Vespa sur le côté de sa camionnette. Comme s'il n'était plus intéressé par la conversation. À la fin, il redescendit, referma les battants et salua le commissaire.

— Vous êtes devenu triste d'un coup, vous aussi ? risqua Soneri.

— À mon âge, c'est fréquent, répondit gravement l'homme en fermant sa portière avant.

Puis il mit le moteur en marche et sortit de la cour.

Le commissaire l'imita et prit à son tour le volant, mais arrivé via Repubblica, il s'aperçut qu'il avait raté le moment propice : la ville n'était plus qu'un réseau d'autos roulant au pas.

Angela l'attendait, une petite valise à la main. Soneri, en revanche, n'était lesté que du dossier de l'affaire Oliescu.

— On va où ? questionna-t-elle la mine réjouie.

— Levanto, répondit le commissaire. C'est là-bas qu'on m'attend.

— J'espère que tu en auras pour longtemps, poursuivit-elle avec la même allégresse. J'ai toujours adoré la mer à la morte saison, quand tous les hôtels sont fermés.

Soneri regarda sa montre et s'aperçut qu'ils avaient perdu une heure à cause des feux rouges. Ils ne parviendraient pas à entrevoir lesdits hôtels avant la nuit. Par-dessus le marché, à la sortie de Parme, le brouillard était plus épais, et ils durent encore patienter dans les bouchons. Ils traversèrent lentement ce matelas de vapeur à mesure qu'ils remontaient les Apennins en suivant le val di Taro. Passé Fornovo, le ciel se fit phosphorescent, tout se mit à tourbillonner, toujours plus blanc et plus léger jusqu'à ce que l'air devienne subitement transparent et qu'une lumière mature, proche d'un coucher de soleil, fasse irruption en scintillant comme un flash qu'on n'attendait pas. Dans cette lumière, la campagne apparut dans toute sa netteté, avec au centre la corne rocheuse de Pietramogolana, et puis les taches de neige à l'ombre des maisons et sur les versants nord.

— Ça, c'est le premier col, indiqua le commissaire en observant les silhouettes montagneuses dans le lointain. Rendre sa profondeur au monde.

— Les paysages sont des états d'âme, considéra Angela. Tu n'es jamais le même sous le brouillard ou sous le soleil.

Ce qui plaisait à Soneri, c'était justement cette série de transformations que l'on rencontre au gré des monts, comme lors d'anciennes transhumances qui réveillaient dans sa mémoire le souvenir d'aïeux.

Un autre col les attendait un peu plus haut, lorsque la route s'adosserait aux premières cimes effritées par le gel et que l'ombre de ces pics assombrirait la vallée. Déjà, à Borgotaro, la neige répandait sa couleur partout, ne laissant libres que les versants abrupts où le soleil la faisait fondre.

Soudain, la lumière pailleuse de l'après-midi disparut comme s'ils étaient descendus à la cave, et la route ne fut plus qu'un ruban de tourbe au-dessus des fonds de vallée immaculés où la nuit reposait déjà.

— On sent le froid rien qu'en passant, maugréa Angela tout en manipulant le bouton du chauffage.

Dehors, la neige résistait en prenant racine sur les arbres, impassible dans le froid. Soneri contemplait les bois de charmes et de châtaigniers qui l'appelaient sans équivoque à flâner sans destination, comme le faisaient le renard ou le sanglier en signe d'appartenance.

— Je sais à quoi tu penses, dit Angela.

Le commissaire garda le silence puisque Angela avait déjà tout deviné.

— Pourquoi Levanto ?

— Dernier domicile d'Oliescu.

— Et personne ne le connaissait ?

— Seulement de vue. Il louait une maison à la sortie du village, sur les premières hauteurs de l'arrière-pays, et il n'avait apparemment de relations avec personne. Personne ne l'a cherché.

— Tu ne m'as pas dit qu'il faisait partie des ultras de La Spezia ?

— Si, les collègues sont en train de faire des investigations. Mais s'ils concluent au suicide, l'enquête va s'arrêter… Quel intérêt de continuer ? Avec tout ce qu'ils ont à faire…

— Et du coup, vous laisserez tomber ?

— On est flics, pas psychiatres, dit Soneri en haussant les épaules. Si quelqu'un décide d'en finir, c'est son problème.

— Pas seulement, tu le sais très bien, rétorqua Angela.

— Une fois qu'on aura établi que personne n'est responsable de sa mort, notre mission sera terminée.

— Personne ? Tu plaisantes ? s'indigna-t-elle.

— Putain, arrête ! balança Soneri en perdant patience. Je parle d'un éventuel assassin !

Angela voulut lui répondre, mais un brusque coup de frein du commissaire l'en empêcha. Ils trouvèrent devant eux une colonne d'autos à l'arrêt.

— C'est foutu ! jura-t-elle. Adieu coucher du soleil sur la mer.

Ils restèrent là un bon moment tandis que lentement le jour disparaissait. De temps à autre, on apercevait des phares de voitures isolées qui remontaient les tournants des montagnes alentour, comme si elles narguaient celles qui étaient bloquées dans la file.

Soneri alluma la radio et se brancha sur les infos de l'autoroute. Ils apprirent qu'un camion s'était renversé à une dizaine de kilomètres dans le tunnel juste en dessous du col, là où l'autoroute traverse les collines dans un ventre de roche et franchit l'invisible frontière entre la mer et la plaine.

— On va perdre du temps, râla le commissaire.

Angela indiqua une pancarte.

— On n'a qu'à sortir à Berceto pour rejoindre la nationale.

Il ne manquait qu'un kilomètre avant la bretelle de sortie, mais les voitures recommençaient à avancer par à-coups. À l'approche du panneau, le commissaire s'exaspéra et braqua sans prévenir.

— Je préfère encore me taper vingt kilomètres de tournants plutôt que d'avancer au ralenti.

Il commençait à neiger. De rares flocons traversèrent la lumière des phares. Le col de la Cisa était à une bonne demi-heure, et sur ce tronçon de route, la neige tombait en tourbillonnant dans le vent. En peu de temps, l'asphalte fut blanchi, et Soneri eut devant lui un rempart moelleux et fluctuant. La radio déconseillait la nationale en direction de La Spezia et annonçait que la police refuserait le transit des voitures dépourvues de chaînes.

Ce fut à ce moment-là que le commissaire braqua pour la deuxième fois de l'après-midi. Il vira sur une petite route où un index géant indiquait sur une pancarte : Hôtel-restaurant « *Le Tugo* ».

— Où tu vas ? dit Angela en éclatant de rire.

— Je t'emmène dans un cinq-à-sept.

— Enfin un peu de folie ! s'enthousiasma-t-elle.

— Tu ne regrettes pas la mer ?

— Tu sais que j'adore les imprévus.

La route était étroite et verglacée. Elle avançait parfois sous des bois de charmes et de chênes comme on passerait sous un tunnel. Ils débouchèrent enfin sur une placette à moitié goudronnée où de nombreuses voitures étaient déjà garées.

— Mais qui vient jusqu'ici ? s'étonna Angela.

Peu après, le patron leur donna la réponse.

— Vous aussi, vous avez été bloqués par l'accident ? se renseigna-t-il.

Quand Soneri acquiesça, l'homme ajouta :

— J'ai appris que le chauffeur était mort sur le coup. Ça s'est passé dans le tunnel de l'autoroute, c'est ça ?

— C'est ce qu'ils ont dit à la radio, confirma le commissaire.

— J'ai compris qu'il avait dû se passer un gros truc en voyant arriver les voitures. C'est inattendu, pour un samedi soir, reprit l'autre. Les accidents me remplissent mon hôtel, mais ils me foutent parfois dans le jus. Les gens quittent l'autoroute pour retrouver la nationale, mais après les premiers tournants, ils se disent qu'il vaut mieux qu'ils s'arrêtent pour manger. Et pour finir, ils ne veulent plus repartir. Ce soir, il ne me reste que deux chambres.

— Ne me dites pas que vous vous en sortez grâce aux encombrements ! s'exclama Soneri. Avec cette route, comment font les camions ? s'enquit-il en montrant l'accès étroit et verglacé.

— Avec tous les chantiers qu'on a, riposta l'homme, vous rigolez ! Y en a beaucoup qui font la queue. Ajoutez que, l'hiver, la neige en bloque un certain nombre, que l'été, c'est l'exode sur les routes. Mais on a aussi des

Allemands qui se tapent la Cisa à vélo pour trouver la tranquillité dans ce genre de bled paumé, loin des curieux, acheva-t-il avec un sourire ironique cependant qu'il les menait à une table dans une salle séparée du salon.

— Je ne t'avais pas dit que c'était un cinq-à-sept ? chuchota Soneri quand l'homme s'éloigna.

— On ne pouvait pas mieux tomber, glousa-t-elle.

Dehors, tout était recouvert de neige, et l'on entendait les flocons heurter délicatement les vitres tels de petits grains de poussière soulevés par le vent. Avant que le patron ne revienne, le commissaire et Angela détaillèrent les natures mortes un peu simplettes, les auréoles du papier peint et les rideaux verdâtres.

— Sanglier ou chevreuil ? demanda le patron.

Ils optèrent pour le sanglier accompagné de polenta, et une fois leur hôte reparti, Soneri se montra surpris.

— D'habitude, ça te dégoûte.

— La nourriture aussi est un état d'âme, et là, avec la neige, les bois, la délicieuse vulgarité de cet hôtel pour adultères, je trouve le sanglier parfait, dit Angela l'air malicieux.

Ils mangèrent en se lançant des œillades appuyées. Le gutturnio réduisait les inhibitions au point que le commissaire se sentit en apesanteur, l'esprit absent et suspendu dans un nuage d'euphorie. Il avait oublié pourquoi il était venu jusqu'ici, oublié son enquête et la sinistre fin d'Elmo.

Un peu plus tard, le patron se joignit à eux en apportant une bouteille de liqueur de genièvre. La moitié des clients était déjà montée se coucher en vue de se lever tôt le lendemain matin. L'hôtel sombrait dans la torpeur, parfois interrompue par le marmottement diffus de l'assaut silencieux de la neige qui, en tombant, arrondissait les angles des voitures garées sur la place. Ils étaient passés dans la grande salle où un feu rassurant brûlait dans la cheminée.

— Je ne me suis pas encore présenté, dit le patron en s'asseyant juste en face d'eux.

— Voyons si mes souvenirs sont bons : vous vous appelez Monti, risqua le commissaire sous le regard intrigué d'Angela.

— Gagné. Nous nous sommes déjà rencontrés ? s'étonna l'autre.

— Je ne crois pas. Mais on m'a parlé de vous.

— Je n'ai pourtant pas laissé de grands souvenirs. Les seuls à pouvoir parler de moi sont d'anciens camarades, et la police.

— Je suis le commissaire Soneri, dit-il en faisant un signe amical pareil à une poignée de main.

Monti le regarda avec méfiance.

— Alors, vous n'êtes pas là à cause de l'accident…

— Si, aussi. Le hasard donne parfois de bons tuyaux.

— Ça fait des années que je me suis retiré, se défendit l'homme, je ne fais plus partie de rien.

— Soyez tranquille, le rassura le commissaire, le fait d'être arrivé ici le jour où on m'a parlé de vous n'est vraiment qu'un hasard. Votre nom a surgi pendant une discussion sur 68. Votre choix de vous retirer ici en faisant de l'agriculture biologique suscite l'admiration.

Monti haussa les épaules.

— C'est pas bien différent, c'est juste qu'il faut s'en contenter, minora-t-il.

— Ils ne ressemblent pas à des couples adultères, dit soudain Soneri en faisant allusion à ceux qui étaient restés à table.

— Vous n'êtes pas tombés sur les bons jours. Les fins de semaine sont réservées à la famille. Pour voir ce genre de rendez-vous, il faut venir le lundi ou le mercredi. Ce soir, les clients sont comme vous, ils ont été coincés par l'accident.

— Vous êtes originaire d'ici ? s'informa le commissaire.

— Non. Mais j'y vis depuis longtemps.

— Je sais que vous connaissiez Guglielmo Boselli : il avait une petite amie dans le coin au début des années 70.

— Évidemment ! Comment aurais-je pu ne pas le connaître ? Il s'est fait poignarder, le pauvre. La fille dont vous parlez était originaire de Berceto, mais ses parents ne sont pas restés là-bas. Je crois qu'ils sont partis en Ligurie. Ils revenaient seulement l'été, expliqua Monti.

— Vous vous souvenez de son nom ?

L'homme se toucha le front et fit un effort de mémoire.

— C'est une Motti, dit-il ensuite. Alessandra Motti.

— Vous savez où je peux la trouver ?

— Pas du tout, je ne l'ai jamais revue.

— Elle a de la famille ?

— Ici ? Non. Elle en avait, mais les plus vieux sont morts, et les jeunes se sont dispersés.

— Vous ne vous souvenez pas de l'endroit où ils avaient emménagé ?

— En Ligurie, c'est sûr, mais pour ce qui est de l'endroit exact… À l'époque, on partait travailler sur les chantiers de Gênes ou de La Spezia. C'était là-bas qu'on trouvait du travail.

Soneri contempla le feu d'où provenaient de temps à autre de petits crépitements. Il ne parvenait pas à renverser le mur d'oubli qui se dressait entre sa vie et celle d'Elmo.

— Vous ne connaîtriez pas d'amis à lui qui pourraient le savoir? Il doit bien y avoir quelqu'un…, insista-t-il.

— Sûrement, mais ils n'en savent pas plus que moi : cette fille a disparu. Et puis Boselli se faisait rare avant qu'on en parle dans le journal…

— Pourtant, vous l'avez vu quand il vous a demandé de l'argent, non? tenta Soneri d'un ton provocateur.

Monti le scruta avec un rictus.

— Il m'a téléphoné, mais je l'ai envoyé bouler. J'étais endetté jusqu'au cou, c'était plutôt moi qui avais besoin d'argent.

— Les Motti ont encore une maison, ici? interrogea le commissaire en changeant de sujet.

— Elle est restée fermée un bon moment, et elle était bien mal en point. Ils ont fini par la vendre à un gars de Plaisance, il y a une dizaine d'années, mais il ne vient que pour l'été.

— Donc, au moment de la vente, cette Alessandra s'est manifestée…, en déduisit Soneri.

L'hôte secoua la tête.

— C'est une agence qui s'en est occupée, avec un avocat. C'est l'acheteur qui me l'a dit. Ici, des Motti, on ne sait plus rien.

— Mais elle a disparu à quel moment, précisément?

— Au début des années 70, comme vous le disiez, quand Boselli traînait dans le coin.

— Lui aussi a disparu, à cette époque, fit remarquer le commissaire.

— Ils sont peut-être d'abord partis ensemble avant d'emprunter des chemins différents, suggéra l'homme. Ça arrive souvent quand on est jeune. Et puis, ces années-là, il y avait beaucoup d'agitation, ajouta-t-il avec un voile de nostalgie.

— Vous en savez quelque chose ?

Monti eut un nouveau rictus.

— Moi, j'en suis assez vite sorti quand j'ai compris qu'il s'agissait d'une course individuelle et que les contestataires qui voulaient tout détruire le faisaient pour se frayer un passage, pas pour mettre autre chose sur pied.

— C'est à ce moment-là que vous êtes venu ici ?

— Pas tout de suite. J'ai d'abord racheté un bar à Piantonia, et ensuite un petit hôtel à Salsomaggiore. Malheureusement, les thermes ont capoté. Ça fait maintenant quinze ans que je suis ici.

— Ça n'a pas dû être facile, supposa Soneri en regardant la neige à travers les vitres.

— Économiquement, non. Mais je cherchais un endroit où me retirer pour calmer ma colère. J'ai coupé les ponts avec ces gens-là, je n'ai pas gardé beaucoup d'amis de cette période, assura Monti. À part les naufragés, comme moi, dit-il dans un éclat de rire amer. Quoi qu'il en soit, je m'amuse bien, ici. C'est comme les coulisses d'un théâtre, poursuivit-il, on connaît les histoires qui ne font pas partie de l'intrigue. Le vieux friqué avec une jeune de vingt ans, les gars qui jouent de l'argent, les comités d'affaires qui se partagent des quartiers entiers, les promoteurs immobiliers et les adjoints municipaux, industriels et financiers, la starlette et le politicien… Ici, je me confronte au monde réel, à son odeur de merde. Quand le rideau se lève, la comédie entre en scène, et ça va même jusqu'à parler de spiritualité ! Pour qui veut comprendre le monde, c'est un spectacle à ne pas manquer !

— Et vous vous sentez bien au milieu de ce fumier ?

— Je m'en sers pour mes champs, ricana l'homme.

— Plutôt corrosif, comme engrais, répliqua Soneri.

— Vous plaisantez ? Extrêmement fertile, au contraire ! Il me fait vivre, pour commencer.

— Je parlais en général.

— En général aussi, trancha Monti. Les poulets fermiers sont meilleurs que les poulets de batterie. L'erreur est de vouloir vêtir le monde. Laissons-le vivre à poil et laissons-le bander !

Il se tourna vers Angela avec une expression fautive.

— Excusez-moi, hein !

— Ne vous inquiétez pas, sourit-elle. Faites plutôt attention à ne pas vous faire surprendre par le monde que vous décrivez.

— C'est déjà fait, admit-il, brusquement grave. Mais on s'en remet.

Un ange passa. Ils burent la liqueur de genièvre en contemplant la neige aux flocons éclatants. La lumière des rares lampadaires présents sur la placette traçait des ovales sur le sol. Soneri se laissa ravir par cette pause inattendue dans son enquête. Un coin de montagne, un verre, la cheminée allumée, le froid et les flocons lui faisaient éprouver un sentiment de plénitude.

Il sortit de ses pensées en voyant qu'Angela se levait, et le regretta presque. La vie est parfois ponctuée d'escales particulières, comme une auberge au bord d'une route de campagne. L'après-dîner dans la grande salle du *Tugo* était l'une de celles-là. Le commissaire monta les escaliers en suivant Angela, happé par le sommeil. Dès qu'ils furent dans la chambre, elle le prit dans ses bras et, emportée par son désir, glissa une main sous son pull. Elle sentit quelque chose dans sa poche de chemise. Elle en tira un petit papier et lut dessus l'adresse du *Tugo*.

— Ne me dis pas que tu savais tout depuis le début ! Que tu avais l'intention…, le menaça-t-elle.

Soneri se marra.

— Une mise en scène…

— Qui s'est parfaitement déroulée, avoua le commissaire. Et l'accident est arrivé à point nommé.

— Et moi qui croyais partir en vacances alors que je faisais partie de l'enquête ! Et toi, à me promettre des couchers de soleil…

— Toi qui adores l'extravagance, tu ne vas pas te plaindre ? J'ai juste oublié de jeter mon papier.

— Tu étais plus intéressé par une discussion avec Monti que par une soirée avec moi.

Il l'attira vers lui, et elle, en l'enlaçant, lui donna une bourrade qui le fit vaciller.

— Connard ! s'écria-t-elle en feignant la colère.

# CHAPITRE 10

Soneri avait toujours du mal à affronter une nouvelle journée quand ses mauvaises pensées avaient été anesthésiées par un repas bien arrosé et une nuit avec Angela.

Dieu merci, la blancheur éclatante de la neige réjouissait le regard, tout comme l'animation du marché local sur la place du *Tugo*. Trente centimètres de neige alimentaient les angoisses d'une quinzaine de clients condamnés à rester sur place à cause de leur batterie à plat ou de leurs pneus inadéquats.

Monti, sur un petit tracteur, s'employait à déblayer la route et à remorquer les voitures qui patinaient tandis que le commissaire s'amusait à observer cette petite foule inadaptée dans ses vêtements de bureau, soudainement aux prises avec un élément à ce point naturel qu'il les laissait tous interdits.

Il attendit que l'hôte libère un sillon carrossable avant de se mettre en mouvement pour repartir en direction de l'autoroute.

— Comment tu savais, pour Monti ? lui demanda Angela.

— Il faisait partie du groupe de Boselli. Un de ses anciens camarades m'a dit qu'il s'était retiré dans les montagnes, et Juvara l'a retrouvé. Il n'est pas le seul à s'être cherché un endroit hors du monde, constata le commissaire.

— Mais pas en Inde, répliqua-t-elle. Monti s'est arrêté avant.

— Comment tu sais, pour l'Inde ?

— À cette époque, c'était là-bas qu'on cherchait un sens à sa vie.

— Des vacances, tu veux dire, commenta le commissaire avec cynisme.

— J'en connais qui en sont revenus changés, rétorqua-t-elle, le front sérieux.

— Monti a marché à contre-courant : quand tout le monde quittait la montagne, lui a décidé d'y revenir. C'était sûrement plus courageux que de partir en Inde.

Angela haussa les épaules, mais Soneri ne s'en rendit pas compte, trop absorbé par la conduite. La route était déserte et couverte de neige, taillée dans d'hostiles bas-côtés rocheux. L'Alfa avançait en silence en y dessinant des ornières. Tout paraissait ouaté, assourdi, insonorisé par le gel, et dans cette nature immobile, Soneri retrouvait un peu la quiétude du temps ralenti de la nuit, suspendu au-dessus des arbres, des humains et des animaux tombés en léthargie.

Le péage de Berceto brisa cette harmonie fragile. Devant eux, une rangée de voitures et une patrouille de la police de la route qui contrôlait si elles étaient munies de chaînes. Quand son tour arriva, Soneri montra sa carte. L'agent l'examina et le laissa passer.

— Tu es sûr qu'on va y arriver ? demanda Angela un brin sceptique.

— Le col n'est plus très loin, et y a pas de neige dans les tunnels, répondit le commissaire. Une fois là-haut, un autre univers nous attend.

Ils traversèrent deux tunnels d'à peu près deux kilomètres chacun avant de franchir les collines. Entre les deux, une grosse quantité de neige et les profils des cimes blanchies des Apennins faisant office de spectateurs. À la sortie du second, le verglas avait disparu pour laisser place à un lit de bouillasse tout le long du versant toscan et ligurien sur lequel ils glissèrent jusqu'à Pontremoli. Finalement le froid les quitta en s'éclipsant sur les pentes battues par le vent de la mer, en direction des Alpes apuanes et de leurs pointes de marbre.

— Terminé, annonça Soneri en actionnant les essuie-glaces qui nettoyèrent son pare-brise d'une pluie aussi fine que la brume.

À Santo Stefano di Magra, tandis que des effluves salins se devinaient déjà dans l'air, le ciel était comme un auvent d'acier, mais si l'on regardait plus loin en direction de l'ouest, une lumière laiteuse promettait un après-midi tiède. Ils quittèrent progressivement l'âpreté de l'arrière-pays et rejoignirent la mer et ses villages. Puis Levanto leur apparut là où la route s'apaisait après une série de virages rageurs parmi les oliviers.

Soneri appela le collègue qu'il devait rencontrer.

— En face du parking de la plage ? proposa-t-il.

— Pourquoi pas au commissariat ? s'étonna ensuite Angela.

— Parce qu'on ne voit pas les vagues, répondit Soneri en clignant de l'œil. Et puis, j'ai envie de boire un verre de sciacchetrà.

— De quoi ?

— Un vin du coin, presque une liqueur.

Ils prirent place dans un bar qui surplombait la plage et dont la terrasse était ornée d'une grande rose des vents. Quelques minutes plus tard, le collègue ligurien arriva, un type grand et maigre qui se présenta avec une certaine morgue.

— Ballero, dit-il en serrant la main d'Angela.

Il prit brièvement des nouvelles de leur voyage, tira un pli de la chemise qu'il avait apportée et le posa sur la table.

— Étrange personnage, cet Oliescu, attaqua le policier. Très difficile de trouver des personnes qui le connaissaient. Des gens l'ont certainement croisé, mais après ce qui vient de se passer, ils préfèrent ne pas s'en mêler.

— Au stade, il était forcément connu, non ? insista Soneri.

— Au stade, l'omerta est plus forte qu'ailleurs, répliqua Ballero. Quoi qu'il en soit, nos informateurs nous ont rapporté qu'il n'était pas vraiment intégré dans le groupe de La Spingarda. Vous savez comment sont les ultras… Ils n'aiment pas beaucoup les immigrés, même blancs et catholiques…

— Ils l'avaient pourtant accepté.

— Toléré, plutôt. Oliescu était prêt à tout pour faire partie du groupe, il ne les lâchait pas.

— Du genre ?

— Un des plus excités. Nous avons pu l'identifier trois ou quatre fois, malgré son visage cagoulé. Y compris dans des affrontements violents. Et dans un cas, avec un blessé grave, mais ce sont d'autres supporteurs qui ont fini au tribunal.

— C'était quand ?

— Il y a deux ans, aux environs de Sarzana. Ça s'est frité avec les supporteurs de l'équipe de Carrare, dans une station-service de l'A12 : une demi-heure de guérilla, expliqua Ballero.

— Et il en est sorti blanchi…

— Le juge a estimé que l'identification demeurait contestable. Beaucoup portaient des cagoules et des écharpes qui couvraient leurs visages, précisa le collègue.

— Et à son travail ? Des gens le connaissaient, non ?

— On a interrogé certains de ses collègues. Tous l'ont décrit comme un brave gars : bon travailleur, mais timide, presque craintif. Il ne parlait jamais, même à la cantine.

— Comme si l'ultra et le métallo étaient deux personnes différentes, résuma le commissaire.

— Il n'était plus métallurgiste depuis au moins quinze jours : son CDD n'avait pas été renouvelé, l'informa Ballero. Ces derniers temps, les chantiers navals sont en crise…

— Au chômage, donc…

L'autre acquiesça.

— Et dans une mauvaise passe : s'il ne trouvait pas d'autre boulot, plus de permis de séjour.

Ballero but son café en une gorgée et fixa Soneri.

— Il ne nous reste plus qu'à clore le dossier en y intégrant ta documentation, acheva-t-il.

Le commissaire éluda.

— Tu penses que ça pourrait être une des raisons de son suicide ?

— Peut-être, répondit l'autre. L'Italie, c'était devenu son pays. Ici depuis sept ans, jamais retourné en Roumanie. Même pas pour le 15 août.

— Il n'avait pas de famille ?

— On n'en sait rien. Peut-être pas. Peut-être qu'il la fuyait.

— Personne ne s'est manifesté ?

— Personne.

Dans le silence, on entendit les vagues en contrebas scander le temps avec régularité.

— Il habitait dans le coin ? questionna encore Soneri.

— À Lavaggiorosso, un petit village, là-haut, derrière, sur les premières collines. Un vrai taudis qui aurait besoin de travaux, expliqua le collègue qui donnait l'air de s'impatienter. On signe ? dit-il d'un ton expéditif.

Le commissaire acquiesça distraitement. Il pensa au Roumain tout en sondant la mer qui provoquait chez lui depuis toujours un sentiment de distanciation et l'épuisement d'un convalescent.

Il entendit Ballero réordonner ses papiers en les tapotant sur la table. Quelques secondes plus tard, les papiers étaient sous son nez. Il prit son stylo et signa. Ballero signa à son tour et rangea rapidement le tout dans sa chemise.

— Je dirais que tout est en ordre, conclut le policier.

— En ordre, je n'ai pas l'impression, objecta le commissaire. Qu'est-ce qu'on fait du corps ?

— Le juge de ta ville décidera. Si personne ne se manifeste, il sera sans doute enterré au cimetière municipal le plus proche de l'endroit où on l'a retrouvé.

Soneri dodelina de la tête.

— C'est un suicide, on n'y peut rien, se justifia Ballero en se levant.

Ils se saluèrent. Puis le policier fit une espèce de demi-révérence sous l'œil amusé d'Angela.

— Ils connaissent les bonnes manières, ici, commenta-t-elle une fois que l'autre se fut éloigné.

— Oh, la forme est impeccable, grinça Soneri en même temps qu'ils quittaient le bar.

Sur le front de mer, on apercevait le petit port touristique où des gens s'agitaient au milieu des bateaux, la plage obscure envahie de détritus et la route avec vue sur le promontoire, au-dessus de laquelle apparaissaient de somptueuses maisons décadentes surveillées par de vieux gardiens.

La mer de Ligurie donnait toujours au commissaire un sentiment de décomposition. Ils parcoururent la via Guani, qui coupait la vieille ville en deux, au milieu du linge à sécher pendu aux fenêtres, des enseignes décolorées de vieilles mutuelles agricoles et de cantines ouvrières, dans une ambiance chargée d'une odeur de moisi qui prospérait entre les murs à l'abandon. Tout avait l'apparence d'une vie résiduelle dans cette douce torpeur de station balnéaire. Les anciens qui y hivernaient, mêlés aux enfants catarrheux et toussoteux accompagnés de leurs mamans, offraient l'image d'une humanité mise de côté, comme les déchets que la mer déposait contre les roches en contrebas.

Soneri aussi paraissait absorbé par cette atmosphère indolente qui saisissait un peu tout le monde, ici, contre les murs qui regardaient la mer, là où le froid n'était pas davantage qu'une bouffée de vent frais.

— On dirait un animal qui ne reconnaît plus sa tanière, se moqua Angela en s'approchant affectueusement de lui.

— C'est vrai, admit le commissaire, je ferais bien d'aller retrouver un bout de mes montagnes.

— Tu veux retourner dans la neige ? On vient juste d'arriver ! protesta-t-elle.

— Juste à côté, la rassura Soneri. On va manger à Lavaggiorosso, je connais un restaurant.

Ils se remirent en route vers les hauteurs qui tournaient le dos au village. Des routes étroites entre des terrasses d'oliviers et de vignes, des maisons pauvres de paysans exhalant des odeurs et des fumées de cuisinières à bois où brûlait le châtaignier des monts. Le village avait l'air d'un grumeau de pierres, tel un téton recouvrant une colline arrondie. La route prenait fin dans des potagers et des petites serres orientées au sud à l'intérieur desquelles une vie végétale tenace survivait à l'hiver. Plus haut, l'église, où, une fois par semaine, le prêtre venait dire la messe. Puis un dédale de ruelles, de passages voûtés abritant des vélomoteurs, et des volées de marches, des colonies de portes, de courettes et de petits balcons remplis de draps qui séchaient au soleil.

Le restaurant ne possédait qu'une minuscule enseigne à côté de l'entrée qui indiquait : *La Tanière de Lavaggiorosso*, et l'intérieur était semblable à une habitation normale. La salle à manger, une grande terrasse fermée par des baies vitrées, s'offrait à la vallée.

— Même si ça n'est pas bon, la vue en vaut la peine, susurra Angela dès qu'ils se furent assis.

Soneri acquiesça en regardant autour de lui. Il ne résistait pas au charme magnétique des endroits à l'écart, là où la vie semblait s'être arrêtée, repliée sur elle-même, au bord du courant frénétique. Comparé à la misérable comédie citadine, il leur trouvait de l'authenticité.

Anita, la propriétaire, se présenta, chargée du naturel timide et laconique des gens de Ligurie, avec ses allures de matrone méditerranéenne, petite, large, les hanches ondoyantes.

— Nous avons des *pansotti*, des *scartafin* et des *testaroli* de Pontremoli[7] au pesto… énuméra-t-elle.

7 Les *pansotti* sont une spécialité ligurienne de raviolis ronds ou triangulaires farcis à la ricotta et aux herbes aromatiques, le plus souvent servis avec une sauce aux noix. Les *testaroli* sont des sortes de galettes assez épaisses de la région de la Lunigiana, cuites sur des disques de terre chauffés au feu de bois, qu'on découpe ensuite en losanges ou carrés et qu'on sert comme un plat de pâtes, assaisonnées au choix.

— Vous n'avez pas de poisson ? demanda Angela un peu déçue.

— On n'est pas sur la côte, réagit vivement la femme, ici, on fait de la cuisine de terroir. Si vous voulez, j'ai des muscles farcis.

Le commissaire intervint :

— Les muscles, ce sont des moules, farcies avec une sauce typique.

— Je prends les muscles, décida Angela.

Soneri commanda des *scartafin*.

— Les frères liguriens de nos *tortelli* émiliens, dit-il en souriant d'un air complice à Anita.

— Tu finis toujours par trouver de la bouffe de chez toi, le tança Angela sur un ton débonnaire.

— Les plats paysans se ressemblent. Sauf qu'ici c'est un autre monde : pas de beurre, pas de *grana*, pas de lard…

— Il te manque tes substances essentielles, le charria-t-elle. Tu ne te sens pas dépaysé ?

— À la mer, toujours, avoua le commissaire. Et mon pendu devait l'être encore plus que moi, ajouta-t-il en regardant vers les monts où l'on distinguait le clocher trapu de l'église. Je crois qu'il habitait juste à côté, indiqua-t-il.

— Pourquoi tu t'intéresses autant à ce Roumain ? Quel est le rapport avec la mort d'Elmo ?

— Le mystère m'attire, tu sais bien. Surtout quand il ne trouve aucune explication, comme dans une affaire de suicide. Pourquoi se foutre en l'air à tout juste trente ans ? Dans ces cas-là, la cause meurt avec la victime, et elle devient inconnaissable.

— Il n'y a pas que dans les cas de suicide que la cause est inconnaissable, objecta Angela.

— Je sais, c'est difficile de regarder à l'intérieur des gens, mais on peut au moins établir une succession de faits. On peut s'approcher d'un mobile quand il s'agit d'un assassin. Mais si le tueur et la victime ne font qu'un, tout devient plus compliqué. L'acte équivaut à une confession muette, et en tant que telle, elle n'explique pas grand-chose.

— Tu y as vu un lien avec l'assassinat de Boselli. Je te connais. Tu n'en as sûrement pas pleinement conscience, mais c'est comme ça.

— Peut-être, murmura le commissaire d'un air pensif. Tellement de choses restent inexplicables. Pour l'instant, tout ce que je sais, c'est que ce Roumain m'inquiète. Ce n'est pas un suicide ordinaire, plutôt une mise en scène. Comme s'il cherchait à hurler quelque chose.

Ils étaient les deux seuls clients. Une jeune femme, probablement la fille d'Anita, s'affaira pour se donner une contenance et vérifia que rien ne manquait sur la table. Quand finalement elle s'approcha pour apporter une carafe de vin blanc, Soneri l'interrogea :

— Tu connaissais ce garçon roumain qui habitait dans le village, à côté de l'église ?

La jeune fille acquiesça.

— Je le croisais de temps en temps sur la route, en mobylette.

— Vous ne vous êtes jamais vus ailleurs ?

— Non, on n'en a pas eu l'occasion.

— Il fréquentait des gens, au village ?

— Ici, y a que des vieux qui parlent le dialecte. Alors, pour quelqu'un qui n'est pas d'ici…

— Il ne fréquentait vraiment personne ?

— Si, des fois, je l'ai vu avec don Sergio, quand il vient jusqu'ici.

— Tu sais où je peux le trouver ?

— À Levanto. Il monte seulement le dimanche jusqu'à chez nous, ou bien pour les fêtes importantes.

Subitement, la jeune fille leva les yeux vers la cuisine, comme si elle avait entendu qu'on l'appelait, et s'en alla. Soneri regarda en direction de la vallée, au fond de laquelle la mer, parcourue par le reflet du soleil pâle, ressemblait à une lumineuse plaque de verglas.

— Tu as l'air mélancolique, remarqua Angela.

— Je le suis toujours, par ici : la mer me fait méditer.

— Tout dépend sur quoi.

Le commissaire fit un ample geste de la main pour indiquer une totalité.

— Tu n'es pas comme d'habitude. On dirait que la mer te tranquillise, insista-t-elle. Ou bien elle t'intimide ? C'est quoi ? Le malaise du terrien au contact de l'eau ?

— Je crois que c'est la mer, avoua Soneri. La mer nous montre nos limites. Ne serait-ce que parce qu'elle fait ce qu'elle veut : elle te caresse ou elle te fouette quand elle en a envie.

— Le vent aussi, dans ce cas…

— Le vent me rend nerveux. Mais la mer, je n'ai pas l'habitude : elle me fait peur et me surprend.

— On dirait un jeune gars qui se retrouve pour la première fois avec une femme, plaisanta Angela.

Le commissaire sourit et ne dit rien. C'est alors que la fille d'Anita reparut comme si on l'avait renvoyée exprès pour qu'elle leur transmette un message.

— Si vous voulez parler à don Sergio, il vient juste d'arriver, annonça-t-elle.

Soneri se fit attentif, s'essuya la bouche et se leva. Angela devina qu'il était inutile de le retenir.

— Vas-y, je t'attends ici.

Le commissaire sortit dans la pénombre de la voûte basse, puis retrouva la réverbération de la mer entre les maisons. Il déboucha face à l'église après un virage en épingle bordé de murets en pierres sèches. Le prêtre allait et venait en observant d'un œil expert autour de lui, tel le régisseur d'un domaine. Quand il vit Soneri, il parut surpris de rencontrer quelqu'un dans ce village de vieux et de résidences secondaires. C'était un homme massif avec un visage jovial de buveur. Il le scruta quelques instants, à la fois curieux et méfiant, en cherchant une explication.

— Je suis le commissaire Soneri, de la Questure de Parme.

Le curé le salua d'un signe de tête.

— Vous avez loué une maison dans le village ? s'étonna-t-il.

— Non, je viens pour enquêter sur Oliescu.

Le curé pencha légèrement la tête.

— On m'a prévenu. Je n'aurais jamais cru…

— Vous le connaissiez ?

— Pas très bien. Je passais le voir le dimanche vers 10 heures, avant de dire la messe, je le trouvais quelquefois en train de prendre son petit déjeuner. Ensuite, il s'est pris de passion pour le football, et je le voyais moins, il partait aux aurores pour suivre les déplacements de son équipe.

— C'était une chose récente, alors…

— Je ne saurais pas vous dire précisément : peut-être deux ou trois ans ?

— Avant, il n'était pas supporteur ?

— Est-ce qu'il s'intéressait déjà au foot dans son pays et que quelqu'un l'a entraîné chez les ultras ? Ce ne sont pas de bonnes fréquentations. Il y a un an, des carabiniers sont venus m'interroger à son sujet, et ils ont tourné dans le village un bon moment. Ils cherchaient le responsable d'une bagarre au couteau, à Sarzana.

— Vous croyez qu'il s'agissait d'Oliescu ?

Don Sergio écarta les bras comme il l'aurait fait derrière son autel.

— Il ne m'a jamais paru de ce genre, expliqua-t-il. Il était si timide, si réservé… Il ne me parlait jamais de lui, mais j'avais réussi à découvrir qu'il n'avait plus de liens en Roumanie. Après la mort de sa mère, son père les a abandonnés, lui et ses frères aînés. Il est resté quelque temps dans un institut, mais ensuite il en est parti et il est venu en Italie.

— Il ne faut pas toujours se fier aux apparences, signala Soneri.

— Je sais, mais je vous répète qu'il y a encore trois ans ce garçon se fichait complètement des équipes de foot italiennes, qui plus est de troisième division, insista le prêtre. Comment a-t-il pu en arriver à se battre à coups de couteau ?

— Pour être accepté par les autres, supposa le commissaire. Une preuve de fidélité et d'intégration au groupe.

Don Sergio réfléchit un instant.

— Peut-être. Il m'a parfois confié se sentir seul. Et si ce groupe l'accueillait… Il a grandi sans père, ni mère, je vous l'ai dit.

— Vous en avez croisé, des supporteurs de La Spezia ? Du groupe de La Spingarda, j'entends.

— Jamais, répondit le curé. Il n'y a pas d'extrémistes, ici, pas à ma connaissance. Il les aura rencontrés à La Spezia, là où il travaillait. Vous devriez aller voir Follino, sur le port.

— Qui est-ce ?

— Le seul pêcheur qui soit resté à Levanto. Oliescu allait lui donner un coup de main de temps en temps, je crois qu'il était un des rares avec qui il parlait.

— Il est au port, aujourd'hui ?

— S'il n'est pas en mer… Le dimanche, c'est compliqué. À moins qu'il soit à bord à préparer le bateau pour prendre le large cette nuit.

Le prêtre regarda vers le haut où l'eau de la gouttière tombait sur la pierre avec un bruit de crachat.

— Ici, même les églises partent à vau-l'eau, bougonna-t-il. Je n'ai pas d'argent, et les fidèles non plus. La curie repousse toujours, et moi, je constate les dégâts.

Tandis que le prêtre disparaissait dans le presbytère, Soneri redescendit au restaurant. Angela l'attendait dehors en contemplant la vallée.

— À un moment donné, la mère et la fille me fixaient comme des louves, j'ai fini par payer et je suis sortie.

— Merci pour le repas, maître. Je te ramène à la mer, annonça le commissaire.

— On va réussir à être tranquille une heure ? J'ai l'impression de tenir la chandelle pendant que tu flirtes avec l'enquête, commenta Angela d'une voix un rien menaçante.

— Je t'emmène voir Follino, le dernier pêcheur du village, avant que lui aussi ne se retire dans un bar.

Le port était une barrière de rochers qui abritait une langue de mer d'environ deux cents mètres où se balançaient, enveloppées par des toiles, les embarcations des estivants. Le petit bateau de pêche de Follino se distinguait à sa vieille coque et à son chargement de filets et de cordes. L'homme sortit de sa cabine, une caisse à outils à la main.

— Vous levez l'ancre ? le héla Soneri.

L'autre le regarda d'un air hébété.

— Cette nuit.

— Je suis commissaire de police.

— Alors arrêtez-moi tout de suite, le railla Follino, parce que j'ai l'intention d'en tuer un bon paquet, même si je prendrai quasiment rien.

Soneri mit quelques secondes à comprendre qu'il parlait des poissons.

— Pourtant, vous êtes le seul pêcheur, ici.

— Ici, mais allez donc au large et vous verrez des bâtiments qui raflent tout. Ils ne nous laissent que les miettes de la côte. Je me paye à peine mon gas-oil.

— Vous vendez en direct sur le port ?

— Une fois par semaine, répondit le pêcheur. L'été, un peu plus. Le plus gros, aux restaurants, mais là non plus, ça va pas fort.

— C'est la crise, constata le commissaire.

— Pas seulement, lança Follino. Les gens ne veulent que les trois ou quatre plats que la télé leur met dans la tête, alors que toi, quand tu tires tes filets, tu ramasses tout ce que la mer t'offre, mais les gens, ça leur convient pas. C'est déjà bien si j'arrive à revendre ma pêche aux retraités et aux étrangers.

— Il y en avait un qui vous aidait, le coupa Soneri. Un Roumain…

— George, confirma l'homme. Un brave gars, gros bosseur. Lui, il se les bouffait, les poissons dont personne ne voulait. Quand on a souffert de la faim, on n'aime pas le gaspillage.

— Vous étiez amis ?

— Il venait là spontanément pour me donner la main, et en échange, je lui remplissais une caisse de poissons. Peut-être qu'il se sentait bien avec moi parce que je ne parle pas beaucoup, lui non plus ne parlait pas beaucoup.

— Qu'est-ce que vous savez de ce garçon ?

Follino le fixa et haussa les épaules.

— Pourquoi je devrais vous le dire ?

— Parce que je suis en train d'enquêter, bluffa Soneri.

— Tout le monde l'évitait, c'est tout. Sur ça aussi, on s'entendait bien. Moi c'est pareil, tout le monde m'évite.

— Pourquoi, d'après vous ?

— Toujours la même rengaine : préjugés, pas envie de connaître. Moi qui ai beaucoup navigué, je sais qu'il y a des gens bien partout.

— Seulement pour ça ? douta Soneri.

— Ajoutez qu'il n'était pas d'ici et qu'il avait des idées politiques un peu extrêmes.

— C'est-à-dire ?

— En somme, il était très à droite. À moi aussi, certains de ses raisonnements me dérangeaient… Mais il fallait le comprendre : le communisme était féroce en Roumanie, alors, par réaction, il s'était jeté dans le camp adverse, expliqua Follino.

— Il avait adhéré à une formation politique ?

— Non, seulement à La Spingarda, mais La Spingarda, c'est la même chose : fascistes jusqu'au bout des ongles.

— Vous n'avez jamais vu les supporteurs avec qui il traînait le dimanche ?

L'homme secoua la tête.

— Non, mais le gars qui l'a entraîné là-dedans, c'est un gars d'ici. C'est George qui me l'a dit.

— Il avait donc quelques amis, fit remarquer le commissaire.

— De ce que j'en sais, d'à peu près son âge, c'était le seul. Sûrement un autre gars isolé.

— Il ne vous a jamais parlé de lui ?

— Non, à part de me dire qu'il était d'ici. Mais je ne sais pas s'il voulait dire qu'il habitait Levanto ou qu'il était du coin.

— Vous ne savez rien d'autre ? fut la dernière question de Soneri cependant que la mer devenait de plus en plus grosse.

— Rien d'autre, commissaire, répondit le pêcheur en se balançant presque à pic sur la muraille de son bateau. Sauf que maintenant, je me sens bien seul.

## CHAPITRE 11

Sur le remblai, il reçut un appel de Nanetti.

— Tu vois du pays, dis donc ! le railla son collègue sans préambule.

— Oui, c'est très beau, mais ce n'est pas mon univers.

— Je te sens déjà en train de voleter pour revenir à la maison comme un pigeon qu'on aurait déporté. Dès que tu n'as pas de brouillard autour de toi…

— Détrompe-toi, répliqua Soneri. Il est toujours là. Dans mon esprit, j'entends.

— Ça tombe bien, continua Nanetti, je voulais te parler de deux trucs qui vont peut-être le disperser.

— Tu serais aussi capable de l'épaissir.

— Tu vas devoir courir le risque, rétorqua-t-il. On a terminé l'expertise de l'agression : l'assassin est un peu plus petit que Boselli, mais plutôt robuste au vu de la force des coups portés.

— Elmo était grand, rappela Soneri.

— Un mètre quatre-vingt-douze, pour être précis, dit Nanetti. L'assassin devait faire dix ou douze centimètres de moins, donc entre un mètre quatre-vingts et un mètre quatre-vingt-deux.

— C'est déjà ça, commenta le commissaire. On connaît sa taille et on sait qu'il est costaud.

— Il y a quand même un truc bizarre, reprit son collègue, mais ça ne concerne pas le crime.

— Dis-moi.

— Ce suicide, qui t'intrigue. On a constaté que la plupart des fringues du Roumain étaient trop grandes pour lui.

Le cerveau du commissaire était à ce point en bouillie qu'il ne réagit pas.

— À part les sous-vêtements et les chaussures, tout le reste était trop grand : pull, chemise, pantalon. Comme si ce n'étaient pas ses fringues, conclut Nanetti.

Les pensées de Soneri continuèrent de papillonner quelques secondes avant de s'arrêter sur l'image d'un couteau. Le seul lien entre la mort d'Elmo et le suicide d'Oliescu s'incarnait dans cette arme : lame des ultras, couteau de l'homicide. Toutefois, l'image ne dura qu'un éclair.

— Vous avez clos le dossier du Roumain ? demanda Nanetti.

— Formellement, oui, confirma le commissaire sibyllin.

— Quand tu me réponds sur ce ton, ça veut dire le contraire.

— Ça ne t'est jamais arrivé d'aller au-delà de ta mission quand une affaire te titille plus qu'une autre ? le questionna Soneri.

— Très souvent, et la plupart du temps, ça a servi l'enquête.

— Tu vois ? Tu sais qu'une grande partie des découvertes scientifiques sont nées du hasard ou d'une expérimentation qui visait complètement autre chose ?

— Je sais, mais le hasard ne se gouverne pas : il t'arrive, et basta. Combien de trésors sont cachés sous la terre ? Si tu ne creuses pas au bon endroit…

— Tu vois ? Plus tu creuses, plus tu as de probabilités. Il faut aider le hasard.

— Évite de te faire entendre par Capuozzo avec ce genre de raisonnements. Il est tellement bête qu'il pourrait croire qu'on avance seulement à l'instinct.

— Il n'aurait pas tout à fait tort, marmonna le commissaire en se moquant de lui-même. Par exemple, reprit-il une seconde plus tard, la clé de la Renault qu'on a trouvée dans la poche d'Oliescu… on a des nouvelles ?

— Ce n'est pas à moi de m'en occuper, se démarqua son collègue. Je crois que ton assistant est en train de bosser dessus.

Soneri salua Nanetti et s'assit contre le mur faisant face à la plage. Au-dessus se trouvait la route où une voiture passait de temps à autre, tandis que sur la promenade les enfants se couraient après en criant dans la dernière lumière du jour. Il était sur le point d'appeler Juvara, mais il y renonça. Il s'abandonna contre la pierre chaude, et Angela et lui contemplèrent le soleil disparaître dans l'eau. Il faisait déjà nuit quand ils se levèrent, et le temps se rafraîchissait. Soneri se mit en chemin sans rien dire.

— Ça fait deux heures qu'on ne se dit rien, fit noter Angela.

— Parler était superflu.

— Au début, j'ai cru que la mer te calmerait, mais tu es plus inquiet qu'en ville.

— J'aime bien venir ici, mais au bout d'une journée, j'ai envie de me barrer.

— Je ne comprends pas pourquoi.

— Toute cette eau me rend mélancolique. Et puis, tu as vu qui est ici, en plein hiver ? Seulement des vieux et des mères de famille. Ceux qui ne produisent rien, les poids, les rebuts du monde du travail. Je préfère les villes sales et puantes qui t'entraînent le matin dans leur danse frénétique : au moins, tu n'as pas le temps de penser. Tu me l'as souvent conseillé : arrête de penser. En attendant, le temps passe.

Ils dînèrent sur la place après avoir flâné dans le bourg déjà assoupi par les dernières conversations sur le match dominical dans quelques bars encore ouverts. Salade de poulpe aux pommes de terre suivie d'un loup de mer, en terminant par un verre de sciacchetrà.

— On y va ? dit le commissaire en se levant d'un bond.

Lorsqu'ils se retrouvèrent dehors en face de l'ombre noire des monts, Angela s'approcha et lui susurra :

— Qu'est-ce que tu fuis ?

Soneri continua de marcher sans répondre. Enfin, il confessa :

— C'est là que j'ai passé mon dernier séjour avec Ada. Quelques semaines avant la naissance de notre fils. La suite, tu la connais. Quelle vie j'aurais eue s'ils n'étaient pas morts ? Qu'est-ce qui se serait passé ? Je sais que ça ne sert à rien de se poser ce genre de questions, mais c'est difficile de ne pas y penser quand le hasard te ramène dans un lieu où tu as été heureux.

Angela garda le silence. Ils montèrent en voiture et repartirent sans plus se tourner vers la mer.

Une fois sur l'autoroute, ils eurent l'impression de décoller et ne virent plus que des vallées et des lumières éparses : galaxies de villages ou de maisons isolées, comme si elles flottaient dans l'obscurité des versants dont le contour formait une frontière invisible entre ciel et terre. Le commissaire jeta un œil dans le rétroviseur, aperçut derrière lui l'ombre sombre des monts et poussa un soupir : la mer qui l'avait inquiété était désormais invisible, perdue dans le lointain.

— Et si on retournait au *Tugo* ? proposa-t-il après s'être remis de ses émotions.

— Tu veux aller au bout de ton enquête, ou l'endroit te passionne ? le railla Angela.

— Je veux passer la nuit avec toi ailleurs que chez nous.

— Arrête de mentir, c'est avec Monti que tu veux passer la nuit.

— Il n'est pas mon genre.

— Je veux dire pour parler de vos vallées et de cette Motti, la femme mystère. Boselli en a eu des wagons entiers, je ne comprends pas pourquoi celle-là t'intéresse plus que les autres, observa-t-elle.

— Elle a été la première, argua Soneri avant de se rendre compte au moment où il le disait qu'il blessait Angela. Je ne veux pas dire que celles qui viennent après… Mais pour Elmo, cette femme a sans doute été son seul et véritable amour, tu comprends ?

Angela ne répondit pas et se mit à regarder dehors.

— Tu sais ce que ça veut dire, tout ça ? reprit-il peu après. Qu'on ne sait plus s'émerveiller. On n'en est plus capable. Il n'y a que la première fois que c'est possible. Après, c'est perdu, comme la virginité.

Il allongea sa main pour caresser celle d'Angela, et cette dernière se laissa faire en se résignant par indolence. Tout de suite après, le commissaire fut à nouveau obligé de freiner. Quand ils furent à l'arrêt, ils s'aperçurent qu'ils étaient entourés de neige. Ils avancèrent par à-coups sur plusieurs kilomètres jusqu'à ce qu'ils tombent sur la sortie de Berceto.

— Le destin veut qu'on revienne au *Tugo* et que l'on soit ensemble ce soir, en déduisit Soneri.

— Si le destin n'était pas là… chuchota Angela en souriant.

Ils parcoururent le bout de route qu'ils connaissaient déjà. L'asphalte était parfois enneigé et parfois brillant de verglas. Ils arrivèrent à l'auberge et trouvèrent Monti seul, assis devant la cheminée.

— Maigre soirée, amorça le commissaire. Et pourtant, il y avait des bouchons.

— Pas grand-chose, minimisa l'autre. Ça s'est décanté assez vite.

Puis l'homme les zieuta d'un air entendu au point que Soneri en fut un peu gêné. Ils se résolurent à prendre place devant le feu de cheminée.

— Enfin, ce soir, il y a quand même un peu de mouvement, dit-il. Ils restent ici une couple d'heures, ajouta-t-il en jetant un coup d'œil aux étages supérieurs où se trouvaient les chambres.

Puis il se leva et revint de derrière le comptoir avec un assortiment de bouteilles.

— Une petite goutte, non ? dit-il en posant les verres. Vous êtes partis en Ligurie à la recherche de cette Motti ?

Le commissaire fit non de la tête.

— Une autre histoire.

Monti fit également un signe de tête pour montrer qu'il avait compris.

— Je me suis renseigné. Vous avez piqué ma curiosité : dans le fond, on est de la même génération et on vient du même bled.

— La Motti et vous ?

— Oui. J'ai appris qu'elle avait un parent éloigné à Milan. On m'a donné son numéro et je lui ai téléphoné. Lui non plus n'a pas su où elle avait fini, mais il m'a raconté qu'à cette époque elle est partie avec Elmo et qu'elle n'a pas donné de nouvelles pendant un bon moment. Il pense qu'ils sont partis en Inde. Trois ou quatre ans, il ne sait plus exactement.

— Tu vois ? Je te l'avais dit ! intervint Angela.

— Pour Elmo, je savais déjà, répliqua-t-il.

Puis, s'adressant à Monti :

— Il a dit quand ?

— Il ne le sait pas précisément, mais d'après lui, au début des années 70, quand les rangs ont commencé à s'éclaircir. Avant, on pensait que c'était plié : nous d'abord, en 68, et puis un an plus tard, les ouvriers… Jusqu'en 70-71, on avait vraiment l'impression qu'une révolution se préparait. On en était tellement convaincus qu'un an plus tard la déception nous a achevés. C'est pour ça que certains ont décidé de partir, pour échapper au reflux et à une situation insupportable.

— L'Inde, donc…

— On ne pensait qu'à faire la route, au mythe américain, on brûlait de vivre autrement. On était aussi fascinés par le mythe de Gandhi.

— Vous, vous n'êtes pas parti…

— Non, reconnut Monti en secouant la tête d'un air sombre. J'ai toujours été convaincu qu'on pouvait trouver la paix à côté de chez soi, et puis…

Il ne termina pas sa phrase et s'agaça en faisant signe de laisser tomber.

— Et puis quoi ? le poussa Soneri.

— Il fallait avoir de l'argent et le courage de s'en foutre. Je n'avais ni l'un ni l'autre. Seulement un père malade. Il aurait fallu être sans scrupules pour le laisser crever tout seul pendant que toi, tu te fumes des joints en contemplant le Gange.

La voix de Monti était devenue mauvaise, éclatant par moments comme les bûches de frêne qui brûlaient dans la cheminée.

— S'en foutre, poursuivit-il, est la plus grande des qualités pour faire la route. Pas seulement dans les affaires. Il ne faut pas avoir de poids sur les épaules, voilà tout. Agir pour un seul objectif, et s'en foutre. Si tu te mets à penser aux conséquences et aux autres, alors, c'est toi qui es foutu.

— Elmo en a été capable, mais il n'en a pas fait grand-chose, rétorqua le commissaire.

— Il aurait pu… Mais il aimait trop la vie, et il y a joué jusqu'au bout en croyant qu'elle n'en finirait jamais. Tout le monde le voulait, filles et garçons. Une belle valse, la sienne. À s'en faire tourner la tête. Et quand il a cherché à reprendre l'équilibre, c'était trop tard. Il y a des gens comme ça, qui vieillissent d'un seul coup.

— J'ai vu, acquiesça Soneri. Il était méconnaissable.

— Il y a quelques années, son cœur lui a posé un ultimatum, ajouta Monti. Un infarctus. Ils l'ont sauvé in extremis, et depuis ce jour-là, il a cessé de lutter.

— Elmo et la Motti sont revenus ensemble de leur voyage en Inde ? demanda le commissaire.

— Je ne crois pas : Alessandra n'a pas laissé de traces.

— Lui n'en a pas parlé ?

— Pas avec moi. On a su qu'ils s'étaient quittés et qu'ils avaient pris des chemins différents. Apparemment, elle est restée là-bas un petit moment, mais on n'en sait pas plus.

— Elle a quand même dû donner de ses nouvelles à ses parents, non ?

— Oui, sûrement. Mais elle est fille unique, et maintenant, ses parents sont morts. Malheureusement, ici, personne ne s'en est préoccupé du fait que sa famille avait déménagé.

Monti remplit les verres de grappa, et le commissaire contempla la neige sur les arbres qui le faisaient se sentir chez lui.

— D'après vous, qu'est-ce qui s'est passé ? questionna-t-il tout de suite après.

L'autre devint perplexe.

— On change d'avis plus facilement quand on est loin de chez soi. Et si je devais émettre une hypothèse, je pense que c'est Elmo qui le vivait mal. Au fond, il était attaché à ses petites habitudes et à son petit confort. Elle, non. C'était une fille d'émigrés. La nostalgie, c'est pour ceux qui n'ont pas souffert.

— Lui voulait revenir, et pas elle ?

— Peut-être. Ou alors, ils en ont eu marre, et quand quelque chose ne va pas et qu'on est dans la dèche, la moindre discussion se transforme en procès.

Ils burent tous les trois leur grappa, et Soneri sentit une vague de chaleur le parcourir de la gorge jusqu'à l'estomac. Il songeait à ces trois ou quatre années de vie d'Elmo et de sa compagne dont on ne savait rien. Un trou noir que, peut-être, personne ne parviendrait à éclairer.

— Il nous faudrait quelqu'un qui les a rencontrés là-bas… Un compagnon de route…

— L'Inde est vaste, et tout le monde n'allait pas au même endroit, dit Monti.

Derrière eux, on entendit des pas. Un couple passa près du comptoir pour y laisser leur clé. L'aubergiste les salua d'un signe de main. Soneri les vit traverser la placette tandis qu'ils relevaient leur col. Ils étaient décoiffés, les joues rougies encore par les plaisirs de l'oreiller.

— Ces deux-là viennent souvent le dimanche soir. Lui est de Parme, et elle, de Pontremoli. Les deux sont mariés. Va savoir ce qu'ils racontent une fois à la maison... ricana-t-il.

— On n'imaginerait pas autant de mouvement dans un endroit aussi paumé, fit noter Soneri.

— Pour observer la société, vous devriez venir ici. L'homme est, et reste, un animal en rut. Vous le saviez qu'Elmo venait ici avec des femmes mariées ? Comment tu peux faire la révolution en te tapant des femmes d'industriels ?

Monti avait éclusé plusieurs verres, et sa langue commençait à être bien pendue.

— Je suis le gardien d'un bordel, ricana-t-il encore, cette fois-ci avec amertume. Y a même des nuits où j'ai l'impression d'être une mère maquerelle : j'assigne les chambres, je tiens les comptes des heures, j'appelle ceux qui me demandent d'être avertis à un moment précis... Je regarde défiler l'humanité, et une sorte de désespoir me prend. Voilà ce qui est le plus intéressant ! Accepter l'humain. Dans le fond, moi aussi... Du reste, c'est beaucoup plus commode, conclut-il sur un ton de furieuse allégresse tout en jetant d'un geste dépité son reste de grappa au feu.

L'alcool s'enflamma au contact de la bûche brûlante en lançant un bref grondement, et une lumière rougeoyante donna une expression dramatique à son visage.

Angela fit un signe au commissaire, et tous deux se levèrent. Monti les observa avec un regard effrayé, mais resta muet pendant qu'ils s'en allaient. Soneri suivit sa compagne jusqu'à la réception et s'étonna de la voir sortir plutôt que de monter l'escalier en direction des chambres. Il n'eut pas le temps de l'arrêter, car déjà, elle était dehors et marchait dans la neige. Il sortit à son tour, et dans le peu de temps qu'il mit à la rejoindre, comprit.

— J'ai été prise d'angoisse, je n'avais plus envie de rester, expliqua-t-elle.

— J'avais pensé que la situation t'exciterait.

— Pas du tout. Ça n'avait rien de joyeux, et l'envie m'est passée.

Le commissaire monta en voiture et mit le moteur en route. En faisant une marche arrière, il lui sembla apercevoir Monti qui les regardait par sa vitrine.

— Enfin, maintenant, tu en sais un peu plus, non ? reprit Angela en changeant de sujet.

Soneri baissa le menton d'un air sceptique.

— Ils ont vécu un grand amour, ils sont allés en Inde, et là-bas, tout s'est disloqué. Ils ne sont même pas revenus ensemble, et ça, tu sais ce que ça veut dire ? l'interrogea-t-elle.

— Ça peut vouloir dire beaucoup de choses.

— Non. Ça veut dire qu'elle en avait un autre.

— C'est possible. Mais c'est aussi possible qu'Elmo en ait eu marre. Qu'il ait rapidement regretté ses gargotes, le théâtre, ses amis de la rue, la Vespa, les collines. La révolution était un rêve qui remplissait l'esprit, mais le décor devait être celui-là, conclut Soneri.

— De grands Che Guevara d'arrière-cuisine ! cingla Angela.

— Ils en ont profité. Pense aux jeunes d'aujourd'hui…

Il n'eut pas le temps de finir sa phrase qu'ils plongèrent dans le brouillard.

— Voilà la condition des jeunes de notre époque, marmonna finalement le commissaire en ralentissant dans les derniers virages des Apennins.

— On est arrivés dix ans trop tard, reprit-elle. Rater un rendez-vous pour si peu, c'est vraiment pas de bol.

— On a vu naître le libéralisme criminel, et on a compté les cadavres, résuma le commissaire.

— Tu y ranges l'homicide d'Elmo ?

— Je ne l'exclus pas. Le magistrat est convaincu par la piste politique, moi, beaucoup moins, répondit Soneri.

— Si ça n'est pas une vengeance politique, quoi d'autre ?

— On a le choix : Boselli a laissé des dettes et d'anciens militants ont essayé de le revoir comme on cherche à revoir l'ancien membre d'un groupe. Elmo n'était pas dans l'affrontement radical, il voulait trouver des accords : il aimait trop la vie.

— Assez pour avoir un paquet de regrets, établit Angela. Une femme, peut-être ?

— Les femmes sont toujours mêlées aux histoires de Boselli. Des femmes de pouvoir, qui sait ?

— Sa fin ne pourrait pas être une histoire de ce genre ?

— Dernièrement, il avait perdu son vernis, lui opposa Soneri. Il avait compris qu'à ce niveau-là aussi la course était finie.

— J'imaginais plutôt un truc surgi du passé. Les femmes éprouvent parfois de terribles regrets lorsque leur corps les abandonne ou que la solitude leur donne de mauvais conseils.

— Si c'était le cas, elle aurait fait appel à un sicaire, parce que le type qui a planté Elmo mesure au moins un mètre quatre-vingts et possède une force supérieure à la normale.

Ils quittèrent l'autoroute. Dans le nid chaud de la ville, le brouillard avait l'air de s'être dissipé et paraissait plus caressant.

— Même lui n'a plus le courage de tomber, dit le commissaire en indiquant cette évaporation craintive.

— Peut-être que ce monde le dégoûte, sourit Angela. Ramène-moi à la maison, ordonna-t-elle ensuite de manière impérieuse.

— Tu préfères être seule ?

Elle acquiesça.

— Il est tard, et cet hôtel sordide m'a gâché mon humeur. Je me sens un peu comme le brouillard, et moi non plus, je n'ai pas très envie de me poser. Tu vois quand les nanas sont obligées d'utiliser les chiottes d'un train ?

## CHAPITRE 12

À la Questure, le lundi était consacré à la paperasse. Documents à signer, autorisations, jusqu'aux congés de Juvara.

— Où tu as l'intention de partir ? s'immisça Soneri.

— Aux sports d'hiver, *dottore*. La saison vient juste de commencer, en ce moment, c'est moins cher.

— Je ne savais pas que tu faisais du ski.

— En effet, j'ai décidé d'apprendre.

— Juvara, excuse-moi de te dire ça, mais je ne crois pas que tu sois fait pour ce sport. Je ne voudrais pas que tu sois bloqué chez toi avec une jambe dans le plâtre.

— Je vais prendre des cours particuliers. Je me suis déjà inscrit, se froissa l'inspecteur.

— C'est toi qui l'as voulu ou on te l'a suggéré ?

— Les deux, mon capitaine !

Soneri laissa tomber et signa. Il avait face à lui une pile d'autres papiers qui l'attendaient quand arriva l'appel de Coriani.

— Maselli demeure toujours introuvable, amorça-t-il. Cela confirme mon hypothèse.

— Peut-être, mais c'est quelqu'un qui disparaît souvent. Il n'aime pas la police, il la flaire de loin comme un loup, et il prend la tangente.

— Il faut vous concentrer sur cet objectif, insista le magistrat. Laissez tomber le reste.

— Excusez-moi, mais nous ne pouvons pas encore nous le permettre.

— C'est moi qui vous y autorise. Et si cette piste n'est pas la bonne, j'en prendrai la responsabilité.

— Il y a des trous dans la vie de Boselli qu'on essaye d'éclaircir. Par exemple, un voyage en Inde avec une femme qui s'est ensuite évaporée.

— Quand ?

— Au début des années 70.

Soneri entendit un soupir d'exaspération à l'autre bout du fil.

— Vous pensez qu'un événement aussi lointain puisse encore être significatif ?

— Je ne sais pas. Pourquoi pas ? De la même façon que les dettes, les femmes ou la politique, si c'est vous qui avez raison.

— D'accord, mais pour l'instant, la piste politique me semble la plus probable, et trouver Maselli, le premier pas. À propos, ajouta-t-il, vous avez clos le dossier du suicidé ?

— Oui, hier, nous avons tout réglé avec les collègues de Levanto.

— Bien, je m'occupe de l'autorisation pour les obsèques, acheva le magistrat.

— Quelles obsèques ? Ce type n'a personne. Il va rester au frigo, à moins que la mairie ne le prenne en pitié et procède à son enterrement dans un cimetière environnant.

— Je ne sais pas, je ne peux pas non plus tout contrôler. Je vais la signer, d'autres s'en occuperont, trancha Coriani.

Soneri raccrocha avec amertume et pensa à ce garçon que l'on jetait comme un déchet. Quelques minutes plus tard, son téléphone sonna encore.

— Vous êtes le commissaire ? hésita une voix masculine avec un accent ligurien.

— Lui-même. À qui ai-je l'honneur ? s'enquit à son tour Soneri.

— Falcetti, répondit l'homme. Je vous appelle de Levanto, je voudrais savoir si je peux venir chercher la voiture.

— Quelle voiture ? souffla le commissaire.

— La Renault, on m'a dit que c'était vous qui l'aviez en dépôt. Celle du Roumain qui s'est tué.

Le visage de Soneri s'éclaira.

— Qui êtes-vous ?

— Je vous l'ai dit : Falcetti. Je suis concessionnaire à Levanto. Oliescu avait commencé à me payer cette Renault d'occasion, mais il ne m'a réglé que deux traites. Je voudrais la récupérer.

— Si on savait où il l'a laissée… répondit le commissaire. On a seulement les clés. C'est quel modèle ?

— Une Clio grise avant-dernière version, immatriculée AN 327…

— Je vais la signaler aux patrouilles, lui assura Soneri. Si elle est en ville, on finira par la trouver. Par contre, elle devra rester sous séquestre pour des vérifications jusqu'à ce que le magistrat décide de la remettre à son propriétaire. Il faudra venir avec votre contrat…

— Quel contrat, commissaire ? On s'était mis d'accord comme ça. Il me payait une fois par mois, et à la fin, il récupérait le véhicule. À chaque versement, je lui signais un reçu. En attendant, c'était comme une voiture de location.

Soneri soupira.

— Je ne sais pas, je vais devoir me renseigner. Je ne crois pas que ça pose un problème si les choses sont comme vous le dites : cette voiture est toujours la vôtre. Vous viendrez la chercher dès que le magistrat aura signé la clôture du dossier.

— Quand ?

— Allez savoir ? Laissez-nous déjà la trouver.

— Elle ne peut être qu'à Parme, soutint l'homme.

— Sans doute, mais rien ne dit qu'on la retrouvera tout de suite, expliqua le commissaire. Que savez-vous d'Oliescu ?

— C'était un de mes clients. Ses voitures étaient souvent déglinguées, alors il les amenait pour les faire réparer.

— Il venait seul ?

— Toujours. Fallait voir dans quels vieux clous il descendait tous les jours à La Spezia de son bled au milieu des vignes…

— Il avait des problèmes d'argent ?

— Il était complètement fauché. Même les réparations, il me les payait en plusieurs fois. J'ai fini par lui proposer cette vieille Renault avec pas mal de kilomètres au compteur, mais fiable. Je trouvais qu'il valait mieux qu'il se prenne un crédit pour une bonne occasion plutôt que de se ruiner à réparer ses vieilles carrioles, expliqua Falcetti.

Le commissaire repensa aux vêtements coûteux d'Oliescu quand on l'avait retrouvé au bout de sa corde : quelque chose clochait.

— Qui sait à quoi il dépensait son argent… raisonna Soneri à voix haute.

— Prenez déjà le loyer, l'essence, la nourriture… Ajoutez-y le football : il ne loupait jamais un match, et ça aussi, ça coûte. On parlait très souvent football.

— Je sais, les déplacements…

— Plus l'activité du groupe : les banderoles à préparer, les chorégraphies, le fonds de caisse pour les repas… Une passion qui coûte cher pour quelqu'un avec un contrat au minimum syndical. Malgré tout, il y tenait.

— Vous ne l'avez jamais vu avec des groupes de supporteurs ?

— À Levanto, jamais, mais ici, on n'a pas de gros club. Je ne l'ai vu qu'une fois avec quelqu'un, un type qui l'a accompagné quand il est venu chercher sa voiture.

— Vous pourriez me le décrire ?

— Un type robuste, avec une vieille Golf noire customisée.

— Vous sauriez le reconnaître ?

— Non, affirma l'homme, il n'est même pas descendu de voiture. Il est arrivé, il a déposé le Roumain, il a attendu qu'il lui dise que tout était prêt, et il est reparti.

— Donc, il avait au moins un ami…

— Ami ? Je n'en sais rien. Il l'a accompagné, ça oui.

Soneri se tut quelques instants et croisa le regard interrogateur de Juvara.

— Vous me tiendrez au courant pour que je vienne chercher ma voiture ? insista Falcetti.

— Je vous appelle dès qu'on la trouve. Si on la trouve… lui promit le commissaire en prenant congé.

Tout de suite après, il composa le numéro de Musumeci.

— Tu te souviens des clés de la Renault qu'on a trouvées dans la poche d'Oliescu ?

— Oui, Juvara vérifie le numéro de série.

— Plus la peine : c'est une vieille Clio grise qui devrait être près de la gare, vers l'hôtel où il s'est suicidé.

— Le bordel… Ça veut dire via Trento, toutes les rues latérales, viale Mentana, viale Fratti… J'aurais plus de chances de trouver un bar ouvert en pleine nuit.

— Musumeci, on n'est pas à Rome, ni par chez toi : ici, les gens se couchent tôt. En tout cas, résuma Soneri, ça nous fait une tripotée de plaques ! Demande à une patrouille de faire le plus gros du boulot.

— *Dottore*, ça vaudrait mieux, sinon, je vais encore me fader Coriani. Il m'a déjà dit deux fois de ne pas perdre mon temps avec les affaires classées, se lamenta l'inspecteur.

— À chacun ses méthodes, acheva le commissaire. Faire des enquêtes, ce n'est pas seulement consulter des dossiers et le code pénal.

Il aurait voulu ajouter que leur travail portait sur la complexité insaisissable des actions humaines, mais ce n'était pas le moment de se perdre en explications avec un type comme Musumeci.

— D'accord, dit l'inspecteur avant de prendre congé, ça veut donc dire que je devrais moi aussi y jeter un œil.

— Tu as entendu ? demanda Soneri à Juvara.

L'autre acquiesça.

— Je préviens Pasquariello.

— Rien de nouveau pour Maselli ?

— Non, *dottore*, pire que pour la Renault.

Le commissaire prit son manteau et sortit. Devant le porche de borgo della Posta se trouvaient plusieurs photographes qui le mitraillèrent en le voyant. Il échappa toutefois à deux journalistes en s'esquivant rapidement vers borgo Giacomo Tommasini. Il parcourut les rues du centre-ville et traversa le ponte di Mezzo. Puis il tourna via Imbriani, devant l'église de l'Annunziata, et rejoignit le piazzale Picelli. En ce début de matinée, le *Pàcio* était rempli de vieux. Soneri jeta un bref coup d'œil, dépassa le comptoir et entra dans la seconde salle où se trouvait le billard. Il était sûr de les trouver. Tels des anciens combattants, Lalo et Gabo passaient leur temps à parler politique.

— Je ne vous vois pas très affairés, commenta Soneri.

Les deux l'observèrent par en dessous avec défiance.

— On vous a déjà dit qu'on suivait notre piste, répondit Gotti.

— Et rien ne nous oblige à tout vous balancer, affirma Castellazzi.

— Vous y comprenez quelque chose ? poursuivit le commissaire en ignorant leur avertissement.

— On a besoin de temps. Maselli n'est pas un type facile, et s'il décide de s'éclipser, vous ne le trouverez même pas avec vos chiens, assura Gotti.

— Vous avez bien une idée ?

— Vague…

— C'est-à-dire ?

— Où vous iriez si vous ne vouliez pas qu'on vous trouve ? le provoqua Castellazzi.

Le commissaire chercha une réponse à ce qui ressemblait à un piège.

— Si quelqu'un veut disparaître, il peut le faire partout, même dans le centre-ville, finit-il par répondre.

Lalo secoua la tête pour signifier son désaccord.

— Pas dans cette ville où les vieilles t'épient par la fenêtre. Parme n'est pas Milan.

— Il y a toujours les montagnes… observa Soneri en tentant de capter les signaux que les deux envoyaient.

— Il y en a en abondance, vous ne trouvez pas ? Des bleds où se planquer pendant des mois sans que personne ne vous demande qui vous êtes. Surtout pour des types comme Maselli habitués à la clandestinité.

— Les Apennins sont grands… soupira le commissaire.

— Justement, confirma Gotti. Le choix ne manque pas, dit-il en le regardant avec un air de défi qui portait sur les nerfs.

Soneri s'efforça de se contrôler et d'en appeler à toute la patience qu'il avait.

— Vous connaissez Monti ?

Les deux acquiescèrent avec une expression d'évidence.

— Vous êtes nombreux dans le maquis, fit noter le commissaire. On a toujours besoin de soutien quand on est en vadrouille.

— Il ne prépare pas non plus un attentat ! gronda Lalo. Maselli veut seulement qu'on lui foute la paix quand il se sent trop observé ou quand il est en dépression. N'oubliez pas à qui vous avez affaire…

— Je ne le cherche pas pour l'arrêter, répliqua Soneri. Je veux seulement lui poser des questions.

— Pour lui, c'est déjà trop s'il n'est pas d'humeur. De toute façon, reprit Lalo après une pause, j'ai l'impression que vous avez déjà votre petite idée…

Soneri lut dans leur regard qu'il s'agissait d'une suggestion et qu'ils n'iraient pas au-delà. Il était sur le point de leur poser une dernière question, mais il imaginait déjà Berceto et les montagnes ferreuses des Apennins balisées par le col de la Cisa. Son portable sonna : Musumeci. Il prit alors congé et sortit dans la rue.

— *Dottore*, on a trouvé la voiture, lui rapporta l'inspecteur d'une voix essoufflée. Un vrai coup de cul, ajouta-t-il avec satisfaction.

— Le cul est, en effet, une composante indispensable, répondit Soneri. Où ça ?

— C'est le plus étonnant, reprit Musumeci. On s'attendait à la retrouver près de la gare, mais elle était piazzale Volta, juste en face du cinéma *Astra*. Avec une amende sur le pare-brise.

— Juste à côté de la via Palestro, songea le commissaire à voix haute.

— Exact, confirma l'inspecteur, c'est la première chose à laquelle j'ai pensé. Pourquoi là ?

— Si on arrive à répondre à cette question…, marmonna Soneri en laissant sa phrase en suspens, car lui-même ne comprenait pas vers où cela le mènerait.

— *Dottore*, poursuivit Musumeci, je suis passé là-bas complètement par hasard. Après avoir fait ma vérif chez Boselli, j'ai voulu voir ce qu'ils programmaient. Je me suis arrêté cinq minutes, et avant de repartir, j'ai regardé machinalement… La plaque était la même.

— Tu l'as déjà ouverte ?

— Je me suis dit que c'était idiot de faire appel à un concessionnaire vu que c'est nous qui avons les clés.

— Très juste. Attends-moi, j'arrive. Demande à une patrouille de te les ramener.

Il marcha à grandes enjambées, traversa encore le torrent et fut assailli par l'humidité flasque de la plaine. Piazza Garibaldi, il tomba sur les affichettes du kiosque à journaux : « Homicide Boselli : la police enquête dans les milieux de l'ultragauche », récitait une des premières pages. Une autre était encore plus explicite : « Meurtre via Palestro : un ancien de Potere Operaio dans le viseur des enquêteurs ». Capuozzo avait déjà vendu la mèche. Soneri n'eut pas le temps de se mettre en colère, occupé qu'il était par le mystère de cette voiture visiblement pas à sa place. Il arriva quelques minutes plus tard : la patrouille était déjà là, avec les clés. Il prévint alors Nanetti pour les relevés.

— Pourquoi tant de hâte ? s'étonna son collègue dès qu'il fut piazzale Volta. Vous auriez pu nous la ramener pour qu'on puisse bosser tranquillement.

— Si je l'avais fait venir à la Questure, Coriani et Capuozzo l'auraient livrée à son propriétaire sans même la faire examiner. N'oublie pas que l'affaire est classée.

— Plus vraiment, vu où on l'a retrouvée, objecta Nanetti.

— Va les convaincre, ces deux-là ! balança le commissaire d'un geste éloquent de la main. Allez, fais-moi un truc rapide, le pria-t-il en donnant congé aux agents.

Ils ouvrirent la voiture et sentirent cette odeur désagréable de sièges en skaï et de vieille poussière. Nanetti releva les empreintes sur les portières, les poignées, le volant, et sur tous les endroits où des mains auraient pu se poser. Puis il ouvrit la boîte à gants et tomba sur un portefeuille. Il n'y avait pas d'argent à l'intérieur, pas de papiers non plus, à part une carte Vitale au nom de Marco Sandrucci au fond d'une poche cachée qui avait sans doute échappé à un vidage expéditif.

— Qui c'est, çui-là ? s'interrogea Nanetti en scrutant le document.

— Je ne sais pas, répondit Soneri, mais ça ne m'étonnerait pas que ce soit un portefeuille volé.

— Si c'est le cas…, risqua son collègue avant de s'interrompre.

Le commissaire se tut, bien incapable d'imaginer ce que signifiait cette découverte. Il se saisit ensuite de son portable et appela Juvara :

— Vérifie-moi un certain Marco Sandrucci. Tu me diras. Regarde s'il a porté plainte pour vol.

Ils ouvrirent également le coffre, mais n'y trouvèrent que de la saleté et des sacs plastique vides.

— Je dirais qu'on ne trouvera rien de plus, conclut Nanetti. On a relevé les empreintes là où celui qui est monté a forcément posé les mains.

— On peut appeler la dépanneuse pour la ramener à la Questure, décida Soneri. S'il te plaît, ajouta-t-il, quand elle sera là-bas, fais semblant de contrôler des trucs, comme ça, ils se diront que tu es scrupuleux.

Nanetti soupira, mais c'était sa façon de dire oui.

— Je te tiens au jus.

Le commissaire lui fit un clin d'œil entendu et reprit son chemin. Il parcourut les rues élégantes entre les quais longeant la Parma et le viale Solferino, vit au loin la silhouette massive de l'édifice des pères xavériens, puis tourna via Palestro. Après quelques centaines de mètres, il fut face au jardin où le crime était advenu, et il sonna à l'interphone de la Pezzani. Il attendit quelques minutes, sonna encore une fois, mais personne ne lui répondit. Il nota que les stores étaient baissés et renonça. En revenant à la Questure, il rappela Musumeci :

— Tu as vu la Pezzani, récemment ?

— Non, *dottore*, ça fait plus d'une journée que je la cherche.

— Pourquoi tu ne me l'as pas dit ?

— Ça m'a semblé logique, se justifia l'inspecteur. Son compagnon vient de mourir, j'ai pensé qu'elle était allée chez des parents ou des amis.

— Elle m'a dit qu'elle n'en avait pas l'intention, le démentit Soneri, qui sentait tout lui échapper. Il faut la trouver, savoir où elle est.

La voix de Musumeci émit un son strident avant de se faire plus douce :

— *Dottore*, je ne sais plus de quel côté aller, gémit-il. Vous m'ordonnez une chose, Coriani m'en ordonne une autre. Je ne suis pas magicien !

— OK, je me débrouillerai tout seul, trancha Soneri sans cacher sa mauvaise humeur.

En réalité, lui non plus ne savait pas de quel côté aller. Il fila droit vers la Questure les yeux rivés sur le trottoir. La brume qui l'effleurait lui donnait l'impression d'entrer dans son cerveau. La sonnerie de son téléphone lui fit le même effet qu'une décharge électrique. Il répondit à contrecœur.

— *Dottore*, attaqua Juvara, ce Sandrucci a porté plainte pour le vol d'une valise identique à celle qu'on a trouvée à côté du cadavre d'Oliescu. Je ne voudrais…

— Mais si, mais si, dit Soneri dont le visage s'illumina. Il s'agit sûrement de la même valise. Le contenu est décrit, dans la plainte ?

— Malheureusement, non. Mais la couleur coïncide.

— Et qui est ce Sandrucci ?

— Un Toscan. De Signa. Le P-V rapporte qu'on la lui a volée il y a deux semaines à la gare de La Spezia. Il attendait sa correspondance pour aller à Gênes. Il est entré dans un bar, a posé sa valise dans un coin, et quand il a voulu la reprendre, elle avait disparu.

— Contacte-le et demande-lui ce qu'il y avait dedans. Demande-lui aussi sa taille de vêtements.

— Excusez-moi, mais quel rapport ?

— Réveille-toi, Juvara ! le secoua Soneri en élevant la voix. Tu ne te souviens pas qu'Oliescu portait des vêtements trop grands ?

— Vous voulez dire…

— Peut-être, tu ne crois pas ?

L'inspecteur y songea une seconde.

— Peut-être, admit-il. Ah oui, j'oubliais, ajouta-t-il dans la foulée, dans sa plainte, Sandrucci a précisé qu'il soupçonnait deux jeunes qui allaient et venaient dans le bar : un type plutôt massif, de taille moyenne, et l'autre plus maigre. Je ne sais pas si ça peut nous aider…

— Tout est bon à prendre, surtout quand on n'a rien, proclama Soneri.

À peine eut-il raccroché qu'il regarda autour de lui comme s'il cherchait à s'orienter : il avait atterri piazzale Santafiora devant la sobriété élégante du palazzo Pallavicino. Il décida de se faufiler dans les petites rues entre la via Farini et la via Repubblica pour retourner à la Questure, mais son portable le harcelait.

— Commissaire, vous m'aviez promis d'être discret, attaqua une voix masculine qu'il reconnut immédiatement : Montacchini. Et maintenant, poursuivit-il, je me retrouve avec votre inspecteur sur le dos… S'il vous plaît, je vous en prie, ne me fourrez pas dans le pétrin.

— C'est le magistrat qui vous l'a envoyé, pas moi, riposta Soneri en s'efforçant de réprimer sa colère.

— D'autant que je me suis mis d'accord avec cette dame : je ne veux pas d'argent. Surtout après la mort d'Elmo, vous n'y pensez pas ! continua l'homme.

— Vous parlez de l'argent qu'Elmo vous avait emprunté ?

— Bien sûr. Je vous l'ai dit : pour moi, c'est une affaire classée.

— La Pezzani est venue chez vous ? Quand ? le pressa le commissaire.

— Il y a deux heures. Et elle a dû se trimballer votre inspecteur. Il n'a pris aucune précaution : il a dit à ma secrétaire qu'il était de la police et qu'il voulait me poser des questions. Par chance, ma secrétaire est dégourdie, elle m'a tout de suite prévenu, du coup, je lui ai proposé qu'on se voie ailleurs qu'à mon bureau.

— J'essaierai de vous éviter d'autres ennuis, lui assura Soneri avant de mettre un terme à la conversation.

Il appela immédiatement Musumeci.

— Alors comme ça, tu as ferré la Pezzani ?

— On m'a donné un tuyau.

— Elle fait la tournée des prêteurs pour combler les dettes de son homme, elle s'absente de son domicile. Je ne voudrais pas qu'on la menace.

— C'est bien pour ça que je la surveille. Je ne comprends pas tous ses détours.

— D'accord, mais tu aurais pu m'avertir. Ce n'est pas la première fois que je te le dis…, lui rappela Soneri vaguement menaçant.

— C'est tout frais, un autre coup de cul, *dottore*. Un pote de la PJ l'a reconnue dans une boutique du centre, et comme je venais de lui dire que je la cherchais, il m'a téléphoné.

— Tu es un garçon chanceux, Musumeci : tu épouseras une femme riche.

L'inspecteur ricana.

— *Dottore*, comme on dit, s'il manque les conditions favorables…

— Ne la lâche pas d'un poil, et tiens-moi au courant, recommanda le commissaire en scandant ses paroles. N'oublie pas qu'à présent elle est veuve.

— Justement, glissa l'autre, je crois que cet après-midi elle va m'emmener à l'église.

— Quelle rapidité ! ironisa Soneri.

— Pas pour les noces, pour les obsèques. Vous vous souvenez ?

Le commissaire l'avait oublié : c'était le jour de l'enterrement d'Elmo.

## CHAPITRE 13

Il n'avait jamais vu un enterrement aussi lugubre. Sœur Donata avait organisé l'office religieux en soutenant que ces dernières années, Elmo s'était converti. En guise de compromis, elle avait fait appel à un prêtre soixante-huitard qui avait participé à l'occupation du *duomo* du temps de la contestation. Du reste, tous ceux qui saluaient définitivement Elmo étaient des rescapés de cette saison. Les deux croque-morts étaient eux aussi plus ou moins du même âge, dont un avec une tête de vieux hippie, cheveux chenus couvrant sa nuque. Comme si toute une génération disparaissait, et ses rêves avec elle.

Franca Pezzani se mit en tête du petit cortège au moment de quitter la chapelle du cimetière. À ses côtés, Gabo et Lalo, puis le reste de l'assistance parmi lequel Pàcio, Montacchini ainsi qu'un religieux, probablement Torri. Au milieu du trio, un type menu et sec avec de fines moustaches et une mine souffrante. En tapinois, un homme de Nanetti filmait le tout. Le commissaire observa le groupe se déplacer dans les allées du cimetière de la Villetta pour rejoindre le caveau de famille où l'ancienne épouse et le fils d'Elmo attendaient à l'écart, postés près du portail en fer comme pour marquer leur territoire. Le fils semblait particulièrement contrarié de devoir enterrer son père en compagnie de vieux communistes et d'anciens « rouges » désormais convertis au capital. Cinzia Carattini, en revanche, n'avait pas l'air gênée par cet environnement, sans doute pour ne pas renier son passé : après tout, elle avait épousé l'un de ces hommes.

Soneri compta les présents et n'alla pas au-delà de trente. Il se demanda une fois encore ce qu'étaient devenus tous ceux qui remplissaient les places. Et une fois encore, un abattement profond l'entraîna loin de sa fonction de policier. La mort, comme seule réponse aux illusions dans lesquelles chacun se débat pour se maintenir en vie, se manifestait à présent dans le trou noir où l'on introduisait une caisse avec Elmo à l'intérieur. Puis un rituel le bouleversa : les quelques camarades présents posant sur le cercueil en bois les livres qui les avaient accompagnés : Kerouac, Pavese, Marcuse, Hesse, Camus, Sartre, Ferlinghetti, Ginsberg, Adorno, Benjamin, Gramsci, Korsch, Lukács… et Lalo murmurant que la guitare dormait entre les bras d'Elmo, cordes tendues sous des doigts qui ne bougeraient plus.

Ce fut alors que le fils éclata en larmes. Des larmes soudaines, sonores, telles une décharge de colère. Il pleurait comme dans son enfance l'absence du père, maintenant définitive. Et puis il se calma, et l'on ne perçut plus que l'embarras de l'assistance. Le prêtre vint bénir le cercueil derrière les premières briques que deux maçons indifférents commençaient à poser, et le groupe se rompit, telle une goutte d'eau qui chute sur le marbre. Il y avait entre tous un vide qu'ils combleraient bientôt, ne demeurerait alors qu'un vague sentiment de tristesse.

Soneri s'approcha de Franca Pezzani, laquelle ne sembla pas étonnée de le voir.

— Vous les avez tous remboursés ? l'interrogea le commissaire d'une voix calme mais péremptoire.

La femme tourna la tête et regarda par terre.

— Non, se limita-t-elle à répondre.

— Vous m'aviez dit que Boselli n'avait pas de problèmes d'argent et qu'il n'avait pas de dettes, la pressa-t-il.

— J'aurais dû dire quoi ? chuchota-t-elle. Je n'étais pas au courant de tout, et la plupart des dettes, je les croyais mortes et enterrées.

— Elles ne l'étaient pas ?

La Pezzani ne put réprimer une grimace.

— Apparemment, non.

— Qui vous a demandé de payer ?

— Pas mal de monde. Il y a même quelqu'un avec qui je ne peux pas négocier, tout simplement parce que je ne sais même pas qui c'est, balança la femme.

— Comment ça ?

— J'ai reçu une lettre anonyme qui me demande de lâcher le fric, sinon, je vais avoir des problèmes. Ensuite, des coups de téléphone…

— Qui disaient ?

— Juste un mot : « paye », et ça raccroche. Ce n'est pas pour moi que j'ai peur, plutôt pour la réputation d'Elmo, j'ai peur qu'on le salisse. J'en connais qui en seraient capables.

— C'était un homme ou une femme, au téléphone ?

— Un homme. Vous savez comment était Elmo, non ? Pour lui, l'argent n'avait aucune valeur en soi, ce n'était qu'un moyen, au même titre qu'un autobus.

— Vous l'avez reçue quand, cette lettre ? Et les coups de téléphone ?

— Dimanche matin.

— Et vous êtes partie à sa recherche en commençant par ceux dont vous saviez qu'ils avaient prêté de l'argent à Elmo ?

La femme acquiesça.

— C'est pour ça que vous avez tout fermé chez vous ? Par crainte d'une agression ? poursuivit-il.

— Après ce qui s'est passé... Je suis tellement secouée, je n'aurais pas pu tenir. Et puis qu'est-ce que j'en sais ? On l'a peut-être tué pour une question d'argent. Si c'est le cas, c'est ce qui me fait le plus de mal : qu'il m'ait caché quelque chose.

— Vous n'avez pas la moindre idée de la personne qui vous demande de payer ?

— Pas la moindre. Je voudrais seulement savoir ce que je dois faire. L'argent, ça m'est égal, mais je ne sais pas combien il veut, ni comment il le veut.

— C'est un drôle de chantage, reconnut Soneri. Il ne s'agit peut-être que d'un chacal, c'est fréquent dans ce genre d'affaires. Ou alors, on est devant quelque chose de plus sérieux. Pour l'instant, ne retournez pas chez vous. Où logez-vous actuellement ?

— Chez ma sœur, en dehors de la ville, à Collecchio.

— Restez là-bas, lui ordonna le commissaire en lui tendant une carte sur laquelle il avait écrit son numéro de téléphone. N'hésitez pas, en cas de besoin.

Après l'avoir saluée, Soneri traversa le cimetière déjà rempli des ombres d'un après-midi d'hiver et sortit sur la place de la Villetta. Sur le parking, il rencontra Monti.

— Vous retournez à Berceto ?

— Pour aujourd'hui, j'ai vu trop de chagrins, bougonna l'homme.

— Il n'y avait pas grand-monde...

— On m'a dit que c'était la même chose le jour où on l'a découvert.

— Ils étaient encore moins.

Tout à coup, Soneri entendit un bruit familier. Il se tourna du côté de la rue où s'offraient de tristes fleuristes et vit passer une vieille Vespa conduite par le type sec et moustachu de l'enterrement.

— Qui est-ce ? s'enquit-il.

— Beretta, un des meilleurs amis d'Elmo, renseigna Monti.

— Il a gardé sa vieille Vespa…, murmura le commissaire comme pour lui-même en repensant à celle de Boselli.

Une flopée de souvenirs lui traversèrent l'esprit, l'image d'étés heureux sur les routes des Apennins à bord de cet engin.

— Il vit avec le minimum, expliqua Monti, avec le peu qu'il a.

— Il a des problèmes d'argent ?

— Il refuse le travail par principe, et il s'en sort grâce à l'héritage de ses parents. C'est pas bien lourd, mais ça lui suffira sans doute jusqu'à sa mort. Il a pris l'habitude de vivre avec très peu d'argent quand il était en Inde, plus ou moins à la même période que Boselli.

— En Inde ? Ils sont partis ensemble ? demanda le commissaire.

— Je ne sais pas. Peut-être. Comme je vous l'ai déjà dit, moi, j'ai fait d'autres choix. Le seul truc que je constate, c'est que Beretta a fini par venir dans mon coin.

— En montagne ?

— Plus près d'ici, précisa l'autre. Il habite une maison isolée dans le parc régional de Carrega, entre Collecchio et Sala Baganza. Il a des poules et des lapins, un potager, et il passe ses journées à lire les textes sacrés et à regarder des films de l'époque du Mouvement, à Parme, Milan, Reggio… Pour lui, le temps s'est arrêté. Et là où il habite, rien n'a bougé depuis l'époque de ses parents, il n'a touché à rien.

— Il continue de voir les autres ?

— Une fois par semaine, il vient à Parme avec sa Vespa et il passe chez *Pàcio*. Y en a aussi qui passent le voir chez lui. Il est un peu comme la madeleine de Proust : quand on va le voir, on retrouve le goût de ces années-là…

Le commissaire s'arrêta pour contempler les toits de la ville qu'une percée inattendue avait teintés de rouille.

— Aujourd'hui, les rêves ont laissé place à des cauchemars, prononça brusquement Monti. J'ai beaucoup de mal à dormir, je ne sais pas si vous…

— Quand on se couche tôt, la nuit est longue, et les mauvaises pensées ont le temps de nous rattraper, répondit Soneri.

— Ça doit être ça, marmonna l'autre d'un ton amer.

Puis il monta dans sa voiture et démarra en trombe.

Le commissaire monta lui aussi dans la sienne et parcourut le viale Villetta entre ses deux rangées de peupliers blancs aussi droits et dépouillés que des cierges.

Une fois à la Questure, il se gara dans la cour et entra à la PJ.

Juvara donnait l'air de l'attendre.

— Du nouveau ?

L'inspecteur acquiesça.

— Vous aviez raison, *dottore* : Oliescu portait les vêtements de Sandrucci.

Soneri écouta et s'assit sans ôter son manteau.

— C'est Sandrucci lui-même qui me l'a confirmé, poursuivit Juvara. Je l'ai eu au téléphone il y a deux heures.

— La valise est à lui… et les vêtements…, récapitula le commissaire à haute voix sans toutefois comprendre où ce raisonnement le mènerait.

Il se rappela la Clio grise retrouvée près de chez Elmo, apparemment garée où elle n'aurait pas dû, et tout se chevaucha. Des faits qui n'allaient pas de pair, deux événements à première vue sans aucun lien se rapprochant soudain. Son téléphone l'interrompit.

— Toujours rien ? questionna Coriani.

— Pour Maselli ? Non, rien, répondit distraitement Soneri. À mon avis, il est dans les montagnes, mais où ? Je n'en sais rien. L'affaire concerne davantage les carabiniers que votre soussigné, acheva-t-il en gardant ses distances.

— Vous n'avez jamais cru à cette hypothèse, l'accusa le magistrat.

— Une parmi d'autres, se défendit le commissaire. Sinon, que dire de la Renault d'Oliescu retrouvée à côté de chez Boselli ? Et que dire de ce Roumain qui se suicide dans les vêtements des autres ?

Il transmettait au substitut les questions que lui-même venait de se poser.

— L'histoire de la voiture n'est peut-être qu'une banale coïncidence, s'agaça Coriani, quant à celle des vêtements, je ne vois pas le rapport.

— Oliescu a volé la valise d'un type de Signa une semaine avant son suicide, expliqua Soneri.

— Et alors ? On sait maintenant que c'était un voleur, en plus d'être un ultra, rétorqua le magistrat.

— Je préfère ne rien écarter, abrégea le commissaire afin de se protéger des objections, c'est pourquoi je suis plusieurs pistes. À ce sujet, l'avisa-t-il, on a également une histoire de dettes.

— C'est-à-dire ?

— Un type fait chanter Franca Pezzani, il exige de l'argent. Il s'agit sans doute d'un chantage ordinaire, probablement d'un profiteur.

— Combien exige-t-il ?

— C'est justement ce qui est curieux : il n'a pas donné de montant précis, ni même de date butoir. Comme s'il voulait la tenir sur le gril, la mettre sous pression.

— Pourquoi ne m'en avez-vous pas parlé tout de suite ?

— Je viens juste de l'apprendre.

— Bien, voici effectivement un élément intéressant, admit Coriani.

Après avoir raccroché, le commissaire se rendit compte qu'il n'avait pas ouvert le courrier du matin. Il se saisit des lettres et les examina. Il devina le contenu des trois premières aux inscriptions sur les enveloppes et les mit de côté. En revanche, la quatrième était parfaitement anonyme, et les caractères de l'adresse, tellement précis qu'ils avaient l'air d'être tracés au normographe. Il décacheta l'enveloppe avec un coupe-papier, sortit et déplia la feuille, et remarqua que la graphie était la même, comme imprimée. Juste cinq mots : « Vous ne me choperez jamais. »

— Il nous provoque, marmonna le commissaire en laissant tomber le papier sur son bureau.

Juvara se leva d'un bond et le lut en silence.

— Il ne nous manquait plus qu'un assassin exhibitionniste, soupira-t-il.

— Au moins, il nous offre un indice supplémentaire : il n'est pas net, releva Soneri en faisant tourner sa main pour indiquer qu'il s'agissait d'un déséquilibré.

— Vous ne m'avez pas dit que Maselli était un peu timbré ? se souvint Juvara.

— Si, Maselli aussi, mais c'est plutôt un fou introverti. Alors que celui-ci a l'air d'avoir envie de causer.

Le commissaire s'abandonna sur son fauteuil comme s'il capitulait. Il frappa son bureau de la paume de sa main tout en remuant la tête. Juvara l'observait, le regard fixe empli d'appréhension.

— *Dottore*, intervint-il timidement sans toutefois parvenir à attirer son attention, je me suis permis d'aller fourrer mon nez dans les affaires de famille de Boselli.

Le commissaire se retourna à peine en exprimant une espèce de grognement.

— Fils unique d'une famille aisée…, poursuivit l'inspecteur. Père directeur de banque, mère au foyer, de bons revenus… En résumé, une famille de la moyenne bourgeoisie, conclut-il.

Le terme « bourgeoisie » secoua quelque peu Soneri.

— Je ne t'ai jamais entendu parler comme ça. Je croyais que c'était passé de mode.

— Je veux dire qu'ils n'avaient pas de problèmes d'argent, se justifia l'autre. Propriétaires d'un grand appartement viale Rustici et d'une résidence secondaire au bord de la mer, en Ligurie.

Le commissaire se réveilla tout à fait.

— En Ligurie ? Où ça ?

— À Moneglia.

— Boselli en a hérité ?

— Oui, quand son père est mort : c'était l'unique héritier.

— Et qu'est-ce qu'il en a fait ?

— On doit encore le vérifier. Pour ce qui concerne l'appartement du viale Rustici, il a été vendu à un dentiste qui en a fait son cabinet, expliqua l'inspecteur.

— Quand ?

— Peu de temps après, affirma Juvara. Par contre, l'appartement de Moneglia donne l'air de s'être évaporé. Pour l'instant, je n'ai pas trouvé d'acte, j'espère en savoir plus grâce aux collègues de Sestri.

— Cette histoire est un jeu de miroirs, maugréa le commissaire, et dès qu'on bouge, elle change de perspective.

Il s'aperçut qu'il avait toujours son manteau. Plutôt que de l'ôter, il se leva et regarda sa montre. Il faisait sombre depuis un petit moment, il commençait à avoir faim. Sachant que cette journée ne lui dirait plus rien, il décida de sortir.

— Continue d'enquêter sur le patrimoine de Boselli, demain on aura besoin du cadre complet, le pria-t-il avant de franchir le seuil.

Il marchait déjà dans la cour lorsque son portable sonna et que la voix catarrheuse de Capuozzo épaisse comme un sabayon lui coula lentement dans l'oreille :

— Qu'est-ce que c'est que cette histoire de lettres anonymes ?

— Je n'en sais rien, répondit Soneri, on dirait la sortie d'un fou. Peut-être un de ces timbrés en mal de notoriété.

— Fou, fou... Évidemment ! Et celui qui a tué de vingt-trois coups de couteau ?

— Je veux dire qu'en général les assassins n'envoient pas de lettres anonymes. Et s'ils le font, c'est qu'ils ne sont pas très nets.

— Justement, en convint Capuozzo, il va falloir qu'on le coince. Ce genre d'ignoble individu pourrait recommencer à tuer.

— Nous y travaillons.

— Eh bien, voyez à vous impliquer davantage, acheva le questeur un rien censeur.

Soneri s'agaça et raccrocha sans prendre congé en chuchotant un : « Va te faire foutre. »

Il appela ensuite Angela :

— Ce soir, on va chez Alceste, j'ai besoin de réconfort.

— Je te sens plus furieux qu'une couleuvre, dit-elle. Quelqu'un t'a remonté les bretelles ?

— Devine.

— Capuozzo ? Encore lui ?

— Les fonctionnaires qui font carrière en étant pistonnés et qui vieillissent en léchant des culs m'ont toujours donné des boutons. Et je suis encore plus allergique aux types qui portent une chevalière et l'ongle long sur le petit doigt.

— Si tu voyais au tribunal… Je n'ai que des vieux croûtons qui puent la naphtaline autour de moi, plaisanta Angela.

Plus tard, au restaurant, Soneri revint brièvement sur l'argument avant de laisser tomber dans un haussement d'épaules.

— Des gens qui ne servent à rien, décréta-t-il en s'asseyant.

— Tu es nerveux pour autre chose, ça se voit, remarqua Angela.

— Y a rien qui colle, avoua le commissaire. J'ai essayé de tirer tout un tas d'écheveaux, mais aucun n'a de fil assez long : je n'ai que des bouts d'histoires en main, un bric-à-brac d'indices dont je ne tire rien. Tout est bizarre : des types excentriques, des suicides excentriques... Rien qui ne suive une ligne logique.

— Si c'est bizarre, c'est que ça cache quelque chose. En général, les faits suivent la voie la plus simple, mais il arrive qu'on les observe en se trompant de perspective, raisonna Angela. C'est d'ailleurs pour ça qu'ils nous interpellent. Quand j'écoute certains témoignages, je continue de m'étonner des différentes interprétations qu'on peut en avoir.

— J'ai peut-être le cerveau paresseux, reprit le commissaire, trop l'habitude de me dire que les mobiles restent les mêmes : le fric, le sexe. Pourtant, je sens qu'il y a autre chose.

— La politique ? s'étonna-t-elle. Mais quand elle est morte ? Si tu penses au fric et au sexe, c'est parce qu'il ne te reste que ces deux motivations.

— D'accord, mais là, elles semblent absentes. Et puis, la politique, j'aimerais mieux l'entrevoir ailleurs que dans un crime.

Alceste s'approcha de la table.

— Vous avez choisi ?

Soneri opina du chef.

— Le *Milord* est mon seul point d'ancrage dans cette ville en miettes, dit-il en souriant.

Il aurait voulu être drôle, il était affreusement sérieux.

— Tant que je tiens le coup, répondit Alceste en souriant à son tour. Je n'ai plus que des clients dans la cinquantaine, les derniers à ne pas avoir été abrutis par la télé et que leurs mamans ont élevés en faisant des bonnes choses à manger.

— Le retour à la barbarie se mesure aussi aux menus, observa le commissaire.

Angela le pria d'arrêter :

— Ne commence pas tes élucubrations, tu vas avaler tes *tortelli* de travers.

— Parce que pour toi c'est les Américains qui doivent nous apprendre à manger ? Ils ont la pire cuisine du monde ! s'enflamma Soneri en cherchant de l'aide dans le regard d'Alceste. T'as vu comment les jeunes se tiennent à table devant leurs frites et leur ketchup ? T'as vu ce qu'ils boivent ? Tu rotes en sortant de table, tu as mauvaise haleine, et en route pour l'obésité. Ce n'est pas de la barbarie, tout ça ?

Alceste se mit à rire en se palpant le ventre.

— Obésité, obésité…

— Ça leur plaît, intervint Angela.

— Évidemment, si on te l'impose depuis que tu es petit…

— Ce n'est pas parce que les jeunes aiment ça qu'ils sont tous endoctrinés !

— Bien sûr, et les milliards de mouches qui se posent sur de la merde le font parce qu'elles aiment ça…

Alceste éclata de rire, et Angela ne put réprimer un sourire.

— Donc, d'après toi, il s'agit d'un crime politique ? questionna-t-elle de but en blanc histoire de passer à autre chose. Si l'argent et le sexe n'ont rien à voir…

— C'est juste une impression, répondit le commissaire. En réalité, il y a quand même une histoire de fric.

— Mais tu n'y crois pas.

— Pas convaincu, je trouve ça bizarre. Tu crois qu'après autant d'années on peut encore avoir des rancœurs idéologiques ? Et que dire du chantage à la Pezzani qui n'exige pas de montant précis ? S'il s'agissait d'un vrai maître-chanteur, il aurait eu intérêt à ce qu'Elmo reste vivant.

Aucun des deux n'étant capable de répondre, ils se mirent à manger. Les *tortelli* à la courge réveillèrent de vieilles sensations.

— Heureusement qu'on a eu des mamans qui savaient cuisiner, rappela Angela en souriant.

Le gutturnio participa au réconfort, tout comme la joue de porc mijotée.

— J'attends que tu me prouves que les menus d'Alceste ne contribuent en rien au développement de l'obésité, taquina Angela.

— D'accord, mais il s'agit d'obésité heureuse, chicana Soneri en se versant un autre verre de vin.

Le repas l'avait rendu légèrement euphorique et lui avait redonné confiance.

— Si les mobiles habituels ne valent rien, que reste-t-il ? insista Angela.

— Je ne le sais pas encore, mais d'après moi, quelque chose de profond, d'intime.

— Tu seras donc obligé de faire marcher ton cerveau plutôt que le reste.

— C'est pour ça que j'ai voulu venir ici. Tu sais que je raisonne mieux quand j'ai bien mangé.

— Rien d'autre ? demanda-t-elle dans une œillade.

Ils se levèrent tout de suite après et sortirent en se tenant bras dessus bras dessous. Le brouillard était toujours aussi haut, d'un gris en demi-teinte entre les clochers et les combles. Ils s'embrassèrent dans les coins les plus sombres comme de timides étudiants, marchèrent derrière leurs souvenirs dans les rues qui leur avaient été, et leur étaient toujours, familières, en écoutant leurs propres pas. Parme ne leur appartenait jamais autant qu'au plus noir de la nuit dans la solitude de l'hiver.

— C'est beau de se retrouver, même si c'est un peu mélancolique, susurra Angela.

— C'est notre monde, le seul que nous ayons. C'est pour ça qu'on ne doit pas le lâcher.

# CHAPITRE 14

Il parcourut une quinzaine de kilomètres dans le brouillard avant d'attaquer les collines déjà durablement colonisées par les villas des riches. Quarante années plus tôt, des paysans durement frappés par la misère avaient été bien contents de brader leurs bicoques avec le mobilier et le reste. Les architectes à la mode avaient alors débarqué dans les fermes, restructuré les granges et les habitations en laissant les façades telles quelles, mais en vidant l'ensemble de toute trace de témoignage. Ils y avaient ensuite ajouté des piscines, des courts de tennis, des jardins à l'italienne ou à l'anglaise, des arbres jamais vus comme des bouleaux, des oliviers, et même des palmiers. En hommage à ce monde qu'ils venaient de balayer, apparaissait ici et là une roue de charrette repeinte ou un joug de bœuf fixé au mur telles des reliques originelles.

Tout en grimpant vers les bois du parc de Carrega, le commissaire examinait le paysage. L'ancien domaine de la noblesse napoléonienne avait aussi subi l'outrage de ce pillage immobilier sous forme de prétentieuses maisons carrées avec loggias et baies vitrées. La ferme de Beretta, au contraire, se distinguait par son essentielle pauvreté. Elle vivait au milieu de charmes et de chênes comme un animal autochtone, affichant le même camouflage jaune et grisâtre corrodé par le temps que le matelas de feuilles qui recouvrait le sol. Elle n'avait pas de clôture, à part une haie d'aubépine du côté de la route. Soneri la franchit en entrant dans la cour et fut accueilli par un petit chien avec la queue en tire-bouchon qui se mit à s'égosiller. Il crut percevoir du mouvement derrière les vitres de la pièce du rez-de-chaussée, puis, quelques secondes plus tard, vit Beretta apparaître sur le pas de la porte. Ce dernier scruta le commissaire en faisant un effort de mémoire.

— Je suis Soneri, de la Questure, l'aida-t-il.

L'autre fit un signe de tête et s'écarta en l'invitant à entrer.

Une fois à l'intérieur, ce fut comme si le commissaire avait déjà vécu cette scène, comme si jadis et aujourd'hui se confondaient et que le temps n'existait plus. Au centre de l'énorme cuisine régnait le poêle à bois avec son plan en fonte et le couvercle à cercles, la vasque pour l'eau chaude, le four, le tiroir pour la cendre, et les tringles pliables fixées sur le tuyau central pour faire sécher le linge. Près de la fenêtre, la table en cerisier; du côté opposé, un buffet muni d'une crédence; au-dessus, les poutres apparentes d'un plafond bas, enfin, en face, une cheminée fermée par plusieurs planches superposées.

La pièce était plongée dans la pénombre, seule la table profitait de l'ampoule suspendue à un vieil abat-jour en verre opaque orné de crottes de mouche. Pendant quelques instants, Soneri retrouva la saison de l'enfance et de ses bienheureux exils à la campagne tandis que Beretta ôtait une pile de livres de l'une des quatre chaises afin qu'il puisse s'asseoir.

— Vous avez tout conservé en l'état…, chuchota-t-il en promenant son regard autour de lui, toujours en proie à la stupeur.

— Tout, répondit l'autre.

Ce n'est qu'à ce moment-là que Soneri découvrit les portraits encadrés aux murs : des visages d'autrefois qui semblaient sur le point de se décolorer à force de se dissoudre dans un mélange de gris. Toutefois, grâce à chacun de ses détails, cette maison parlait du passé sans cet ordonnancement artificiel qu'ont parfois les musées. La vie qui l'avait animée quarante années plus tôt y était restée prisonnière comme si un procédé l'avait figée après l'avoir saisie à son plus haut degré.

Beretta déplaça une chaise et vint s'asseoir en face de lui.

— Alors, commissaire ? dit-il d'un ton expéditif.

— Vous êtes pressé ? s'étonna Soneri. Vous avez pourtant l'air d'avoir tout votre temps...

— Le temps manque toujours, répliqua l'homme. Et il est compté pour tout le monde.

— Je viens vous voir pour une affaire, annonça le commissaire.

— Vous déconnez...

— Je suis sérieux. À cause de votre Vespa. Je vous ai vu à l'enterrement, et quand vous êtes parti, j'ai entendu ce bruit que je connais bien... Je me suis tourné, et renseigné... J'avais la même que la vôtre, et j'y étais très attaché.

Il allait ajouter qu'une autre Vespa avait refait surface, mais Beretta l'interrompit en répétant froidement :

— Et alors ?

— J'ai su que vous étiez parti en Inde plus ou moins à la même période que Boselli, et je voudrais en savoir plus.

L'homme haussa les épaules.

— L'Inde était une expérience individuelle, et chacun a suivi sa route.

— Vous n'avez pas fait un bout de chemin ensemble ? Vous, Boselli, la Motti et quelques autres ?

— Si, jusqu'à Delhi, ensuite, chacun sa route. Elmo et Sandra ont dit tout de suite qu'ils voulaient suivre une expérience dans le désert du Rajasthan avec des gourous dont ils avaient entendu parler. C'est là qu'on s'est séparés. De toute façon, ça se serait terminé comme ça, parce que avec eux, on se sentait toujours de trop.

— Ils étaient très unis ? demanda Soneri après avoir relevé la familiarité avec laquelle Beretta avait appelé la Motti.

— Oui, confirma l'autre. C'est pour ça qu'on s'est séparés. Leur relation exclusive ne plaisait pas beaucoup. Les camarades disaient qu'ils se comportaient comme des bourgeois.

— Vous étiez très sévères, à cette époque.

— On aurait dû l'être encore plus, siffla l'autre d'une voix menaçante.

— Et quand vous êtes partis chacun de votre côté, vous n'avez plus eu de nouvelles ?

— Non, comment j'aurais pu ? On s'est dit au revoir à Delhi, quelques jours après notre arrivée. De mon côté, je voulais découvrir Bombay. Et puis, on était venus pour des raisons différentes. Eux, ils étaient amoureux, et c'était tous les deux qu'ils cherchaient à calmer cette fièvre qu'on avait, de voyager, de voir, d'expérimenter. On voulait tout, tout nous semblait à portée de main. Comme si on avait franchi les limites imposées à nos pères et à nos grands-pères et qu'on s'était retrouvés devant un espace infini. C'était ça, l'esprit de notre jeunesse, acheva Beretta soudain gagné par l'enthousiasme.

— Et vous, que cherchiez-vous ?

— La même chose que les autres, sauf que mes objectifs étaient plus politiques. Je voulais voir dans quel état se trouvait ce pays qui venait de se débarrasser du colonialisme, analyser l'héritage de Gandhi. On n'était pas d'accord. Elmo était proche du *Manifesto* alors que moi, je suis passé par Lotta Continua et Potere Operaio.

— Ensuite, quand l'avez-vous revu ?

— En Italie, deux ans plus tard.

— Vous êtes parti deux ans ?

— À peu près, oui. Pas plus.

— Vous l'avez revu avec la Motti ?

— Non, sans elle. Ils s'étaient déjà quittés. En Inde, je pense.

— Vous ne savez pas ce qu'elle est devenue ?

— Non, dit Beretta en secouant la tête. Je n'ai jamais osé le demander à Elmo. Au début, quand il est rentré, il était vraiment mal. Ensuite, il s'est repris, mais il n'a plus jamais voulu parler de l'Inde. Peut-être qu'elle est restée là-bas plus longtemps. C'est ce qui se disait, en tout cas.

— Et vous, vous êtes ici depuis votre retour d'Inde ?

— Oui, l'Inde a été mon dernier voyage, confirma l'autre. Je n'en ferai pas d'autre, je ne crois pas, je ne peux pas me le permettre.

— Vous ne travaillez pas..., constata Soneri.

— Je refuse le travail en tant qu'esclavage et humiliation.

— Si vous en avez les moyens...

— Toute personne de bon sens devrait refuser de bosser, renchérit Beretta. Le temps est ce qu'on a de plus précieux, et il faudrait, pour vivre, le vendre en échange de quatre sous ? Mais vivre, ça veut justement dire disposer de son temps. La logique n'offre que deux voies : soit tu vis sans bosser, soit tu bosses et tu passes à côté de ta vie parce que le meilleur de ton temps, tu l'as donné à quelqu'un d'autre.

— Vous pouvez raisonner comme ça parce que d'autres ont renoncé à leur vie personnelle pour vous permettre d'avoir le choix. Votre père, votre grand-père…, souligna le commissaire.

— Mon père avait une petite entreprise que j'ai vendue. J'ai donné à la cause une partie de cet argent, et l'autre, je me la suis gardée, histoire de pouvoir franchir la ligne d'arrivée sans être obligé de pédaler. Notre génération, sourit-il avec une pointe de cynisme, est née au bon moment, quand la ferme était remplie de foin. J'aurais dû faire quoi ? Continuer l'activité de mon père en reniant mes idées ? Me mettre la corde au cou tout seul ? Soit exploiteur, soit exploité ? Personnellement, je préfère ne pas participer et bouffer tout ce qu'on m'a laissé. J'ai de quoi voir venir jusqu'à mes quatre-vingt-dix ans. Ensuite, je pourrais toujours hypothéquer ou vendre. Ici, dans le parc régional, ça vaut une fortune.

— Vous avez pourtant l'air d'y tenir beaucoup… vous ne le regretterez pas ?

Beretta regarda dehors et sembla tiraillé.

— Si je m'abandonne à mes émotions, je suis foutu, mais si je rationnalise, ce n'est plus un problème. Notre espèce est vouée à disparaître, alors, mon petit univers, à côté…

— Boselli aussi a donné de l'argent à la cause ?

— Oui, une partie.

— Vous pensez qu'il a pu se faire tuer pour des histoires de dettes ?

Beretta le fixa avant de répondre :

— Peut-être… Elmo n'avait pas de discipline, aussi bien politiquement que dans la vie. Il voulait tout, vous comprenez ? Nous aussi, mais avec des limites : certaines qu'on avait établies, et d'autres, que nos situations nous imposaient. Elmo fascinait tout le monde, il savait convaincre n'importe qui. Peut-être que quelqu'un s'est senti humilié ?

— Vous vous entendiez bien avec lui ?

— À petites doses. Pour moi, sur le plan politique, il ne valait plus rien, mais sa voix et sa présence me ramenaient aux années d'espoir. Et moi, ce que je cherche, c'est retrouver les émotions de ma jeunesse. C'est pour ça que je ne change rien, ni en moi ni autour de moi. Je lis les textes de ma formation politique, les revues dans lesquelles j'écrivais, je regarde des photos, j'ai même des films des manifs de l'époque. L'hiver, je peux y passer des nuits entières. Dans le parc, on entend juste les animaux, et moi, qui assiste aux meetings en scandant nos slogans. Avec deux ou trois verres et beaucoup d'imagination, la sauce prend.

Le commissaire regardait Beretta sans rien dire. Au fond, il le comprenait, même s'il n'avait pas vécu la même période.

— Vous pensez que je suis barge, hein ? rigola l'homme.

Soneri fit non de la tête.

— Techniquement, je le suis, poursuivit-il. Solipsisme maniaco-obsessionnel. Qu'est-ce que j'en ai à foutre ? En ce moment, je suis en parfaite santé. Ce n'est pas pire que de prendre des antidépresseurs ou de s'abandonner à d'autres illusions, à commencer par la résurrection et la vie éternelle pour finir par la société de consommation. Saloperies pour l'esprit ! grinça-t-il. Je suis sûr que nos idées reviendront. Dans un siècle, peut-être, mais elles reviendront. Malheureusement, la vie des gens est bien trop courte en face de l'histoire. Vous imaginez, sinon, quel pied !

Soneri l'avait laissé parler et écouté un peu déconcerté, voire légèrement ému. Cependant, cette maison commençait à l'oppresser. Il y planait une odeur qu'il n'avait pas tout de suite remarquée et qui, maintenant, l'incommodait : un mélange de fumée stagnante et de relents de cuisine qui lui donnèrent envie de sortir dans le bois qu'encadrait la petite fenêtre juste en face de la table.

Il se levèrent, et Beretta l'accompagna en silence à la porte. Le chien aboya de nouveau lorsque le commissaire traversa la cour.

— Vous ne pouvez vraiment pas m'aider à retrouver Alessandra Motti ? insista Soneri une dernière fois avant de prendre congé.

L'homme fit non de la tête.

— Elle a disparu, dit-il.

Et aussitôt après, il se retira en disparaissant à son tour.

Le commissaire parcourut alors un bout de route à pied, surpris de temps à autre par des gros chiens en embuscade derrière des grilles dissimulées par les feuillages. La rencontre avec Beretta l'avait rendu confus, et cette maison restée figée quarante ans en arrière avait fait ressurgir des souvenirs et des émotions qui s'imbriquaient dans son enquête. Son portable le détourna de cette espèce d'encombrement.

— *Dottore*, la Pezzani continue de voyager comme une lettre de change, l'informa Musumeci. Elle vient d'aller à la banque : une heure d'entretien avec le directeur.

— Il a sans doute voulu l'interroger, en déduisit Soneri.

— C'est aussi mon avis, en convint l'inspecteur. Ils ont dû décider quelque chose.

— Ne la lâche pas d'un poil, je suis là dans une demi-heure.

Il se mit au volant et roula à toute bringue au beau milieu des vignes jusqu'à ce qu'il rejoigne le brouillard un peu plus bas, avant la nationale de la Cisa. Mais quand il arriva en ville, et malgré les pensées qui se bousculaient dans son esprit, il sut exactement où il voulait se rendre. Il dévia de sa route et longea la Baganza en s'engageant sur la via Varese. Enfin, il gara sa voiture et il sonna chez Borriani.

— Vous êtes vraiment à court d'idées pour venir continuellement me casser les couilles, l'accueillit son collègue.

— Pour de l'histoire ancienne, on a besoin d'anciens, répliqua Soneri, à condition qu'ils ne soient pas complètement gâteux.

— Si y avait pas eu ces connards de l'administration, je pourrais encore vous mettre en pièces, gronda Borriani.

— Sans tes grades, tu es largué. Pourquoi tu ne te fais pas nommer concierge en chef ? Comme ça, tu obliges tes voisins à marcher au pas cadencé dans la cour de l'immeuble tous les samedis après-midi ?

— Va te faire enculer ! Si tu es venu me voir pour te foutre de ma gueule, tu peux aussi me lâcher les couilles. Déjà que rien qu'à les voir, je ne peux pas les supporter, imagine aujourd'hui que les communistes se sont embourgeoisés !

— J'ai besoin de voir des photos, réclama Soneri le front soudain sérieux. Des photos de manifs où on pourrait identifier la première fiancée de Boselli.

Borriani le scruta avec sévérité et lui fit signe de le suivre. Dans des pièces remplies d'étagères, les images étaient classées par année et par ordre alphabétique selon les mêmes critères qu'à la Questure de Parme. Le collègue s'arrêta sous l'inscription « 1969 ». Peu après, le commissaire eut devant lui une série de photos et se mit à chercher parmi ces visages d'autres temps avec, à l'arrière-plan, des usines occupées.

— Mutation génétique, commenta le commissaire.

— Vous serrez les fesses, hein ! ricana Borriani. Vous ne faites plus le poids, aujourd'hui, plus personne n'en a rien à foutre !

— Je t'ai déjà dit d'éviter de m'inclure dans tes généralités, je ne suis pas encarté, le tança Soneri.

— Quel imbécile ! Toi aussi tu renies ta foi ? Aucun courage, à gauche : dès que vous perdez, vous vous débinez, comme eux, et il montra un groupe d'étudiants tentant d'échapper aux matraques.

— Je ne renie rien du tout, et je reste fidèle à ce que je suis, déclara le commissaire en continuant de lorgner les photos.

— Tu sais ce qui me ronge le plus ? reprit Borriani. De ne plus pouvoir frotter l'échine de certains salopards qui m'ont caillassé et que je retrouve aujourd'hui aux commandes. Et tu peux me croire, ils sont nombreux dans les couloirs du ministère !

— Attention, Borriani ! Tu tiens des propos de communiste, le railla Soneri. Toi, pauvre travailleur et fils de prolétaire obligé de subir les enfants des bourgeois, fredonna-t-il.

— Tu connais la chanson, à ce que je vois, dit l'autre en haussant le ton. Et tu voudrais me faire croire que tu n'as pas été endoctriné ? En tout cas, c'est la vérité : ces pédés retombent toujours sur leurs pattes. Ça joue au coco quand c'est petit, et puis quand ça devient grand, ça reprend le rôle de papa. Rien de nouveau. Moi, je veux une société qui jugera les hommes à leurs couilles, et je peux te dire que je leur en ferais voir, à tous ces salopards.

— Arrête de t'exciter, le sermonna le commissaire, ton Mussolini les a épousés, les pères et les grands-pères de tous ces salopards.

— Il était obligé, mais s'il avait pu…

— Vous avez perdu, Borriani, le coupa Soneri. Vous avez essayé de reprendre les rênes au moment de la contestation, mais vous n'avez pas réussi, acheva-t-il en indiquant les groupes de jeunes et d'ouvriers sur les photos qu'il passait en revue.

C'est alors qu'il tomba sur un cliché de Boselli devant l'hôtel de ville, bras dessus bras dessous avec une fille.

— Tu la connais, celle-là ? demanda-t-il.

— C'est la fille que tu cherches, s'impatienta Borriani en balayant l'image d'un œil distrait. Alessandra Motti, martela-t-il. On se l'est souvent ramenée à la Questure, une gamine culottée, qui avait plus de qualités que les minets qui se pissaient dessus à la première torgnole.

— Vous l'avez passée à tabac ?

Le collègue eut un sourire mauvais.

— Je lui en aurais volontiers collé une avant de me la baiser. Pour être honnête, j'en étais dingue. J'adore les femmes quand elles sont dures et orgueilleuses : tu dois les dompter comme les tigres.

Soneri éluda et retourna à la photo.

— Elle était fichée, alors…

— Évidemment. Tous les communistes l'étaient. Y compris ces pseudo-curés révolutionnaires qui occupaient le *duomo*. J'en connais un qui est devenu prélat qu'on a dû escorter pendant des heures dans le froid, et sans bouffer, encore… Son Éminence par-ci, son Éminence par-là… Mon seul regret, c'est de ne pas lui avoir fait sa fête à l'époque où je pouvais cogner.

— Borriani, détends-toi, l'exhorta Soneri avec ironie. Les combats de rue sont terminés. Pourquoi t'énerver en temps de paix ? Vous êtes même au gouvernement…

— C'est ma vie qu'est finie ! s'écria l'ancien flic. Va te faire foutre !

— Mais non ! ironisa le commissaire. Ça vit cent ans, les vieilles carnes dans ton genre. La colère vous maintient en vie.

— Finis de regarder ta camelote, dit brusquement Borriani. Et casse-toi ! Plus je t'ai entre les pattes, plus je m'énerve.

— Voilà, tu vois ? Ça te fait du bien. Je prolonge ton espérance de vie.

— Je te préviens que j'ai encore mon flingue et que je sais m'en servir, pas comme les simplets de ton espèce qui rateraient même une meule de foin.

— Je ne sais pas si je vais trouver autre chose sur ces personnages, songea Soneri à voix haute en revenant à l'objet de sa venue.

— Bien sûr que si ! Tu crois qu'ils ont jeté les dossiers ? Demande au service des archives du ministère. Si tant est que tu y arrives.

— Tu dis qu'ils ont des choses sur la Motti ?

— Je t'ai dit qu'on se l'est souvent ramenée à la Questure. Elle s'est sûrement pris des condamnations. Au minimum pour résistance ou pour outrage. Elle nous crachait à la figure.

— Vous notiez aussi leurs déplacements ? Voyages en Italie, à l'étranger ?

— On nous mettait au courant des manifestations, et on communiquait les destinations aux collègues. Comme aujourd'hui pour les ultras. Pour l'étranger, il fallait ses papiers pour passer les frontières… C'était plus sérieux, à l'époque. Y avait pas tous ces va-et-vient où on ne te regarde même pas en face. À l'époque, on n'avait pas de nègres en circulation…, lâcha Borriani.

— Vous signaliez autre chose dans les dossiers, à part les déplacements ?

— Eh ben dis donc, m'ont l'air bien ignorants, les commissaires, de nos jours ! s'exclama l'ancien collègue.

— On a des ordinateurs, tu n'es pas au courant ? Je connais les procédures actuelles, pas celles qui datent de la préhistoire, l'asticota Soneri.

L'autre le lorgna d'un regard torve.

— Alors demande à ton ordinateur, grogna-t-il. On verra si ça te dit comment cette fille se comportait.

— C'est pour ça que je suis venu chez toi. Je sens qu'elle t'a marqué.

— Je crois t'avoir déjà dit que j'aime les gens qui prennent des risques et qui ne font pas semblant. Ceux qui y croient et qui ne s'épargnent pas, ceux qui ont de l'estomac, expliqua Borriani avec un enthousiasme exagéré. Ça m'aurait plu qu'elle fasse partie de mon camp. Entre elle et Boselli, c'était elle, la plus forte. Elle allait jusqu'au bout.

— Les femmes y vont beaucoup plus souvent que nous, constata le commissaire. Je ne sais pas si c'est parce qu'elles sont plus pures ou plus irraisonnables.

Le collègue haussa les épaules avec fatalisme.

— En tout cas, de mémoire, elle est rentrée deux ans après Boselli. Peut-être trois.

— C'est long…, commenta Soneri en fronçant les sourcils.

— Elle s'est fait contrôler par les Stups de Fiumicino.

— Ensuite ? Plus rien ?

— Disparue des radars, à part quelques apparitions en Ligurie. On a cru pendant un moment qu'elle côtoyait la lutte armée. On n'avait aucune trace, on pensait qu'elle était entrée dans la clandestinité. Et puis, avec les années de plomb… Enfin, tout ça, c'est ce dont je me souviens. Des tiques dans son genre, on en a eu pas mal. Pour moi, elle a aussi des précédents pour drogue. Ils fumaient tous comme des pompiers… Si tu vas aux archives, tu trouveras certainement des signalements. À l'époque, on bossait sérieusement.

Soneri se concentra encore quelques instants sur la photo d'Alessandra Motti, sur ces yeux clairs qui exprimaient fierté et détermination, un regard qui défiait le monde. *Le regard de la jeunesse*, songea-t-il. Il remercia Borriani, qui grogna quelque chose d'incompréhensible, et retourna à la Questure.

## CHAPITRE 15

Il vit une nouvelle fois le groupe de journalistes qui attendait devant les bureaux de la PJ de s'entretenir avec Capuozzo. Il redouta les titres du lendemain ainsi que leur pouvoir de déclencher d'inutiles discussions en chaîne entre partis, administrateurs et diverses autorités, dans lesquelles il serait chargé d'à peu près tous les torts. Il entra donc dans son bureau avec sa mine des mauvais jours.

— Je te croyais en salle de gym pour renforcer tes cuisses, dit-il à Juvara.

L'inspecteur haussa les épaules.

— J'ai du nouveau.

— Sur l'enquête patrimoniale ?

L'autre acquiesça.

— Vous vous souvenez de l'appartement de Moneglia ? Boselli ne l'a jamais vendu, il en était encore propriétaire. C'est son fils qui en héritera.

— Il n'était pas en location ?

— Pas vraiment, expliqua Juvara. On sait seulement qu'un locataire y est resté un certain temps, mais on n'a pas trouvé de contrat.

— Un locataire ? s'enquit le commissaire, aiguisé par la curiosité.

— D'après moi, Alessandra Motti.

Soneri tenta de raisonner, mais ses idées n'étaient pas claires et son esprit avait besoin de décanter.

— Tu en es sûr ?

— Pas à cent pour cent. Je n'ai pas encore fini mes investigations et je n'ai pas consulté le terminal du ministère. En attendant, j'ai mobilisé les questures de La Spezia et de Gênes pour qu'ils fassent des vérifs sur le domicile, etc. J'ai aussi demandé son dossier personnel aux archives, puisque la Motti a résidé dans la région.

Le commissaire, planté à côté de la porte après avoir suspendu son manteau, ébaucha un signe d'assentiment. Puis il s'assit à son bureau. Mais une fois de plus, son téléphone interrompit sa réflexion.

— Bonjour *dottor* Soneri. Je suis maître Schiavina.

Le commissaire imagina une silhouette efflanquée à l'allure excentrique coiffée du typique béret basque de ces avocats militants prêts à défendre tout communiste qui aurait des ennuis.

— Je vous appelle de la part de Maselli, je sais que vous cherchez à entrer en contact avec lui. Même si les journaux disent que…

— Les journaux écrivent beaucoup de choses…, minora Soneri en jetant par la fenêtre un coup d'œil aux chroniqueurs.

— Peu importe… Je voulais vous dire que mon client n'a rien à voir avec l'affaire Boselli, clarifia l'avocat sur un ton péremptoire.

— Vous ne croyez pas qu'il aurait intérêt à se montrer et à clarifier les choses ? S'il fuit, il y a bien une raison ?

— En ce moment, Maselli a besoin de calme, expliqua Schiavina. Le fait d'apprendre que vous cherchiez à le voir a aggravé une situation en soi suffisamment complexe. Commissaire, je ne vais pas m'étaler, mais je crois que vous avez compris que mon client traverse une période de souffrance psychologique.

— C'est ce qu'on m'a dit…, confirma Soneri.

— Il est sujet à des crises, et lorsque ces crises se présentent, il est obligé de faire une pause, de voir ses camarades, de leur parler, d'être rassuré. Techniquement, on appelle ça des crises de panique. Quand elles arrivent, il se comporte comme une bête traquée et il peut devenir agressif, surtout s'il sent obscurément qu'on le menace, poursuivit l'avocat.

— Justement, reprit Soneri, avec Boselli…

— Non, le coupa immédiatement l'autre, agressif envers lui-même. Éventuellement, dans des situations de ce genre, c'était plutôt Boselli qui aurait pu lui faire du mal : mon client n'a jamais eu beaucoup d'estime de soi, vous comprenez ? Il se sent isolé, inadapté à la société actuelle. Il faut du courage pour être différent. Et si vous l'êtes de trop, vous avez l'impression que c'est vous qui n'êtes pas normal. Ajoutez-y la question de l'âge, les espoirs envolés… Il en faut peu pour devenir fou.

— Vous ne voulez pas me dire où il se trouve ?

— Non, je ne vous le dirai pas.

— Vous croyez que je suis naïf au point de vous demander son adresse ? s'impatienta Soneri. Je voulais juste savoir où il se fait soigner.

— Pour les secours aussi, nous avons un réseau de médecins sympathisants, répondit évasivement l'avocat. Je vous le dis en toute sincérité, et avec toute mon estime, insista-t-il, ne perdez pas votre temps avec Maselli : il n'est pas impliqué dans cette affaire.

— Alors expliquez-moi pourquoi il a contacté ses anciens camarades ? Et Boselli en particulier ?

— Lorsque vous voulez échapper au désespoir, vous essayez de construire des choses en commun. Comme ces couples qui font des enfants quand ils connaissent une crise. On a tous besoin de se reconnaître, on ne peut pas toujours être en dehors de tout. Aujourd'hui, les jeunes s'identifient à des marques de vêtements. Nous, on se reconnaissait dans une idée commune. Nous nous obstinons à croire dans une idée commune, acheva Schiavina.

— Eh oui, murmura le commissaire, comprenant parfaitement ce qu'il voulait dire.

Et Schiavina avait raison : il fallait du courage pour être différent.

— En ce qui me concerne, vous pouvez être tranquille, le rassura Soneri. Mais je ne peux pas vous garantir que le substitut lâche prise, même si maintenant une nouvelle hypothèse prend le dessus.

— Le substitut ne pourra rien sans vous, affirma l'avocat en prenant congé.

C'est alors que la cour de la Questure s'anima. La patrouille de journalistes aperçue tout à l'heure emboîtait le pas d'un policier.

— Ils vont en procession chez Capuozzo ? se renseigna le commissaire.

— On m'a dit qu'il avait convoqué une réunion informelle à 13 heures, lui apprit Juvara. Vous connaissez le faible du questeur pour les carnets et les caméras.

— Il adore être reconnu dans la rue : une façon de se sentir vivant, cingla le commissaire.

Puis il prit les journaux du jour et aperçut les titres qui concernaient l'affaire. En l'absence de nouvelles fraîches sur l'homicide, le débat politique tenait le crachoir. Au sujet de la fuite de Maselli, la droite parlait du « péril renaissant du terrorisme communiste » et accusait le camp adverse d'« attitude ambiguë à l'égard de ces franges extrémistes nées dans le lit d'une gauche autoritaire et antidémocratique ». Pour sa défense, la gauche se limitait à balbutier qu'elle « condamnait toute violence » et qu'elle « réaffirmait sa confiance dans la magistrature et les forces de l'ordre en repoussant toute instrumentalisation politique ».

Le commissaire présagea de nouvelles emmerdes à l'idée des articles qui paraîtraient le lendemain, après que les journalistes eurent interrogé Capuozzo.

— Ils disent toujours n'importe quoi, s'énerva-t-il en flanquant les journaux sur la table.

Juvara le regarda d'un air interrogatif.

— Les politiques, clarifia-t-il. N'essayent jamais de comprendre avant de parler.

— Alors que nous, s'indigna l'inspecteur, on doit toujours fournir les preuves de ce qu'on avance !

— Et ils s'attendent à ce qu'on applaudisse leurs conneries. Pense au nombre d'agents qu'on sacrifie à la petite criminalité au lieu de les concentrer sur la grande délinquance. Tout ça parce que c'est plus visible, bougonna le commissaire. On verra ce qu'ils diront demain quand la presse aura balancé les fuites de Capuozzo sur un probable assassinat lié à une dette.

— Et vous, *dottore*, vous y croyez ?

— Je ne sais pas, soupira Soneri. Peut-être. Ou alors maître Schiavina que je viens d'avoir au téléphone m'a raconté un sac de bobards. Et qu'en réalité, Maselli est en cavale après avoir liquidé son ancien camarade. On fait un métier compliqué : chercher sans aucune certitude parmi des gens qui donnent tous l'impression de détenir la vérité. Va faire des enquêtes après ça ! Si on arrêtait Maselli, poursuivit le commissaire sur sa lancée, la gauche hurlerait au complot et nous traiterait de fascistes, elle pourrait même nous accuser d'avoir fabriqué les preuves. Et si on le disculpait, la droite crierait à l'éternelle impunité de l'ultragauche et nous accuserait de laxisme. Aucun des camps n'essayerait de comprendre, seulement de juger : et chacun en fonction de ce qui les arrange.

Juvara, la mine contrariée, baissa la tête sur divers documents sans réagir au déballage du commissaire.

À cet instant, le portable de Soneri sonna.

— J'ai suivi la Pezzani toute la matinée, annonça Musumeci. Une fois sortie de la banque, elle s'est pas mal baladée, je suppose chez ses petits copains créditeurs. Ensuite, elle est entrée dans un bar de la via Mazzini pour passer un coup de téléphone et quand elle est ressortie, elle a fait le coup du lèche-vitrines, via Garibaldi, du genre : je fais du shopping. Puis rebelote au téléphone dans un bar du quartier du conseil départemental, et direction le *duomo* par le vicolo del Vescovado pour se poster en face du baptistère. Comme si elle attendait quelqu'un.

— Et ce quelqu'un est arrivé ?

— Non, répondit l'inspecteur. Je ne sais pas ce qui s'est passé : elle a flâné une demi-heure comme une touriste avant d'aller choper un bus via Mazzini.

— Sans doute que la personne qui devait la rejoindre a vu que tu la suivais, en déduisit le commissaire.

— J'ai pourtant pris mes précautions…

— On n'en prend jamais assez. Ils ont peut-être voulu la tester pour voir si elle jouait le jeu. Continue de l'avoir à l'œil, lui recommanda Soneri avant de raccrocher.

Le silence retomba jusqu'à ce que Juvara donne un grand coup sur la table.

— Ça y est, j'ai mes infos ! s'exclama-t-il.

— Lesquelles ? demanda le commissaire machinalement.

— L'appartement de Moneglia a été cédé en usufruit jusqu'en 93, annonça l'inspecteur.

— À qui ?

— Je vous le donne en mille, *dottore* : Alessandra Motti.

— Et aujourd'hui ?

— Boselli en est redevenu le plein propriétaire.

— Dieu sait ce qui s'est passé en 93…, songea Soneri à voix haute.

— Je vais vous le dire : Alessandra Motti est morte. C'est écrit sous mes yeux : « Cessation d'usufruit pour cause de décès du bénéficiaire. »

Le commissaire resta silencieux quelques secondes avant de murmurer :

— Maintenant, on sait qu'elle a disparu définitivement.

Il eut la sensation de ne plus rien comprendre à cette histoire qui le menait tel un aveugle entre nostalgies, mystères, amours déçues, luttes politiques et haines féroces. Noyé dans une marée de contradictions, il hésita quelques minutes jusqu'à ce qu'il s'en remette à son instinct et à sa curiosité. Ce fut alors qu'il appela Ballero.

Son collègue ligurien l'écouta avec son détachement habituel.

— Des infos sur la Motti et cet appartement ? Via Cavour, numéro 5, c'est ça ? s'assura ce dernier.

— Pas seulement, ajouta le commissaire, essaie de voir si la Motti vivait toute seule et ce qui s'est passé après 93. Et de quoi elle est morte.

Ballero grognassa, comme si les requêtes de Soneri le mettaient de mauvaise humeur.

— À quoi ça va te servir de le savoir ? dit-il mollement.

— On enquête sur un homicide, c'est toi qui vois… Dès que tu peux, abrégea le commissaire avec un zeste d'impatience.

L'accent de Ballero était pareil au rythme lent des vagues. Il avait dans la voix un je-ne-sais-quoi d'imperturbable, et une indifférence qui le faisaient toujours paraître ailleurs. Quand Soneri raccrocha, il n'était pas serein. Le contraste entre son angoisse et le calme olympien de son collègue l'avait rendu nerveux.

— Juvara, concentre-toi sur la Motti, sollicite les archives du ministère et fais-toi livrer sur-le-champ son dossier personnel, ordonna-t-il alors.

— J'ai déjà des infos sur la période où elle logeait là-bas, avertit Juvara, même si elles n'en disent pas plus que ce qu'on sait déjà : d'abord dans le Mouvement Étudiant, ensuite, militante à Lotta Continua, enfin, arrêtée quatre fois : trois pour violence, outrage et résistance à l'autorité publique, une pour possession de stupéfiants.

— Lesquels ?

— Haschisch. Trente grammes.

Le commissaire haussa les épaules sans que l'inspecteur ne comprenne s'il se fichait complètement de l'info ou s'il la jugeait pardonnable. En réalité, le commissaire était déçu : rien de nouveau par rapport à ce qu'il avait appris chez Borriani. Il était même possible que ces notes aient été écrites de la main du vieux flic. Il reprit son portable et rappela Musumeci :

— T'es où ?

— Via Palestro, répondit l'inspecteur avec une voix de comploteur. La Pezzani est repassée chez elle. Peut-être pour prendre son courrier et écouter son répondeur ?

— Écoute, le prévint Soneri, je vais l'appeler maintenant, si tu la vois au téléphone, tu sauras qu'elle est avec moi.

— *Dottore*, je ne l'ai pas sous les yeux : elle est chez elle, et moi, je suis dans la rue…

— C'est juste pour être sûr qu'elle soit seule. Je ne voudrais pas que quelqu'un entende notre conversation.

— Elle était seule quand elle est entrée…

— C'est bon, alors : on se rappelle plus tard.

Le commissaire raccrocha et composa le numéro de la Pezzani.

— Ah, c'est vous, dit la femme comme si elle attendait son appel.

— Le maître-chanteur a donné des nouvelles ?

— Il veut cent mille euros.

— Il a expliqué les modalités ?

— Non, toujours pas. Il m'a posé un lapin piazza Duomo, sans doute pour voir si j'obéissais.

— Il ne vous a pas rappelée ?

— Il a laissé un message sur mon répondeur. Il me menace. Il dit que si je joue à la conne et que je vous contacte, s'il se rend compte que vous me suivez, il va m'arriver des ennuis, avoua la femme avec angoisse.

— Ne vous inquiétez pas, et tenez-moi informé sur tout ce qu'il vous demande, l'exhorta le commissaire tout en sachant qu'elle n'en ferait rien. Vous saviez que Boselli possédait un appartement à Moneglia ?

Il y eut quelques secondes de silence, puis la voix de la Pezzani de nouveau angoissée :

— Non.

— Il ne vous en a jamais parlé ? Pourtant, Alessandra Motti, son ancienne petite amie, en avait l'usufruit. Boselli ne vous a jamais parlé d'elle ?

— Je savais qu'il avait connu quelqu'un à la fac, c'est tout. Je n'ai jamais eu envie de connaître ses erreurs sentimentales, ce que je vivais avec lui me suffisait.

— Et rien sur cet appartement ? réitéra le commissaire.

— Je vous ai dit non. Mais quel rapport avec l'enquête ?

— Aucun, tempéra Soneri, c'est juste que j'ai besoin de visualiser clairement le cadre dans son ensemble, justifia-t-il de manière évasive. Quoi qu'il en soit, répondez-lui s'il rappelle, et restez en contact avec moi, d'accord ? la pria-t-il enfin.

— D'accord, répondit la femme d'une voix affligée avant de raccrocher.

— Il y a un côté obscur dans la vie de Boselli, réfléchit le commissaire à haute voix.

Et sans attendre la réponse de Juvara, il ajouta :

— Un truc qu'il n'a peut-être jamais dit à personne.

Il se leva d'un bond et reprit son manteau. Il était l'heure d'aller manger, mais sa curiosité prit le pas sur son ventre creux. Il rejoignit alors le piazzale Picelli et entra chez *Pàcio*. Il repéra Gotti et Castellazzi assis en compagnie d'un type aux longs cheveux gris qui se présenta :

— Roberto Ghirardi.

Le commissaire se souvint d'avoir lu ce nom sur une des fiches de Borriani, photographies à l'appui. Le vieux avait même parlé de lui avec son mépris habituel : un type qui avait obtenu un poste à l'université grâce à ses talents politiques. « Un retraité de la révolution, comme il en existe des milliers », l'avait-il qualifié, et le commissaire n'avait pas pu lui donner tort.

— Je crois qu'on vous a donné de nos nouvelles, attaqua Castellazzi.

— Schiavina, oui, confirma le commissaire. Je l'ai eu au téléphone.

— Satisfait ? continua l'autre.

Soneri haussa les épaules.

— Je reste sceptique, mon métier me l'impose.

— C'est la vérité, intervint Gotti. Maselli ne va pas bien, mais nous le soignons. Ce ne sera pas la première fois, même si j'ai l'impression que cette crise est pire que d'habitude.

— J'entends bien, mais ce n'est pas suffisant, répéta le commissaire. Vous me dites peut-être la vérité, mais je ne peux pas m'y fier.

— Vous ne nous croyez pas ?

— Si, je vous crois, mais votre parole n'est pas suffisante. Il faudrait que je voie Maselli, que je l'interroge, que je fasse des vérifications… Ce n'est qu'en…

— C'est impossible, l'interrompit Castellazzi en s'irritant. Il se sentirait en danger alors qu'il a besoin d'être tranquille. Vous ne savez pas ce que c'est que de se sentir complètement étranger au monde.

— Je le sais parfaitement, riposta Soneri d'un ton cassant.

Les trois le fixèrent avec curiosité et circonspection, et un rien de respect en plus.

— Bien, alors, vous comprenez de quoi on parle, reprit Gotti. Il y en a qui résistent, et d'autres qui se font emporter s'ils sont rejetés par les gens en qui ils ont cru. Pour qui c'est difficile de vivre un moment historique qui nie vos convictions, acheva-t-il.

— Pour parler clair, commissaire, sans l'antidote indispensable qui empêche de se laisser aller, je veux parler de l'indifférence, la solitude peut être fatale à un homme d'action. Maselli serait capable de se foutre en l'air, vous comprenez ? Il en aurait le courage, développa Castellazzi.

— Si vous ne voulez pas que ça arrive, intervint Ghirardi, tenez-vous à distance, et arrêtez de lui mettre la pression.

— Ce n'est pas moi qui décide, mais le magistrat.

— Convainquez-le, suggéra l'homme.

Pàcio vint prendre les commandes. Le menu se limitait à un plateau de charcuterie et du vin en carafe. Soneri s'en contenta, mais demanda un peu de *grana* en supplément.

— Moi, c'est Boselli qui m'intéresse, reprit-il. Il y a un pan de sa vie qu'on ne m'a pas raconté.

— Nous non plus, on ne connaît pas tout, répliqua Castellazzi. C'est déjà difficile de se connaître soi-même.

— Vous étiez au courant de l'appartement d'Elmo hérité de son père, à Moneglia ?

— On savait qu'Elmo venait d'une famille avec de l'argent, de là à savoir ce que lui a laissé son père…, précisa Ghirardi.

— Il avait un appartement viale Rustici, qu'il a vendu…

— Elmo n'était pas attaché aux biens matériels. Si une idée lui venait et qu'elle coûtait de l'argent, il vendait tout. Vous le saviez, non, qu'il courait après l'argent ? intervint Gotti.

— Dans ce cas, pourquoi ne pas avoir vendu l'appartement de Moneglia ? interrogea Soneri.

Les trois se regardèrent.

— Pas au courant pour Moneglia, pas au courant non plus qu'il allait à la mer, trancha Castellazzi.

Le commissaire les fixa : ils paraissaient sincères. Il se mit à manger. Le saucisson et le *culatello* étaient excellents, et le *grana* avait le goût d'un affinage patient. Le menu de Pàcio tenait en deux lignes, mais était bon.

— De quoi est morte Alessandra Motti ? questionna Soneri en rompant le silence de ce casse-croûte improvisé.

Et comme personne ne répondait, il insista :

— De ça non plus, vous n'êtes pas au courant ?

— Vous avez vu combien de temps s'est écoulé ? se décida Ghirardi. Elle est partie au début des années 70, faites le compte.

— Disons-le autrement, intervint Gotti, on n'a pas d'informations précises, juste des on-dit.

— Lesquels ?

— Qu'elle est morte du sida.

— Vous pensez que c'est vrai ?

— C'est probable. Nos camarades de Gênes et de La Spezia nous ont raconté qu'elle avait pris un mauvais chemin, et eux aussi l'ont perdue de vue. Elle se shootait, elle n'avait plus que la peau sur les os. Une fille aussi intelligente… À la différence de Maselli, elle n'avait personne pour la protéger, elle a sans doute choisi de quitter le monde petit à petit. C'est ça, l'héroïne, commissaire. Une drogue qui altère le rapport à la réalité pour en fabriquer une plus supportable. Une drogue qui vous emporte petit à petit.

— Et qu'est-ce que Boselli aurait à voir avec tout ça ?

— Lui aussi a souffert de leur rupture, ensuite, chacun réagit à sa manière. On ne sait pas ce qu'elle a vécu après.

— Boselli lui avait laissé l'usufruit de son logement de Moneglia, les informa Soneri.

— On vous a déjà dit, répéta Castellazzi avec entêtement, qu'on ne connaissait pas l'existence de cet appartement. Et maintenant que vous nous le dites, on trouve que c'est bizarre. Boselli avait les poches percées, il dépensait jusqu'à son dernier sou, s'il avait eu un appartement, il l'aurait vendu. Nous, on a toujours cru qu'il n'avait plus rien, conclut-il d'un ton péremptoire.

Soneri se tut et termina son saucisson. Le *grana* et le dernier verre furent remis à une autre fois.

Dès qu'il fut dehors, il appela Angela.

— Prépare-toi, annonça-t-il. On retourne à la mer.

— Quoi ?

— Tu as très bien entendu.

— Toujours à Levanto ?

— Non, cette fois-ci, à Moneglia.

— J'ai une copine à Moneglia qui tient une pension. Tu veux que je réserve ?

— Je ne préfère pas, on ne sait jamais ce qui nous attend sur l'autoroute.

Le commissaire raccrocha et retourna à la Questure. La lumière qui filtrait à travers le brouillard était déjà en train de baisser. À peine posa-t-il un pied sous le porche qu'il fut interpelé par le planton :

— *Dottore*, un homme vous attend à votre bureau, le prévint-il en indiquant du doigt les locaux de la PJ.

— Qui ça ? s'enquit-il, vaguement contrarié par cette visite inattendue.

— Un étranger, expliqua l'agent. Il m'a laissé son nom, ajouta-t-il en consultant son bout de papier. Il s'appelle Oliescu.

## CHAPITRE 16

Il traversa la cour en pensant au garçon roumain, à son histoire ressuscitée à l'improviste. Il était partagé entre l'envie de savoir et la peur de perdre du temps. Il se dirigea donc vers son bureau comme s'il était pris de court. Il trouva devant lui un type massif aux cheveux et à la moustache aussi noirs que du jais. L'homme se présenta :

— Je suis Dumitru Oliescu, le cousin de George, celui qui s'est suicidé, précisa-t-il.

— D'après nos recherches, il n'avait pas de parents en Italie, s'étonna quelque peu le commissaire.

— On ne se voyait pas très souvent…, se justifia l'autre avec embarras. Je ne suis pas là depuis longtemps, j'ai fait pas mal de pays…

— Vous saviez qu'il vivait en Ligurie ?

— Seulement quand on s'est vus il y a deux mois, répondit l'homme.

— Pourquoi ?

— Nos familles ne s'entendaient pas. On ne se parlait plus à cause des questions d'héritage. Le père de George et mon père, ils sont frères, et ils ont trouvé à redire à la mort de mes grands-parents, expliqua le cousin.

— Ça arrive, dit le commissaire en écartant les bras. Et par voie de conséquence, vous deux aussi…, ajouta-t-il en rapprochant ses poings pour symboliser un litige.

— Entre nous, les plus jeunes, on s'aimait bien, mais vous savez comment elles sont, les familles, en Roumanie… Si ton père donne un ordre, tu dois obéir.

— Et vous, vous obéissez ?

— Mon père, il est mort, et même George, fit noter l'homme. Il était plus jeune que moi, mais on a beaucoup joué ensemble.

— Vous voulez dire que vous avez de l'affection pour lui ?

— Je ne sais pas, dit Dumitru en dodelinant de la tête, dans sa vie, il n'a pas eu de chance, et à la fin…

Le commissaire observa l'expression partagée de l'homme qui, sans doute, ne parvenait pas à distinguer le sentiment prédominant qu'il éprouvait. Il conserva le silence et attendit que l'autre se décide à poursuivre.

— Son père, il est parti, il a abandonné sa femme et ses enfants. Il a bu tout son héritage. Au début, ma tante a tenu bon, mais après, elle a laissé tomber. George, il a fini dans une institution. Ma mère voulait le prendre avec nous, mais mon père était toujours contre. Il disait qu'il fallait qu'il comprenne quand il serait grand que son père est dégénéré. Mon père n'a pas eu beaucoup d'héritage, alors, il a été très dur. Malheureusement, George n'est jamais devenu grand.

— Je comprends, intervint Soneri, mais pourquoi êtes-vous venu me raconter cette histoire de famille ?

— Je voudrais enterrer mon cousin. Il n'a rien eu, au moins, qu'il ait une tombe, dit-il.

— Votre cousin est à la morgue, et nous désespérions de trouver quelqu'un qui puisse lui assurer des obsèques, expliqua froidement Soneri en se levant de son fauteuil.

L'autre resta assis avec une mine préoccupée. Alors le commissaire se rassit.

— Je lui dois pour autre chose, jeta finalement Dumitru en parlant de l'enterrement.

— Quoi ?

— Comme je vous ai dit, il y a deux mois, George a donné de ses nouvelles, répéta l'homme la voix navrée. Il voulait que je l'aide parce qu'il avait peur de perdre son travail.

— Et alors ?

— J'aurais bien aimé, mais j'avais l'impression de trahir mon père. Je ne voulais pas faire un affront.

— Si c'est parce que vous vous sentez coupable, l'enterrement n'est pas un bon remède, glissa le commissaire.

— Je sais, reconnut Dumitru, je me suis trompé, j'aurais dû l'aider, même si je ne savais pas comment. Je le fais seulement maintenant qu'il est mort. George n'a personne pour payer les obsèques, et son ami en Ligurie n'a pas d'argent non plus.

— Vous connaissiez cet ami ?

— Je ne sais pas comment il s'appelle : il accompagnait mon cousin quand il est venu demander que je l'aide.

— Vous pourriez me le décrire ? Grand, petit, blond, brun…

— Assez grand, bien baraqué, l'air de s'en foutre. Il conduisait une Golf noire.

— Il vous a dit où il habitait ? À Levanto ?

— George vivait dans le coin, mais l'autre, je ne sais pas…

— Ils étaient très amis, à votre avis ?

— Oui, je crois. Déjà le fait d'être venus ensemble…

Le commissaire se désintéressa totalement de l'histoire de l'enterrement. Son esprit fut tout à coup occupé par le mystérieux ami d'Oliescu. Il se souvint alors des propos du concessionnaire qui avait vendu à George la

Renault d'occasion : lui aussi avait parlé d'un type au volant d'une Golf. Il se dit que les choses qui revenaient avec insistance signifiaient toujours quelque chose, dans les enquêtes comme dans la vie.

Il laissa à Juvara le soin de régler la partie administrative de la question et sortit du bureau. À peine dehors, il envoya ces quelques mots à Angela : « Prépare-toi à partir. » Puis il grimpa dans sa voiture et se rendit chez elle.

Coriani le joignit pendant le trajet.

— La filature de la Pezzani s'éternise : je commence à avoir des doutes. Ce ne serait pas une fausse piste ?

— Je ne crois pas, répondit Soneri, au pire, un coup d'épée dans l'eau.

— Selon vous, cette femme est sincère ?

— Je n'en suis pas sûr. Elle nous cache peut-être des choses. Mais Boselli aussi lui a caché des choses.

— Qu'avez-vous découvert ?

— Un appartement à Moneglia dont personne ne connaissait l'existence, occupé par Alessandra Motti jusqu'en 1993.

— Je trouve curieux qu'il ait survécu au gâchis, commenta le magistrat.

— Je trouve aussi, en convint Soneri. La Pezzani n'en savait rien.

— Que pensez-vous faire ?

— Aller en Ligurie.

— J'espère que vous avez donné des instructions appropriées à vos adjoints.

— Ils ont ordre de la suivre et d'attendre que son maître-chanteur tombe dans le piège.

— Attendons, alors.

Et Coriani raccrocha.

Soneri et Angela traversèrent le dernier bout de plaine qui précédait les monts contre lesquels un brouillard toujours plus épais donnait l'impression de s'appuyer.

— Ce n'est pas une bonne idée de partir à cette heure-là, bougonna-t-elle en sondant devant elle le peu de route que les phares éclairaient.

— Tu n'arrêtes pas de me répéter que tu adores les imprévus… Et puis, bientôt, nous reverrons enfin la clarté des étoiles, déclama le commissaire.

— Depuis quand doit-on connaître Dante pour devenir commissaire ? persifla Angela. J'adore les imprévus, mais pas les accidents. Disons… les imprévus que tu proposes rarement, persifla-t-elle encore.

Soneri éluda l'allusion en se concentrant sur sa conduite. Le brouillard dégageait une vapeur inquiète en caressant de ses ailes grises le pare-brise.

— Quand les nuits sont brumeuses, on se croirait seuls au monde, médita Angela à voix haute. Tu crois que c'est ça qui nous fait peur ?

— On l'est toujours, sauf qu'on ne s'en rend pas compte. Le brouillard nous le rappelle, répondit le commissaire en regardant droit devant lui.

Soudain, la nuit retrouva la pureté d'un ciel de crèche.

— Pietramogolana, annonça Soneri, frontière entre montagne et plaine.

— Un commissaire poète…, s'amusa Angela.

L'autoroute de la Cisa commença de se tordre dans le sillon du val di Taro, puis sauta d'une rive à l'autre en traversant un grand viaduc. Suspendus dans les airs au milieu des sommets blanchis et menaçants, ils se sentirent tellement fragiles que les tunnels leur paraissaient de rassurantes tanières. Leurs regards se croisèrent, et ils surent instantanément qu'ils pensaient la même chose.

— Ils veillent sur nous maternellement, dit le commissaire, ils nous donnent des points de repère.

— On en a besoin, approuva Angela en regardant tout autour d'elle l'obscurité profonde dans laquelle on voyait à peine la silhouette plus claire des monts luisants de givre et les rares fermes éclairées où la vie résistait.

— On a perdu, on doit l'admettre, s'épancha tout à coup Soneri. Culturellement, je veux dire. C'est un échec.

— On a trop fait confiance à nos idées, observa Angela. Croire que les gens sont disposés à devenir meilleurs est la plus grosse connerie qu'on puisse imaginer. Comme de refuser d'admettre que les instincts sont plus puissants que tout notre arsenal culturel. La majorité des individus ne pense qu'au sexe, à la bouffe et au désir de domination. Biologie pure et simple, comme pour les autres animaux. Si on en avait pris acte, on ne se serait pas obstinés à prêcher. Rester du côté des idées, ça veut dire vivre avec la rage. Moi, conclut-elle, j'ai décidé de m'en foutre. Pourquoi lutter ? Je suis en bonne santé, j'ai de l'argent et je sais me défendre. Au point qu'aujourd'hui j'ai pu me dire : je laisse tout en plan et je pars à la mer avec mon commissaire.

Soneri braqua à droite et sortit de l'autoroute au péage de Berceto.

— Qu'est-ce que tu fais ?

— Je suis mon instinct : j'ai les crocs, dit-il en riant après s'être engagé le long d'une route bordée par un rempart de neige.

— Tu veux qu'on devienne mélancolique ? le piqua Angela en songeant au *Tugo*.

— Mais non ! se défendit Soneri. On va juste vérifier ce que tu viens de dire. Je te donne raison, tu ne vas pas te plaindre ?

— Connard! râla-t-elle d'un air débonnaire. Mais seulement pour dîner, alors : ma copine de Moneglia nous attend, je lui ai réservé une chambre.

Le commissaire la rassura d'un signe tandis qu'il se garait devant la vitrine du *Tugo*. Le froid coupait le souffle et lustrait le ciel. Une odeur de bois brûlé venait de la pension et Soneri pensa immédiatement à la cheminée et à la manière dont il aimait compter les heures au coin du feu dans les auberges des Apennins.

Monti les installa dans un renfoncement qui donnait sur l'une des salles réservées où flottait un bourdonnement incessant de conversations. Deux serveurs voyageaient chargés de plateaux et d'assiettes.

— Je fais appel à des extras, se justifia Monti, les soirs où j'ai du va-et-vient, ricana-t-il.

À la table d'à côté, deux couples de messieurs qui parlaient en allemand, certainement des touristes arrivés jusqu'ici au hasard de leurs pérégrinations sur la route pour la Ligurie – la seule présence qui ne surprenait pas dans un hôtel comme *Le Tugo*. Pour le reste, un échantillon de fugueurs se retrouvant incognito au même endroit, chacun avec un secret à garder, mais souvent avec la même intention.

— Sexe, bouffe, affaires. Tu en as la confirmation, dit Soneri dans un rictus.

Angela ne répondit pas, car Monti s'approchait avec un plat de *tortelli* aux châtaignes parsemés de *grana*.

— Ce soir, réunion au sommet, chuchota-t-elle en indiquant des yeux la tablée de la salle d'en face. Bétonneurs, précisa-t-elle. Les plus gros du secteur privé au coude-à-coude avec les coopératives. Blanches ou rouges, elles y sont toutes, comme les tagliatelles, cingla-t-elle.

— Je me demande quel nouveau coin de campagne ils ont prévu de saccager, maugréa le commissaire.

— Il ne manque que nos chers élus, souligna Angela.

— Ils interviennent plus tard, rebondit Soneri. Laisse-les d'abord se décider sur les parts à se répartir. C'est aussi à ça qu'on voit qu'on s'est pris une branlée, déplora-t-il. On croyait que c'était la politique ou les idées qui décidaient... Mais dans les faits, tu les retrouves attablés dans un restau paumé en train de se partager la ville au milieu des couples adultères qui viennent tirer leur coup. Ensuite, tu vas voter et tu crois que ça aura du poids...

— Tant qu'il y a de l'avoine pour tout le monde, dit Angela en haussant les épaules. Et tant que ça se passera comme ça, rien ne changera. Ils sont tous de la génération d'Elmo, tu as vu ?

— Je te parie qu'il y a quarante ans, ils protestaient contre le système en balançant des œufs pourris sur les fourrures de leurs mamans.

Monti réapparut à ce moment-là.

— Je n'ai plus de chambres de libre, annonça-t-il. Mais pour vous, je vais m'arranger.

— Ce n'est pas la peine, l'informa Angela. On ne comptait pas rester.

— Vous êtes le seul couple régulier..., sourit l'homme.

— Vous y étiez, le soir de la première au *teatro Regio*, en décembre 68 ? demanda le commissaire de but en blanc.

— Et comment ! s'exclama Monti avec un fil de nostalgie dans la voix. Si je m'en souviens ! C'était le lendemain de Noël. Ils donnaient le *Stiffelio*, de Verdi. On avait rempli des paniers entiers avec des œufs, et pendant un quart d'heure, on les a bombardés. Ensuite, la police a chargé et pas mal d'entre nous ont fini à l'hosto.

— Maintenant, les œufs, vous les servez au plat à vos anciens copains, ricana Soneri en lançant un coup d'œil aux entrepreneurs attablés.

Monti devint sérieux.

— On se prenait pour l'avant-garde, on croyait qu'on allait guider le mouvement ouvrier au moment de l'automne chaud, mais le parti communiste nous a fermé la porte au nez, et on s'est retrouvés isolés. À partir de là, la majorité s'est vendue au plus offrant. On est passés des projets collectifs aux projets individuels, et la consommation a remplacé les idéaux. Les années 80 ont tout balayé. C'est là que le désir de posséder a pris le dessus, imposé par la dictature de la télé. On n'a pas compris que les places où on continuait de se rassembler étaient devenues des sites archéologiques. Le vrai rassemblement, c'étaient les millions de gens devant la télé au moment du dîner qui croyaient que le bonheur, c'était de s'acheter une bagnole et un téléviseur, acheva Monti.

Angela et Soneri opinèrent du bonnet.

— Et aujourd'hui, vous les retrouvez chez vous, vieillis et bedonnants… De quoi vous parlez ?

— Je prends des extras à cause de ça. Pour qu'ils aillent les servir. Et moi, je les vois pour l'addition. Y en a qui me disent bonjour, qui essayent de me tenir la jambe, mais la plupart font semblant de ne pas me reconnaître. Ils voient sans doute que je les méprise.

— Mieux vaudrait ne jamais les croiser…, lâcha Soneri.

— Par contre, d'autres se croisent sans le vouloir…, intervint Angela.

— C'est rare, affirma Monti. J'ai deux entrées dans mon établissement, et les salles sont suffisamment à l'écart. Un jour, j'ai même réussi à éviter qu'un couple officiel, chacun avec son amant respectif, ne se retrouve nez à nez. Comme ils ont tous quelque chose à cacher, ils ont tous intérêt à se taire.

Le commissaire revint à son enquête :

— Vous n'avez jamais entendu parler d'un appartement à Moneglia dont Boselli a hérité et où Alessandra Motti aurait vécu après leur rupture ?

Monti secoua la tête.

— De ce que j'en sais, il n'avait plus rien. Il a tout brûlé, comme la plupart d'entre nous. On n'a rien laissé à nos enfants. Pas d'idéal, et pas de biens non plus.

— Pourtant, il avait un appartement…

— On ne connaît pas toujours la vie des gens, considéra l'homme. S'il l'a gardé, c'est qu'il ne pouvait pas faire autrement. Il devait avoir une bonne raison.

— C'est aussi ce que je crois, approuva le commissaire.

Angela, impatiente de s'en aller, se leva, et Soneri paya l'addition. Tout se déroula en silence comme s'il n'y avait rien d'autre à ajouter. Ils prirent congé, et Monti leur souhaita un bon voyage.

— Si vous changez d'avis, je peux m'arranger, pour la chambre, les avisa-t-il dans un accès de mélancolie. Si je vous avais dans mon hôtel, je me sentirais moins seul, regretta-t-il dans un sourire.

Le commissaire et Angela réaffrontèrent le froid en traversant le parking du *Tugo* labouré de sillons neigeux aux crêtes durcies par le givre. L'Alfa crissa et sautilla sur cette bave scintillante éclairée par les lampadaires. Le froid avait également desséché les fossés, et les petites sources s'étaient figées en attente du printemps. Pourtant, sa tiédeur se montrait dès qu'on passait le col. La chaleur de la terre se fit déjà sentir au milieu du tunnel, et l'aine de la montagne les étreignit dans l'intimité de sa roche. Enfin, ils gagnèrent la sortie et toute la tension due au gel s'évapora. Ils descendirent jusqu'à Santo Stefano, longèrent le fleuve Magra, à présent large et tranquille dans la plaine, puis parcoururent un tronçon de côte orientale éloignée des rivages, sur les hauteurs, parmi les oliviers et les pins maritimes où la mer Tyrrhénienne exhalait son haleine. Ils descendirent ensuite jusqu'à Sestri et prirent la route du littoral.

— J'espère qu'on ne va pas se taper le feu, prévint le commissaire.

— Quel feu ?

— Pour entrer dans le village, la route est en sens alterné, tu ne savais pas ? expliqua Soneri. Elle passe sur l'ancienne voie de chemin de fer creusée dans la roche, les tunnels sont super étroits.

— Je suis toujours venue en train, dit-elle.

— Moneglia est un cas d'école de police, poursuivit le commissaire. Pour y aller, il faut affronter des kilomètres de tunnels, à l'est comme à l'ouest. Et au nord, le village est bloqué par les Apennins, du coup, si tu veux prendre la poudre d'escampette, tu n'as plus que la mer ou le ciel, pas très pratique. Voilà pourquoi la pègre, à Moneglia, n'existe pas : tu te ferais griller direct.

— Enfin un endroit où la sécurité n'est pas le sujet principal ! se réjouit Angela.

Ils arrivèrent à la pension *Coccinella* vers 23 heures. Carla Roccella, la patronne, salua son amie et dévisagea longuement Soneri sans que ce dernier ne saisisse si elle le trouvait mieux ou pire que ce qu'elle avait imaginé. Ils étaient les seuls hôtes de son petit établissement qui donnait sur un jardin d'hiver désaffecté où des chaises étaient empilées et des plantes tropicales, enveloppées de cellophane. La salle était très agréable, et par la fenêtre, on voyait la mer se briser contre les rochers d'une petite plage grise en forme de croissant. Soneri ne comprenait pas pourquoi il oscillait entre torpeur et inquiétude face à la mer.

Puis Angela le rejoignit à la fenêtre.

— Ici, c'est beaucoup mieux qu'au *Tugo*, susurra-t-elle.

Peu après, une clarté surgit au-dessus d'une pointe rocheuse qui faisait saillie vers le large. Ils attendirent jusqu'à ce que le dos de la lune apparaisse sur la crête. La baie était déjà phosphorescente, et striée par les flots.

— Qu'est-ce que tu as ? s'inquiéta Angela, qui le trouvait nerveux.

— J'ai l'impression d'être dans un roman-photo, ronchonna-t-il. La mer, la lune, nous à nous embrasser à la fenêtre… La télé nous a matraqués avec ses messages à la con, on ne se rend même pas compte qu'on est comme des acteurs de télénovelas.

— À force de galvauder le langage et les sentiments, ils ont banalisé tout ce qu'on a de plus précieux. Ils ont détruit toute authenticité, c'est ça le pire, admit Angela.

## CHAPITRE 17

Il avait donné rendez-vous à Ballero sur l'avenue Dante Alighieri, juste en dessous de la forteresse. Le collègue se présenta avec son éternel air détaché, le regard perdu dans le lointain comme les pêcheurs à la palangre.

— Alors ? L'appartement de la via Cavour ? s'empressa de demander Soneri.

L'homme prit son temps avant de répondre, ouvrit la chemise qu'il avait posée sur la table, chaussa ses lunettes en demi-lune, puis commença de lire :

— Jusqu'en 1975, il servait de résidence secondaire à Dario Boselli et Fernanda Corsini, les parents de Guglielmo, qui en étaient propriétaires. Ensuite, on sait qu'Alessandra Motti y a logé avec son fils, Filippo Cassinari. La Motti, poursuivit Ballero, en est devenue l'usufruitière quand Guglielmo en a hérité, à la mort de Dario Boselli.

— Je ne savais pas que la Motti avait un fils, s'étonna le commissaire. Il est né quand ?

— Le 15 avril 1973, lut encore le collègue en tapotant la feuille du revers de ses ongles.

— En Ligurie ?

— Non, en Inde. À New Delhi.

Soneri réfléchit quelques secondes dans la tiédeur du soleil déjà haut dans le ciel, resplendissant au-dessus de la mer.

— La Motti a donc eu un enfant d'un autre pendant qu'elle était en Inde, raisonna-t-il.

— Ça me paraît clair…, confirma Ballero en soulignant d'un geste l'évidence de la chose.

— On sait où vit son fils ?

— Officiellement, via Cavour, mais de fait, il n'y est jamais. Une tête brûlée, l'informa Ballero.

— C'est-à-dire ?

— Supporteur ultra de La Spezia, néofasciste, spécifia l'autre.

— Ça va souvent ensemble.

— Toujours, mon cher. L'extrême droite est en train de conquérir une bonne partie des clubs de supporteurs. Une stratégie, pourrait-on dire. Il n'y a pas de meilleur entraînement au squadrisme et à la guérilla. Nos supérieurs et notre ministère ne prennent pas suffisamment ce risque en considération, estima Ballero avec une fougue inattendue.

— Ou alors, ils laissent faire, parce que c'est plus facile, glissa Soneri.

Son collègue le fixa sans répliquer et se réfugia aussitôt dans son détachement habituel, imperturbable et olympien.

— Donc, on ne sait pas où il dort ?

— Chez des amis, quelquefois chez son père, et quelquefois, ici, à Moneglia… Il mène une vie irrégulière.

— Qui est son père ?

— Oreste Cassinari, un ancien de Lotta Continua, lui aussi habitué des commissariats, reprit Ballero en chaussant à nouveau ses lunettes et en feuilletant ses documents.

— Pas pour les mêmes raisons que son fils, j'imagine, devina Soneri.

— Pire, répondit son collègue en retrouvant le document. Partisan du terrorisme et coffré dans les années 80, car soupçonné de faire partie de la colonne génoise des Brigades rouges.

— Il est resté longtemps en prison ?

— Peu. Acquitté. Aucune preuve contre lui.

— Et maintenant, qu'est-ce qu'il fait ?

— Apparemment, il s'est calmé. Il s'est vu attribuer une parcelle de colline à Framura. La Région distribue gratuitement des vignes abandonnées en échange d'une remise en culture sur vingt ans et de la construction de terrasses en pierres sèches. Pas mal de gens ont refait leur vie comme ça.

Le serveur apporta le sciacchetrà.

— Voilà ce que produit Cassinari, dit son collègue en levant son verre.

Ils burent. Le soleil était encore monté, la matinée vivait son moment le meilleur. Le ciel limpide et la lumière aveuglante de la réverbération brouillaient la vue comme si l'on venait de se réveiller. Observée depuis le front de mer, Moneglia ressemblait à une coque de clovisse ouverte dont les maisons à l'arrière-plan sur les collines seraient la chair vivante juste avant le rivage sur lequel insistaient les ondes. On avait envie de grimper entre les troènes et les pins, dans l'odeur forte de résine suintant par les écorces, et de contempler l'horizon qui, parfois, laissait entrevoir la silhouette hérissée de la Corse. Puis Ballero toussa deux fois pour tirer le commissaire de cette espèce d'hypnose.

— Je ne vois rien d'autre à te dire, réattaqua le collègue. Tu restes encore longtemps ?

— Ça dépend.

— De toute façon, tu sais où me trouver, conclut l'autre en se levant.

Ils se saluèrent, puis Soneri s'appuya à la rambarde du remblai et appela Juvara.

— *Dottore*, l'assaillit l'inspecteur, la Pezzani a reçu un nouvel appel. Le type a dit que si elle continuait de nous parler, ça finirait mal. Elle est terrifiée.

— Son portable est sur écoutes ?

— Oui, mais les appels viennent de lieux publics, de cyberphones, à mon avis.

— Vous avez réussi à les localiser ?

— On a seulement capté qu'ils venaient du district de Parme, mais pas l'endroit exact.

— Dis à Musumeci de laisser tomber la filature et de se concentrer sur les endroits où la Pezzani traîne le plus souvent. Vu qu'il s'est fait griller.

— Capuozzo a balancé l'histoire des dettes aux journalistes, mais il a répété que la piste politique tenait encore debout, ajouta Juvara.

— Il ne peut pas tenir sa langue, s'énerva Soneri.

— Il m'a demandé quelle terre vous battiez : je lui dis quoi ?

— Que je suis sur la piste des dettes, ça le calmera, trancha le commissaire.

Sans plus attendre, il se rendit via Cavour. La résidence n'avait que deux étages et quatre appartements. La façade était décrépie, et la porte d'entrée, rouillée par l'air marin. Sur l'une des touches de l'interphone, on pouvait lire : Motti-Cassinari. Au moment où le commissaire allait appuyer sur le bouton, la porte s'ouvrit et une vieille dame apparut.

— Je cherche Filippo Cassinari, dit Soneri en répondant au regard interrogateur et méfiant de la vieille femme.

— Qu'ils se le reprennent, çui-là ! s'exclama-t-elle avec un accent ligurien à couper au couteau. Il passe de temps en temps, poursuivit-elle, mais en coup de vent. Tant mieux, ronchonna-t-elle.

— Vous n'entretenez pas de bonnes relations ?

— J'étais amie avec les parents Boselli : de braves gens. Mais depuis que Guglielmo a hérité de l'appartement et qu'il nous a installés ces deux-là…

— Vous voulez dire la Motti et son fils ?

— Et qui, sinon ? Ils nous en ont fait de toutes les couleurs ! Le nombre de fois où la police est venue ! Heureusement qu'ils n'étaient pas tout le temps ici. À la fin, elle n'avait plus que la peau sur les os, il paraît qu'elle se droguait. Comment voulez-vous élever un gosse ?

La vieille semblait tellement pressée de s'épancher qu'elle ne laissait pas le temps au commissaire de poser ses questions :

— Mais Guglielmo aussi s'est comporté comme un bandit ! Quand on pense à quel point il était mignon et bien élevé quand il venait en vacances avec ses parents…

— Comment ça, un bandit ? parvint à placer Soneri.

— Il n'a jamais répondu à nos lettres de protestation au sujet des foires qu'il y avait chez lui. Il n'a jamais payé ses charges, jamais pris au sérieux les sollicitations du syndic. On a dû faire appel à un avocat pour qu'il finisse par débourser. Tenez, par exemple, il y a quelques années, on a dû refaire la toiture, vous croyez qu'il a payé quelque chose ?

— Ce Filippo, vous ne le croisez jamais ?

— Il passe prendre son courrier à des heures insensées ! Des fois, il dort ici, mais d'après moi, il vit ailleurs.

— S'il revient, vous me tenez au courant ? la pria Soneri en lui tendant une carte de visite.

— Vous êtes de la police ? Je me doutais bien qu'un jour ou l'autre vous reviendriez le chercher, commenta la vieille.

— Vous me donnez votre numéro ?

— Je ne le connais pas par cœur. Regardez dans l'annuaire : Tartarini Luisa, je suis la seule.

Le portable de Soneri sonna tandis qu'il traversait les rues du bourg où la vie s'était assoupie, cueillie dans l'immobilité de cette clarté qui tombait sur les toits comme un flash au magnésium.

— Je suis restée une heure au soleil sur le muret de la plage, expliqua Angela. Et toi ? Tu étais où ?

— Je suis allé via Cavour, mais je n'ai trouvé personne. Je viens d'apprendre qu'Alessandra Motti avait un fils, mais d'après une voisine, il ne vit pas ici.

— Je sais, ma copine a connu Alessandra : elle pourrait te raconter des trucs. Si on déjeune avec elle, elle t'explique.

— Vite fait, alors, parce que je dois aller à Framura.

— Où ça ?

— Un bled entre Levanto et Moneglia.

Plusieurs minutes s'écoulèrent, et le portable sonna encore.

— *Dottore*, on a reçu une nouvelle lettre anonyme, annonça Juvara.

— Qu'est-ce qu'elle dit ? se renseigna froidement le commissaire.

— « Pas la peine de me chercher. »

— C'est tout ?

— C'est tout.

— Puéril, commenta Soneri.

— Puéril ?

— Oui. Comme les gamins quand ils veulent jouer à chat et qu'ils te disent que tu ne vas pas les attraper. Notre homme veut qu'on s'occupe de lui. Inconsciemment, il aimerait qu'on l'attrape.

— C'est ce qu'on va faire, assura Juvara.

— Espérons-le, conclut le commissaire.

Il flâna dans les rues dont les noms évoquaient les vagues qui claquent et les haubans entremêlés, l'abandon à la destinée qui accompagne depuis toujours le peuple de la mer. Il s'arrêta pour contempler l'horizon aussi loin que la pureté du ciel le permettait et constata qu'il ressentait la même impuissance que devant le brouillard. Il comprit alors le malaise qu'il éprouvait dans les villages côtiers, pourquoi il finissait toujours par fuir afin de se réfugier dans les brumes de la plaine. Ici, dans la limpidité propre aux matins d'hiver où le regard plongeait jusqu'à ce que ciel et mer se touchent, il n'entrevoyait rien derrière les apparences. La clarté supprimait tout espoir d'une intimité, même si, derrière le rideau de la brume, on ne la percevait qu'au travers d'ombres ou de sensations. Sans le brouillard, le monde paraissait vide, impitoyable, géométrique, et bien trop vaste.

Il s'écarta brusquement de la balustrade comme s'il s'était soudainement ébouillanté. Il descendit la via Burgo pour gagner la pension où l'attendaient Angela et Carla. La salle à manger résumait à elle seule les couleurs de la Ligurie, du bleu de la mer Tyrrhénienne au jaune des mimosas de mars. Des couleurs vives et printanières se mêlant aux couleurs éteintes des doux hivers de bords de mer. Et toujours cet insupportable horizon à la fenêtre.

— Vous connaissiez bien la Motti ? se lança Soneri dès qu'ils se furent assis.

— Elle faisait partie des quelques personnes avec qui je parlais, mais c'était difficile de devenir son amie, répondit Carla.

— Mauvais caractère ?

— Non, ce n'est pas ça. C'était une femme constamment inquiète. Quand on lui parlait, elle donnait l'impression de ne jamais écouter ce qu'on lui disait. Comme si elle avait une bourrasque à l'intérieur.

— Elle habitait avec son compagnon ?

— Non, répondit Carla en secouant la tête, elle ne supportait pas d'avoir quelqu'un entre les pattes.

— Je la comprends, plaisanta Angela.

— Son compagnon vivait ailleurs, poursuivit Carla. Ils vivaient comme deux vagabonds. On a compris pourquoi plus tard.

— Et le fils ?

— Tant qu'il était petit, elle l'emmenait partout avec elle, ensuite, elle le laissait tout seul. Sinon, il allait chez son père, ou bien chez les parents de son père, qui habitaient à Sestri.

— Comment est-il, ce fils ?

— Petit, il était très timide, maladroit, il bégayait un peu. En grandissant, il est devenu frimeur et arrogant. Vous êtes au courant de ce qu'il fabrique…

Soneri acquiesça.

— La Motti avait un travail ?

— À un moment, prof d'italien au collège, ensuite elle s'est mise en congé sans solde. Elle me disait qu'elle faisait des traductions et d'autres petits boulots pour l'édition, mais je n'ai jamais compris lesquels.

— Elle vous parlait de ses années en Inde ?

— Parfois, si on tombait sur le sujet. Elle me disait que cette expérience l'avait enrichie, qu'elle avait rencontré des maîtres qui lui avaient beaucoup appris, mais elle n'en parlait pas facilement, elle changeait de sujet assez rapidement. Elle changeait souvent de sujet, du reste. Elle a fui l'Inde quand c'est devenu une mode et que les charlatans se sont mis à proliférer.

— Déçue ?

— Aussi. Mais je crois qu'il y avait autre chose. Une espèce de défaite. Une, parmi d'autres.

— Elle vous parlait de son fils ?

— Un peu. Je crois qu'elle l'aimait beaucoup, mais dès qu'elle en parlait, elle devenait mélancolique. Comme s'il réveillait un souvenir douloureux, dit Carla.

— J'ai su qu'elle était héroïnomane. Vous savez à quelle époque elle a commencé ?

— Je crois vers la fin des années 80. À cette époque, elle était vraiment angoissée, je pensais qu'elle avait des problèmes avec son travail. Un jour, elle m'a dit : « Je n'ai rien foutu, j'ai tout raté », et puis elle a fondu en larmes. C'était la première fois qu'elle se laissait aller. Jusque-là, je ne l'avais jamais vue pleurer. Elle répétait souvent que c'était idiot de pleurer. Je pense qu'elle a commencé à se droguer à partir de là. Ensuite, quand vous tombez là-dedans… Mais elle faisait de sacrés efforts pour tenir son fils en dehors.

— Un miracle qu'il ne soit pas tombé dedans, estima Angela.

— Le mépris pour l'univers de ses parents l'a sauvé, il l'a refusé dès son adolescence, expliqua Carla.

— Et avec son père ? Il s'entendait comment ?

— Je ne suis pas vraiment au courant, mais je n'ai pas l'impression que Filippo y soit très attaché. Son père n'était quasiment jamais là : soit en vadrouille, soit en prison, souligna la femme. Ils n'ont pas réussi à le coincer, mais je crois qu'il a pas mal traîné avec les terroristes.

— On m'a dit qu'il vivait à Framura, j'ai l'intention d'aller le voir cet après-midi, déclara Soneri.

— Vous savez, à la fin, Oreste a fini par quitter Alessandra, l'informa Carla. L'héroïne les a définitivement éloignés, Oreste a toujours été contre. Je pense qu'elle avait décidé d'en finir, que plus rien n'avait d'importance pour elle.

— Au départ, il y a toujours cette envie de fuir la société. De la façon la moins traumatisante possible, en s'étourdissant, considéra le commissaire.

— Ça arrive aux personnes trop sensibles : elle n'a pas supporté, ajouta Carla.

— Et Filippo, le fils ? De qui était-il le plus proche ? De son père ou de sa mère ? questionna encore Soneri.

— Je ne sais pas, je pense qu'il souffrait de leur absence à tous les deux. Pour Alessandra, je viens de vous en parler, et si vous connaissiez Cassinari…

— Vous savez s'il avait des amis ? Vous ne l'auriez pas vu en compagnie d'un jeune Roumain qui fréquentait le stade ? Un supporteur ultra.

— Oui, j'en ai entendu parler, confirma Carla. C'est ce jeune homme qu'on a retrouvé pendu à Parme ?

Soneri acquiesça.

— Je les ai souvent vus ensemble, confirma la femme, le samedi, ils n'arrêtaient pas de faire la java dans sa voiture sur le front de mer, fenêtres ouvertes, musique à fond. N'importe quoi, pourvu qu'on les remarque. Entre le volume des basses et son genre de voiture de course, ils n'avaient pas trop de mal.

— Quel genre de voiture ?

— Une Golf noire recouverte d'autocollants, avec des jantes rutilantes…

Soneri évalua sans rien dire ce nouvel élément en se demandant toutefois s'il lui servirait à quelque chose.

— Vous avez vu ce Filippo, récemment ?

— Récemment, non. La dernière fois que je l'ai croisé, c'était il y a quatre ou cinq mois.

— Comment est-il ? Physiquement, j'entends.

— Beaucoup plus costaud que son père. Il ne lui ressemble pas du tout. Plus grand, aussi. Et plutôt négligé, autant dans sa manière de s'habiller que dans son attitude : de la bedaine et le cheveu gras.

Le commissaire prit note et se remit à manger son risotto aux oursins pendant que les deux femmes continuaient de bavarder.

Il posa soudain sa fourchette et se saisit de son téléphone.

— Écoute, Ballero, il faut que je voie Filippo Cassinari. Contacte-le et convoque-le au commissariat.

— C'est déjà fait, répondit le collègue. On doit lui signifier une nouvelle mesure d'interdiction de stade, et il a jusqu'à 18 heures pour passer nous voir. Une patrouille est allée chez lui pour lui remettre sa convocation, mais il reste injoignable, son portable est toujours éteint.

— S'il vient, retenez-le jusqu'à ce que j'arrive, ordonna le commissaire.

Il termina son risotto et se leva d'un bond.

— Je dois y aller, annonça-t-il.

— Je reste ici à papoter avec Carla, dit Angela en lançant un regard entendu.

Soneri sortit et monta en voiture. La route courait à mi-côte le long des versants qui surplombaient la mer et se jetait dans des tunnels ou dans la pénombre des pins avant de retrouver à l'improviste le soleil éclatant. Framura faisait partie de ces endroits où l'on vit par affinités après y avoir mûrement réfléchi. Loin de la mer et des grandes routes, avec seulement un bar sur la placette, le village paraissait avoir été construit pour éloigner les touristes en claquettes ainsi que les 4 × 4. Dès qu'il descendit de son auto, le commissaire éprouva de la sympathie pour ces quatre maisons dépareillées. On eût dit une réserve où survivait quelque chose d'authentique. On le comprenait aux regards méfiants de paysans dont les visages cohabitaient avec le soleil aveuglant et les gifles du vent.

— Je cherche Cassinari, dit-il au barman.

L'autre le fixa, attendit quelques instants, puis indiqua du menton la seule table occupée où trois hommes fumaient en silence sans se soucier de l'interdiction. Le commissaire fit quelques pas dans leur direction en tentant de deviner qui était Cassinari, jusqu'à ce que l'un d'entre eux ne le désigne :

— C'est toi qu'on cherche, Togliatti !

Le commissaire sentit un regard fulgurant se poser sur lui, une paire d'yeux bleus, scrutateurs et mauvais. Oreste était un homme maigre, plutôt petit, noueux comme un vieil olivier. Physiquement, il exprimait une solidité fragile avec son corps taillé au scalpel, et parcouru de nerfs saillants et frétillants pareils à un cordage de voile. D'un signe, l'homme invita Soneri à s'asseoir.

— J'aimerais mieux vous parler en privé, dit ce dernier en restant debout devant la table.

L'autre se résigna à se lever, éteignit sa cigarette dans le cendrier et s'engagea vers la sortie.

— Qui êtes-vous ? demanda-t-il en s'appuyant au parapet de la route en tournant le dos à la réverbération de la mer.

— Je suis de la police, je m'appelle Soneri.

— Et qu'est-ce que vous me voulez ? On m'a déjà interrogé cent fois… J'ai même fait de la prison pour finalement m'entendre dire que le tribunal s'était trompé.

— Rien de tout ça, le rassura le commissaire. Je voudrais vous parler d'Alessandra Motti. Je suis chargé de l'enquête sur l'homicide de Guglielmo Boselli, à Parme. Je crois que vous le connaissiez…

— Bien sûr. C'était un camarade. Nous sommes partis en Inde ensemble.

— Mais la Motti a d'abord été la compagne de Boselli avant d'être la vôtre, dit Soneri.

— Si vous pensez que Boselli et moi étions rivaux, vous vous trompez, réagit Oreste d'un ton menaçant.

— Non, le stoppa le commissaire. Ce qui m'intéresse, c'est la vie que vous avez menée en Inde, et la raison de la rupture entre Alessandra Motti et Boselli.

Cassinari prit la route qui grimpait à la sortie du village au milieu des vignes en terrasse et de leurs murs penchés qui se réchauffaient au soleil.

— On essayait de vivre autrement, marmonna-t-il, c'est ce qu'on voulait. Une vie loin de cette société sauvage.

— Et vous n'avez pas réussi…

— On était trop intoxiqués par les vieux concepts. Il aurait fallu qu'on y aille avec un esprit vierge. Enfants, peut-être. L'Inde enseigne l'intériorité, mais nous, on ne pensait qu'à l'action. Ça vous dit quelque chose, l'action révolutionnaire ?

— C'est à cause de ça que Boselli et la Motti ont rompu ?

Oreste haussa les épaules et sourit.

— Ils auraient rompu quoi qu'il arrive.

— Pourquoi ?

— Trop différents. Pour être sincère, je n'ai jamais aimé Boselli. Pour moi, ce n'était pas un homme en accord avec lui-même. Il a toujours été bourgeois, alors, forcément, au bout d'un moment, il en a eu ras le bol de l'Inde et de ses inconvénients. Il a voulu revenir en Italie pour jouer à la révolution. Sandra, elle, elle avait des couilles. Elle, oui, elle voulait aller jusqu'au bout. C'était elle, notre cerveau révolutionnaire, elle qui nous entraînait. Mais sa rigueur l'a tuée. Si j'avais été cohérent, j'aurais dû terminer comme elle, mais je n'ai pas eu autant de courage. Et me voilà avec ma vigne, soupira-t-il enfin en montrant les rangées de sarments qui striaient le flanc des collines, parallèles à la côte.

— Je comprends, dit Soneri. Quand on ne voit pas la vie de la même manière… Rien d'autre ?

— Ce que je viens de vous dire n'est pas la seule raison, mais c'est une des plus importantes, répondit l'homme, énigmatique.

— Quelles sont les autres ?

— Vie privée.

— Je peux savoir quand même ?

— Non, répliqua sèchement Cassinari.

— Pourquoi ?

— Il n'y a aucune raison que vous le sachiez. Et je veux respecter mon pacte avec Sandra.

Le commissaire releva la détermination de l'homme et resta muet quelques secondes avant de revenir à la charge :

— Donc, contrairement à la Motti, Boselli voulait rentrer en Italie ?

— Les femmes sont plus radicales que les hommes, reprit Cassinari. Elles suivent plus souvent leurs passions, et dans le cas de Sandra, il s'agissait de convictions, d'un idéal. Rien ne l'aurait arrêtée.

— Vous vous souvenez de l'année où Boselli a quitté l'Inde ?

— Entre fin 72 et début 73.

— Ils venaient de se séparer ou c'était terminé depuis longtemps ?

— Ils n'étaient plus ensemble depuis quelques mois, mais les séparations ne sont jamais faciles. Leur amour fut un grand amour. Et l'agonie des grandes amours est déchirante quand on continue de vivre ensemble. C'est pour ça que Boselli a décidé de partir. Ils se sont dit adieu et ne se sont plus jamais revus.

— Même après son retour à elle ?

— Même. Avec le temps, la rancœur s'est accumulée. Aucun des deux ne pardonnait à l'autre la fin de leur histoire et l'occasion ratée.

— Et ensuite, Alessandra et vous avez eu un enfant…

L'homme le regarda avec surprise, comme s'il avait brusquement perçu une menace.

— Ça, c'est sans doute une erreur…

— Une erreur ? Pourquoi ? s'étonna Soneri qui aurait tant aimé connaître ce fils qui était mort avant de naître.

— On n'a pas été foutus d'être parents. On croyait que notre jeunesse ne finirait jamais. On s'est toujours considérés comme des enfants, jamais comme père ou mère, expliqua Cassinari avec lucidité.

Le commissaire ne s'était pas aperçu qu'ils marchaient à présent dans les vignes tandis que les rayons obliques du soleil couchant projetaient une lumière sabayon sans plus d'élan ni de vigueur.

— La Motti est devenue usufruitière d'un appartement de Boselli, mais vous dites qu'ils ne se sont jamais revus, fit noter Soneri.

— L'acte a été signé par les deux parties sans qu'elles se voient, clarifia l'homme.

— Et ça ne vous paraît pas bizarre ? Pourquoi aurait-il dû lui en céder l'usage alors qu'ils n'étaient plus ensemble ?

— On était toujours entre camarades, justifia l'homme sans lâcher le morceau. Et entre camarades, les besoins des autres passent avant.

Ils rejoignirent une petite bicoque qui avait dû être autrefois une étable ou un dépôt pour les outils. Après l'avoir restaurée, Cassinari en avait tiré quatre pièces ainsi qu'une petite remise. Une fois devant la porte, ils se tournèrent pour regarder la mer. L'horizon se perdant dans la lumière du crépuscule fut moins pénible à Soneri.

— Chaque soir, je me console en constatant que notre petitesse fait partie d'un grand tout, murmura Cassinari en parlant de l'espace immense que le noir chargeait de mystère.

Le commissaire aurait aimé approfondir cette réflexion empreinte d'une certaine religiosité, mais il craignit de perdre le fil et n'alla pas plus loin. Déjà qu'il se demandait pourquoi il s'escrimait à fouiller les décombres de vies brisées par le mal-être alors qu'il avait espéré se donner un peu de vacances en venant jusqu'ici. Il conserva donc le silence.

Alors, Cassinari ébaucha un mouvement pour rentrer.

— Je voudrais que mes cendres soient dispersées ici, pour faire partie de ce grand tout, murmura-t-il encore.

Et juste avant de fermer sa porte, dans un sourire amer, il ajouta :

— Mais qui s'en chargera ?

## CHAPITRE 18

Soneri resta seul dans le noir. La mer, au bout de la pente, n'était plus qu'un bruit sourd. Quand il fut de retour sur la placette de Framura, son portable sonna.

— Il paraît que tu es en vacances, grinça Nanetti.

— Faux : enquête de grande envergure, collègue.

— Grande envergure qui se termine chaque fois à la mer ou à la montagne… Comme les congrès politiques.

— Demande à intégrer le Ris[8], ils t'enverront en déplacement.

— En attendant, pendant que monsieur se balade, y en a qui bossent, renvoya Nanetti d'une voix cassante.

Le commissaire se remémora sa journée, la découverte de cet endroit coupé du monde, et se sentit coupable.

— Je serai de retour demain, répondit-il avec sérieux.

— Ho ! Je plaisantais, arrête ! s'exclama l'autre en riant.

— Non, c'est que…, bredouilla l'autre.

— Tu as de la chance que je ne sois pas le questeur, parce qu'à ta voix il pourrait croire qu'il t'a grillé. Tu n'as aucun culot, et de nos jours, c'est emmerdant, ricana

8 Service des investigations scientifiques des carabiniers.

Nanetti. Bon, abrégea-t-il afin d'en revenir à l'enquête, le légiste est venu me voir : il a découvert une lésion sur le cadavre de Boselli qui a l'air plus ancienne que celles du jour du meurtre.

— Plus ancienne ? De combien ?

— Plusieurs jours, poursuivit Nanetti. Une plaie superficielle, sans doute faite par une lame. Comme si Boselli l'avait évitée. Ça n'est pas très profond, juste une égratignure.

— Ça pourrait être un accident ? risqua Soneri. En tombant, par exemple, ou en se prenant un truc pointu ?

— Pourquoi pas, opina Nanetti. Pas forcément une agression, si c'est ce que tu veux dire.

— Et elle est où, cette lésion ?

— Dans le dos. Elle démarre juste en dessous de l'omoplate droite et trace une ligne oblique d'une quinzaine de centimètres.

— Cette affaire s'embrouille de jour en jour, marmonna le commissaire.

— Rien de bien nouveau, comme tu le sais. Plus on fouille, et plus ça se complique, lui rappela Nanetti. Arriver au bout avec un responsable, un mobile et le reste n'est rien d'autre qu'un grossier raccourci.

— Comme si on me demandait quel genre de type tu es et que je répondais en donnant ton identité, confirma Soneri.

— Voilà, approuva Nanetti, voilà la bonne réponse qu'on demande à un flic.

Soneri raccrocha et regarda l'heure. Il était déjà 18 heures, et pour rejoindre Levanto, il lui faudrait une demi-heure à cause des virages en épingle entre les montagnes et la mer.

Il prévint Ballero.

— Je vais être en retard, je serai là dans une demi-heure.

— Prends ton temps, répondit son collègue avec son calme habituel, notre ami ne s'est pas encore présenté, et j'ai bien peur qu'il ne le fasse pas.

— Mais tu m'as dit…

— Jusqu'ici, il a toujours été ponctuel… Mais nos agents ont constaté qu'il n'était pas passé via Cavour depuis trois jours. Et que son téléphone restait toujours éteint.

— Il a dû se passer quelque chose…

— Il n'a pas intérêt à faire le malin : il sait qu'il est dans le viseur. En tout cas, on le cherche…

— S'il arrive, préviens-moi, le pria Soneri avant de prendre congé. En attendant, je retourne à Moneglia.

— Écoute, le retint Ballero, toujours imperturbable, j'ai le contact d'un ultra de La Spezia, Roberto Rovaglio, viale Bollo 12, si tu veux lui parler. C'est un des dirigeants des groupes de supporteurs, et un membre de La Spingarda.

Soneri le nota distraitement, puis le salua.

Peu après, un appel d'Angela le tira de ses réflexions :

— Tu t'es paumé ?

— Dans un certain sens, oui, répondit-il en conduisant entre rochers et parapets.

— Je suis sur le front de mer et j'entends juste le bruit des vagues : tout Moneglia est dans le noir.

— La lune se lève tard.

— On n'est plus habitués au noir complet. On l'oublie, quand on est en ville.

— La chose la plus obscure, c'est cette histoire, murmura Soneri. Le fils Cassinari ne s'est pas présenté au commissariat, et il reste introuvable.

— C'est un garçon très doué pour les conneries.

— Ou pour plonger dans les ténèbres…

— Je t'attends, acheva Angela d'une voix chaude et complice.

Soneri l'imagina au cœur de la nuit noire et se dit que la rêverie et les jeux de miroirs leur faisaient voir le monde de la même façon. Voilà pourquoi ils aimaient tous les deux le brouillard et l'obscurité. Deux conditions indispensables pour se projeter dans une dimension supportable.

Il conduisit l'esprit confus, et une fois à Moneglia, se dirigea via Cavour. L'unique signe de vie de l'immeuble était un rai de lumière qui filtrait des volets. La porte d'entrée s'ouvrit en raclant le carrelage. Il vida la boîte aux lettres de Cassinari avec un fil de fer : un tas de dépliants publicitaires, deux factures, une lettre de la sécurité sociale et l'avis du commissariat. L'homme n'avait pas dû repasser chez lui depuis un bon moment. Tout ceci donnait l'impression d'une cavale dans les bois de l'arrière-pays, dans cet Apennin toujours plus âpre et escarpé à mesure qu'il embrasse les Alpes.

Soneri arpenta le village désert, dans l'air encore tiède du début de la nuit. Il était sûr qu'Angela faisait la même chose : deux solitaires qui traversaient l'obscurité en s'effleurant sans se toucher. Il rejoignit le viale Bollo et il sonna chez Rovaglio. Après qu'il se fut présenté, l'autre se tut plusieurs secondes, puis répondit :

— Attendez-moi, je descends.

Il entendit la porte s'ouvrir et tomba nez à nez avec un type au visage sévère et au regard perçant, vêtu comme un employé de banque.

— Ça vous va si on se parle dans un bar ?

— Non, dit sèchement l'autre. Qu'est-ce que vous me voulez ? questionna-t-il d'une voix dure et péremptoire.

— Des informations sur Cassinari Filippo. Il habite la propriété d'un homme qu'on a retrouvé assassiné à Parme.

— Quel genre d'informations ?

— Vous l'avez vu ces jours-ci ?

— Non.

— Il fait pourtant partie de votre association. Vous ne vous rencontrez jamais, entre supporteurs ?

— Ce n'est pas obligatoire de venir aux réunions.

— Mais les dimanches, il était très actif : on l'a même interdit de stade, balança Soneri.

— Nous ne faisons pas usage de la violence, on ne réagit que si on nous attaque. Les hooligans, on les fout dehors, soutint Rovaglio.

— Cassinari, il réagit ou c'est un hooligan ?

— Il faut l'avoir à l'œil, il n'a pas beaucoup de discipline. Mais il est généreux et fidèle. Avec un peu d'encasernement, je veux dire, d'entraînement, il deviendrait un bon exécutant.

— Il devait se présenter au commissariat de Levanto et il ne l'a pas fait. Vous savez où il est ?

— Non. Et même si je le savais, je ne serais pas tenu de vous le dire. Je ne suis pas à un interrogatoire, trancha l'homme. Si vous prenez notre organisation pour un simple groupe de supporteurs, vous vous trompez. Nous avons des idéaux et nous les exprimons au stade, parce que c'est un des rares endroits qui nous le permet, précisa-t-il. Nous célébrons notre drapeau qui est pour nous notre credo. Les affrontements n'ont lieu que si nous sommes appelés à défendre notre honneur. Nous, s'enflamma Rovaglio, on ne casse pas les vitrines et on ne fout pas le feu aux voitures, et quand nos adversaires nous attaquent, on les combat à visage découvert.

— Mais vous pouvez aussi subir les menaces d'un ennemi intérieur, comme dans le cas d'Oliescu, glissa le commissaire en citant spontanément le Roumain.

— Oliescu venait de se faire expulser pour indignité.

— Indignité ? Pour quel motif? s'étonna Soneri.

— On n'aime pas les gens qui mettent les autres en danger pour sauver leur cul. Ni les gens qui manquent d'estomac.

— Ah ! l'estomac ! souffla le commissaire. Il en faut souvent moins pour chercher la bagarre que pour tenter de comprendre.

— Laissez tomber, liquida Rovaglio d'un geste de la main. Lutter, ça veut dire montrer qui on est, à soi et aux autres. Un homme ne comprend ses limites qu'en pénétrant des territoires inexplorés. Ceux qui laissent entrevoir l'ivresse de la violence.

— Il faut une sacrée dose de courage pour se pendre, répliqua Soneri.

— Le courage se manifeste dans la confrontation, pas dans un geste solitaire. Oliescu a donné plusieurs preuves d'incapacité et de lâcheté.

— Lesquelles ?

— Je ne suis pas tenu de vous les rapporter, répondit l'homme, toujours sèchement. D'autant que je ne suis pas certain que vous compreniez notre idée de la fidélité, ajouta-t-il en toisant Soneri. La fidélité est le seul remède contre le désordre des instincts. Nous avons tous besoin d'aimer, mais aussi de haïr. On fait comme si on l'avait oublié, noyés dans la mélasse de nos bons sentiments, alors, on la réprime, mais elle refait toujours surface, en douce, de manière sournoise, en nous empoisonnant chaque fois qu'on essuie un affront en gardant le sourire, ainsi que les conventions l'exigent. Notre haine à nous, au contraire, est directe, franche, proclamée, agressive. Non seulement on lui donne une citoyenneté en la libérant, mais on l'accueille autour d'un idéal et d'un drapeau. Nous sublimons la haine du troupeau primitif en un concept de fidélité et de camaraderie.

Soneri en demeura coi et observa son interlocuteur en le soupçonnant d'être fou. Puis, contenant l'ironie qui lui venait spontanément devant ceux qui se prennent trop au sérieux, il changea de sujet :

— Cassinari était ami avec Oliescu ?

— Oui. Mais on lui avait signifié de laisser tomber ce Roumain.

— Et lui ?

— Il s'est entêté. Il disait qu'on faisait une erreur, qu'Oliescu était un excellent élément. Mais nous, on avait déjà pris notre décision.

— Laquelle ?

— Soit le Roumain, soit nous. On lui a donné un mois pour réfléchir. Finalement, le Roumain s'est barré tout seul.

Il y eut un nouveau silence, puis Rovaglio recula de quelques pas et fit comprendre en agitant les mains qu'il en avait terminé. Le commissaire le laissa retourner à la porte d'entrée derrière laquelle il le vit disparaître quelques secondes plus tard. Après quoi, il décida d'aller retrouver Angela.

Chemin faisant, il contacta Musumeci.

— Tu es au courant de la lésion trouvée par le légiste ?

— Le *dottor* Coriani m'a informé.

— Je vois que vous êtes devenus intimes…

— Il passe son temps à me téléphoner. Pour moi, c'est vous qu'il devrait avertir, mais c'est sur moi qu'il se replie. Vu qu'il n'est pas très sûr de lui et que je suis plus jeune…

— Laisse tomber, le coupa Soneri. Maintenant que vous êtes cul et chemise, demande-lui une nouvelle autorisation et refais une perquise chez Boselli. Si la lésion est antérieure à l'agression, tu trouveras peut-être des traces sur des vêtements.

— Sauf si la Pezzani a tout fait disparaître...

— C'est possible, admit le commissaire, elle ment beaucoup... Même s'il est clair que la victime, c'est Boselli.

— Par contre, je ne peux pas agir tout de suite, anticipa Musumeci.

— C'est clair, vu les délais de Coriani..., évalua le commissaire.

— Pas seulement : je sens qu'il va se passer un truc. Y a du mouvement... La Pezzani est plus agitée que d'habitude. Je préfère attendre et voir comment ça se termine.

— Appelle-moi dès que tu as du nouveau, même de nuit, lui recommanda le commissaire en se rembrunissant.

Quand il raccrocha, il éprouva la sensation cuisante d'être court-circuité. Mais le râle de la mer le rappela à son curieux exil. Il déboucha sur la promenade et trouva Angela immobile sous un lampadaire dans une pose volontairement provocatrice.

— La soirée n'est pas bonne, hein ? l'aborda-t-il en parlant aussi de lui-même.

— T'es mon premier client, mais ça ira si tu passes la nuit avec moi.

— La nuit risque d'être agitée.

— Tant mieux. Tu préférerais roupiller en ronflant ?

Ils retournèrent à la pension *Coccinella*. À présent, l'air vif de la nuit rendait l'obscurité moins dense.

— Ta copine t'a raconté des trucs ?

— Elle m'a confié de ses sensations. Tu connais l'intuition féminine ? Pas besoin de parler pour deviner certaines situations.

— Ses sensations ? Tu crois que je serais capable de les comprendre ? ironisa le commissaire.

— Peut-être ? dit-elle en souriant et en feignant le doute. La seule chose dont elle soit certaine, c'est que Filippo était en train de renouer avec son père après s'être pris de passion pour la viticulture. Tout bien considéré, bosser sur les terrasses face à la mer et au soleil ne lui déplaisait pas.

— Et ça s'est bien passé ?

— Apparemment. Au moins, ils essayaient. Filippo a vécu une grande partie de son enfance avec ses grands-parents paternels qui n'ont jamais éclipsé de la figure du père. Leur réconciliation n'en est qu'à ses débuts. D'après Carla, Filippo songeait sérieusement à s'installer à Framura et à lâcher l'appartement de la via Cavour. Elle dit qu'il n'avait plus envie d'y vivre.

— Pourquoi ?

— Elle n'en sait rien. Envie de changer, qui sait ?

— Après toutes ces années, et après y avoir grandi ? objecta Soneri.

— Le moment du départ finit toujours par arriver, à l'âge de Filippo, ce n'est pas encore si douloureux, estima Angela.

Le commissaire jeta un coup d'œil entendu et préféra l'esquive.

— Elle t'a dit autre chose ?

— Alors, maintenant, on entre dans l'univers des sensations.

— Les tiennes ou celles de ta copine ?

— Les deux. Quand la Motti parlait de son fils, c'était comme s'il n'avait pas de père. Comme si le père n'existait pas, alors que c'était sa famille à lui qui prenait la plupart du temps l'enfant en charge. Carla a toujours trouvé ça bizarre. Une distance morale doublée d'une distance physique : le fils ne ressemble pas à son père.

— Et d'après toi, ça veut dire quoi ?

— En soi, rien, répondit Angela. Mais la façon dont Alessandra en parlait… Carla sentait un truc ambigu, un truc qui cachait quelque chose. Qu'elle ne voulait pas dire.

Le commissaire se tut. Il savait l'importance de l'instinct féminin, d'autant plus que celui d'Angela équivalait souvent à une radiographie. Il se représenta l'appartement de la via Cavour et tout ce qui avait dû s'y passer pendant toutes ces années de cohabitation entre une mère et son fils : les disputes, sa souffrance à elle, les absences… Il fallait qu'il s'y rende, il était sûr qu'il y découvrirait des choses. Il composa le numéro de Ballero.

— Tu pourrais me trouver un serrurier pour entrer via Cavour ? demanda-t-il sans préambule.

— Ce soir ? Il faudrait un mandat…, répondit son collègue avec son flegme légendaire.

— Eh oui, évidemment… On ne pourrait pas faire un accroc ? J'ai vu qu'il s'agissait d'une vieille serrure, avec un passe-partout, ça nous prendrait deux secondes. Ce ne sera pas la première fois, non ? Au pire, on expliquera qu'on avait peur que Cassinari soit mort chez lui. C'est vrai ou pas qu'il ne donne plus signe de vie ?

— Laisse-moi passer deux, trois coups de fil, annonça l'autre d'un ton plus sec et manifestement très embêté.

Après plusieurs minutes pendant lesquelles Soneri et Angela firent les cent pas le long du parapet qui surplombait le marmonnement de l'eau, Ballero donna des nouvelles :

— Je t'attends là-bas dans un quart d'heure. J'ai trouvé un artisan de confiance.

Ils quittèrent la promenade et grimpèrent dans le bourg. Le serrurier était déjà devant l'immeuble, appuyé sur son triporteur où se trouvait son matériel. Il serra la main de Soneri et d'Angela, en énonçant son nom à contrecœur, puis il ouvrit la porte d'entrée. De Ballero, pas l'ombre.

La serrure céda en un rien. Nul besoin de forcer, le passe-partout avait suffi. Le serrurier ouvrit la porte en grand, se mit de côté pour les laisser entrer et leur emboîta le pas sans demander la permission. Le commissaire n'y prêta aucune attention tant la surprise du spectacle qui s'offrait à leur vue était grande. L'appartement était complètement dévasté. Soneri avait déjà vu des appartements visités par de méticuleux cambrioleurs et laissés dans un désordre innommable, mais ici, le saccage paraissait être une fin en soi : meubles fracassés, miroirs en miettes, chaises boiteuses, canapé éventré, portes des placards arrachées, lampes cassées, enfin, sur le carrelage, un tapis bigarré fait de bris et d'éclats. Le serrurier en fut tout aussi stupéfait et bougonna entre ses dents pendant que Soneri s'interrogeait sur ce que signifiait cette mise à sac.

— Que de rage ! s'exclama Angela dans un souffle de voix.

Ce fut à ce moment-là que le commissaire s'en rendit compte : une rage qui avait frappé sans limites, comme sur un corps ensanglanté. Il avança dans le couloir où un miroir en pied ne tenant plus sur son support était tombé à la renverse sur le mur d'en face, puis il ouvrit la porte de la chambre à coucher. Le matelas du lit était lacéré en son centre, sa laine disséminée aux quatre coins de la pièce. Il passa à la salle de bains et fut cette fois saisi par une odeur nauséabonde. La cuvette des toilettes était dans un état immonde, comme si depuis des mois personne n'avait tiré la chasse. La baignoire contenait des débris de mobilier, et des rideaux pendaient telles les voiles déchirées d'un bateau pris dans un typhon.

Il fit demi-tour pour sortir de l'appartement, suivi par Angela et l'artisan qui continuait de marmonner dans son parler ligure, laissant vaguement comprendre qu'il essayait d'estimer les dégâts.

— Si Dario voyait ça ! grommela-t-il ensuite.

— C'étaient les meubles des parents ? s'informa Soneri.

Le serrurier acquiesça et sortit sur le palier. Ils refermèrent l'appartement et redescendirent dans la rue.

— Quel sens peut avoir un carnage pareil ? Et contre qui ? s'interrogea Angela à voix haute.

— Bah, répondit Soneri. Un carnage dont personne ne s'est aperçu. Pas même les voisins.

Ils reprirent la direction de la pension en traversant les rues désertes de Moneglia. Le temps s'était rafraîchi, et le souffle hivernal des vallées descendait des montagnes adossées aux maisons. Le portable du commissaire sonna juste à l'entrée de chez *Coccinella*.

— *Dottore !* s'écria Musumeci à bout de souffle. On l'a serré ! ajouta-t-il en tentant de reprendre sa respiration tellement il était excité. On a serré le maître-chanteur !

— Quand ? Qui est-ce ? questionna Soneri d'un ton presque rageur.

Il détestait se sentir sur la touche, et à ce moment précis, il l'était complètement.

— Cremonini, souffla l'inspecteur dans son téléphone. On l'avait à l'œil depuis deux jours, il a fini par se trahir. Quel couillon, commissaire ! Il a cru qu'on lâcherait l'affaire en posant deux lapins à la Pezzani. Mais nous, au troisième rendez-vous, on lui a sauté dessus.

— Et qui est ce Cremonini ?

— Un ancien camarade de Boselli. Lui aussi communiste.

— Vous l'avez coincé où ?

— Piazzale Sicilia. Vous voyez l'institut professionnel ? Là où la nuit, tous les dealeurs déboulent ?

— Et maintenant, vous êtes où ?

— À la Questure, le type a l'air paralysé. Il n'arrête pas de répéter qu'il est ruiné. Que Boselli l'a ruiné. *Dottore*, pour moi, c'est lui.

— Écoute, l'avisa Soneri avec autorité, je serai là dans deux heures. En attendant, tire tout ce que tu peux de lui.

Il raccrocha avec dépit. Un dépit qui devint un crève-cœur en devinant la déception dans les yeux d'Angela.

— Toi, tu restes ici, lui dit-il. Je reviens dès que j'ai fini.

— Pourquoi ? Les choses sont claires, maintenant, non ?

— Non, je ne crois pas, affirma-t-il avec assurance.

# CHAPITRE 19

Sur l'autoroute de la Cisa, les Apennins paraissaient encore plus inaccessibles en remontant de la mer. Tout près du col, la vallée se rétrécissait, et les monts s'approchaient comme des ombres menaçantes de sicaires. Puis le ventre rocheux avait englouti Soneri avant de le recracher dans un monde verglacé, transparent et opaque. La vie avait trouvé refuge dans la chaleur de fermes isolées, ou sous les grumeaux de lumières des villages, à l'intérieur d'un bar où l'on repousse le froid à coups de vin en prolongeant la discussion. Il traversa l'immobilité de ce paysage en parcourant la route pleine de tournants et luisante de givre passant par Berceto et par Borgotaro jusqu'à ce que, vingt kilomètres plus en aval, tout changeât à nouveau : le profil des collines se confondit, et les premières enseignes lumineuses des usines de Fornovo formèrent de vagues halos, d'étranges taches claires ainsi que l'on en voit sur les radiographies. Quelques centaines de mètres encore, et tout se referma autour de lui, devint embué, ouaté et protecteur. Il ralentit son allure et retrouva la galaxie urbaine phosphorescente. Quand il posa le pied dans la cour de la Questure, il constata que les transitions climatiques et paysagères l'avaient autant secoué que s'il avait traversé plusieurs fuseaux horaires. Il était gelé, et ses oreilles s'étaient bouchées à cause des variations d'altitude. Juvara et Musumeci le virent entrer légèrement titubant.

— Où est-il ? s'enquit immédiatement le commissaire dans le but d'éviter de pénibles civilités.

— Là-bas, indiquèrent les inspecteurs.

— Il a parlé ?

— Vite fait, dit Musumeci. Il est sous le coup de l'émotion, il bafouille. On a décidé de le laisser tranquille jusqu'à votre arrivée.

Soneri s'accorda quelques instants de réflexion, suspendit son manteau et tenta de mettre un peu d'ordre sur son bureau, mais comprit aussitôt que c'était inutile. Alors il se leva et se rendit dans l'autre pièce.

Adelmo Cremonini était assis le buste plié en avant, les coudes posés sur les genoux, les mains croisées, la tête baissée. Lorsque le commissaire entra, il se releva d'un coup avec une expression épouvantée. Ce visage désarmé, cueilli dans un moment de fragilité, rappela quelque chose à Soneri. Il se concentra tandis que leurs regards se croisaient, intrigués et méfiants, et les photos de Borriani lui revinrent à l'esprit. C'était là qu'il avait vu ce visage, quand les années et la routine ne l'avaient pas encore miné.

— Vous vous rendez compte de la connerie que vous venez de faire ? attaqua le commissaire.

L'homme acquiesça gravement.

— Je n'avais pas le choix, murmura-t-il.

— Expliquez-vous.

— Mon entreprise est au bord de la faillite. Sans cet argent…

— Une entreprise de quoi ?

— Deux magasins de vêtements.

— Et vous pensiez vous en sortir en faisant chanter la Pezzani ?

— Quel chantage ? explosa Cremonini. Cet argent est à moi ! J'ai seulement réclamé ce qui m'est dû !

— Un montant aussi élevé ?

— Vous l'avez crue ? Elle ment depuis toujours ! Je lui ai demandé de me rendre la somme que Boselli me devait. Seulement, la Pezzani est une grippe-sou, comme tous les enrichis de cette ville. Si je ne l'avais pas menacée, elle n'aurait pas lâché un seul centime. Et pourtant, je lui en ai donné du fric, au camarade Elmo.

— Vous n'êtes pas le seul. La liste est longue..., commenta Soneri.

— Il m'avait promis un marché, reprit l'homme. Il s'était engagé à me fournir des vêtements griffés, et au lieu de ça, il a cherché à me refiler d'horribles frusques du commerce équitable complètement invendables. De qualité plus que médiocre. Qu'est-ce que j'en ai à foutre de ce genre de came ? Ma clientèle est exigeante, elle veut de la griffe, pas des haillons ! Avec ses projets dans la tête... Ah ! des projets, il en avait, mais pour ce qui était de les concrétiser... Boselli a toujours détruit ce qui lui passait entre les mains. En se foutant complètement des autres. Mais attention, pour des objectifs nobles ! Tu parles d'une satisfaction ! Des journaux, des revues, des coopératives, des initiatives pour le tiers-monde : que des échecs et des montagnes de dettes.

— Il vous devait combien ?

— Cinquante mille, peut-être même plus, bougonna l'homme. Au moins, j'aurais pu colmater une brèche.

— D'après ce que je sais, la Pezzani a déjà remboursé pas mal de dettes. Pourquoi elle se déroberait avec vous ?

— Elle a seulement rendu l'argent de certains emprunts qu'il lui restait à rembourser, pas le plus gros, poursuivit Cremonini d'un air méprisant. Pratiquement tous les créditeurs se taisent pour ne pas passer pour des cons, et ils ont tous une bonne raison, soit parce qu'ils ont une position à tenir et que ce sont eux qui soutirent du fric aux autres, soit par idéologie : pas très glorieux d'étaler les échecs d'une bande de cons qui se battaient soi-disant pour l'humanité, balança-t-il en riant et en serrant les dents. Moi, je n'ai plus rien à partager avec ces gens. Les autres, mieux vaut s'en foutre, sinon c'est vous qui êtes foutu.

— Si vous avez perdu cinquante mille euros avec Boselli, vous n'en avez pas tout à fait plus rien à foutre...

Cremonini leva les yeux avec un certain embarras.

— Vous vous trompez. Le militantisme n'a rien à voir avec tout ça. Pour moi, c'était juste une affaire. Avec des stocks de vêtements en jeu, pas un de ses projets à la con.

— Alors pourquoi avoir acheté de la marchandise de mauvaise qualité ?

— Commissaire, c'est plus compliqué que ça, répondit péniblement l'homme. Boselli n'avait pas les moyens de les acheter, il a voulu que j'avance les frais. Soi-disant qu'il connaissait un réseau pour faire venir de la bonne came de l'étranger sans payer de taxes, mais son passeur voulait du cash. Il m'a garanti de la griffe à bas coût fabriquée au Viêtnam, et en Thaïlande, en échange d'une partie du gain. Je lui ai donné l'argent en deux fois : je n'aurais jamais pensé qu'il allait m'entuber. Si le plan avait marché, lui aussi se serait gagné un maximum de fric. Sauf qu'une semaine plus tard il débarque en me lâchant que son contact a disparu avec l'argent. Je ne sais pas s'il simulait ou s'il s'était fait pigeonner. En tout cas, il m'a juré qu'il me rembourserait, et quelques jours plus tard, il s'est ramené avec ces frusques du tiers-monde... Et là, ma ruine a commencé.

— C'est arrivé quand ?

— Il y a trois ans. À l'époque, on vendait encore, j'ai réussi à absorber le coup. Mais quand la crise est arrivée… J'ai dû licencier deux vendeuses, vendre tout ce que je pouvais, et je suis tombé entre les mains des banques…

— L'argent a fini par vous embobiner, lui fit remarquer Soneri avec une pointe de sarcasme, vous qui vouliez justement vous en passer…

— On criait ça dans les manifs, mais personne n'était convaincu, réagit Cremonini. Passé la clameur, tout le monde s'est assis bien au chaud. Les plus riches sur du velours, les autres, où ils ont pu. Moi, en bon prolétaire, je me suis débrouillé. Je n'aurais pas dû ? Si vous voulez vraiment le savoir : j'avais tellement la rage que je ne pensais qu'au fric. C'était ma revanche. Le fric : c'est ça, la vraie révolution, décréta Cremonini en élevant la voix dans une hilarité hystérique, une révolution individuelle. J'aurais dû m'empêcher de la faire à cause de deux connards ?

Le commissaire remua la tête en silence. Puis il se réfugia dans son enquête.

— Le magistrat vous accusera d'extorsion, mais il pourrait aussi vous accuser d'homicide volontaire.

L'homme devint blême.

— Je n'ai pas tué Boselli.

— À vous d'être suffisamment convaincant quand vous serez interrogé : pour l'instant, vous êtes celui dont le mobile est le plus évident, suggéra Soneri.

— Je ne l'ai pas tué, répéta Cremonini en s'approchant du commissaire et en tremblant de tout son corps. Vous m'en croyez capable ?

— Je ne sais pas. Moi non plus, je ne crois plus en rien. Exactement comme vous et tous ceux qui faisaient du tapage il y a quarante ans, dit le commissaire, amer et consterné. Mais peu importe ce que je pense, ajouta-t-il. Je sais comment le magistrat raisonne, il risque de vous incriminer. Je vous le répète : vous avez fait une énorme connerie.

— On a toujours fait que des conneries, chuchota Cremonini comme s'il se parlait à lui-même.

Soneri eut un mouvement d'humeur, il aurait aimé retrouver son pas, se perdre une fois encore dans la pureté silencieuse de l'hiver ou la prévisible sagesse d'un vieux montagnard. Se perdre une fois encore dans les bras d'Angela, le miroir dans lequel il se reconnaissait.

Il se contenta de quitter la pièce pour retourner à son bureau.

— Demain matin, tape la perquise chez Boselli avant que la presse et la radio ne balancent la nouvelle de l'arrestation de Cremonini, ordonna-t-il à Musumeci.

— *Dottore*, vous croyez que c'est vrai, cette histoire de dette ? demanda Juvara.

— Oui. Les deux sont des crétins, répondit Soneri en se levant. Quand doit venir le magistrat ? s'informa-t-il ensuite en indiquant la pièce où se trouvait le suspect.

— Demain matin, à 9 heures, répondit Musumeci.

— Mais toi, tu seras déjà via Palestro. J'y ferais peut-être un saut.

Il sortit dans le brouillard qui flottait par-dessus les toits et déroulait ses nappes sur les places et les esplanades en givrant les trottoirs. Il marcha dans les rues pacifiées par la nuit. Parme avait conservé chacun des signes de vie qui l'avaient traversée, un réceptacle pareil aux fonds marins qui s'épaississent avec le temps. Il avait un rapport désormais onirique avec sa ville, et il l'aimait à cause de cela, cloîtrée dans le noir de l'hiver, quand on pouvait encore prétendre à une relation exclusive avec ses pierres, ou tout du moins, avec les pierres que le marché immobilier n'avait pas encore outragées. Il se saisit de son téléphone pour appeler Angela et lui décrivit son chemin comme s'il le racontait à un étranger. Quand il eut terminé, il éprouva un fort désir d'être avec elle, et il aurait voulu être des deux côtés de ces montagnes qui, cette nuit, les séparaient.

— Tu as envie de vivre, dit Angela en riant. Ça nous fait ça quand on est gosse.

— C'est ma façon de réagir devant tous les ratés que je croise, considéra Soneri.

— Affaire résolue ?

— Je ne crois pas. Cremonini est tellement naïf… Le crime aussi sent l'improvisation…

— Comme beaucoup de choses faites sous le coup de l'impulsion, si on les analyse avec un œil rationnel.

— Avec une faillite sur le dos, il a pu perdre la tête en comprenant que Boselli ne lui rendrait jamais son fric, expliqua Soneri. Du coup, il s'est mis à menacer la Pezzani, complètement secouée, et effrayée, par la fin d'Elmo. Cremonini sait qu'elle est riche, et en plus, elle ne le connaît pas.

— Coriani fera sans doute le même raisonnement que toi. Il a très envie de montrer qu'il travaille dur…

— Et Capuozzo va illico vendre la mèche. Il va partir au quart de tour, comme une voiture de course, plaisanta le commissaire.

— Coriani aussi veut faire carrière, enchérit Angela. Et comme tu le sais, un magistrat qui ne finit pas dans la presse ou à la télé, tout le monde s'en fout.

— Qu'ils y aillent, mais je ne suis pas convaincu, confia Soneri.

— Tu ne crois pas qu'il l'a tué pour se venger d'avoir perdu de l'argent ?

— Le fric entre toujours en jeu, mais c'est le couteau qui cloche. Je ne vois pas Cremonini avec une arme blanche.

— Carla m'a confié qu'Oreste Cassinari avait aussi donné de l'argent à Elmo, révéla Angela.

— Combien ? demanda le commissaire soudain suspicieux.

— Elle ne sait pas, il ne lui a pas dit. Pas beaucoup, à mon avis, il n'est pas riche.

— On n'arrive toujours pas à bout du puits de dettes qu'il a creusé, murmura le commissaire en regardant autour de lui avant de s'arrêter de parler.

Angela l'imita, et le silence qui retomba dissipa totalement la rêverie complice qu'ils avaient partagée quelques minutes plus tôt.

— On peut parfois réussir à se soulever de terre et à battre des ailes, reprit Soneri, mais comme les poules, pas très longtemps. Ensuite, revient le temps de se remettre à picorer, acheva-t-il un brin déçu.

Ils se saluèrent. Cette nuit, ils dormiraient chacun chez soi, seuls et transis de froid.

Le lendemain matin, une fois à la Questure, le commissaire chercha Musumeci.

— Tu es déjà via Palestro ?

— Depuis une heure.

— Que dalle ?

— Que dalle.

Il raccrocha, toujours tendu, et Juvara le scruta prudemment.

— *Dottore*, vous saviez qu'Oliescu allait être expulsé ?

— Ballero me l'avait dit.

— C'est la loi. Si vous n'avez plus de boulot, vous devez partir au bout de trois mois. C'est peut-être pour ça…

Il ne termina pas sa phrase, car il se rendit compte que le commissaire avait été distrait par la venue de l'avocat de Cremonini qu'un agent invitait à entrer dans la pièce attenante où l'attendait son client. Peu après, Coriani se présenta à son tour, complètement frénétique.

— Vous l'avez déjà entendu ? demanda-t-il à Soneri.

Ce dernier opina :

— Cette nuit.

— Qu'en pensez-vous ?

Il secoua la tête.

— Il était en faillite et voulait récupérer son argent. Une belle somme : cinquante mille euros.

— Il y a un prêt en jeu ?

— Non, de la marchandise, résuma Soneri machinalement. Mais Boselli a tout perdu dans une affaire bizarre de dessous de table pour éviter des taxes. On ne comprend pas s'il était dans le coup ou s'il s'est fait avoir.

— Qu'en pense notre suspect ?

— Je crois que lui non plus n'y comprend rien. Il affirme qu'il voulait seulement récupérer son dû, et qu'en dédommagement Boselli lui a refourgué des vêtements du commerce équitable, invendables pour sa clientèle exigeante. Et comme il est au bord du gouffre…

— Boselli mort, il voulait que la Pezzani le rembourse, poursuivit Coriani en interrompant le récit du commissaire.

— De fait, c'est la seule qui aurait pu, fit noter ce dernier.

Le magistrat acquiesça et fixa Soneri.

— Désespéré pour cause de faillite imminente, furieux qu'on se soit moqué de lui… Compte tenu de la manière dont le crime a été commis, mes soupçons ne portent pas seulement sur l'extorsion.

— Je ne le nie pas, admit le commissaire qui devinait le raisonnement du magistrat. À votre place, je penserais la même chose.

— Vous n'êtes pas convaincu ?

— Pas du tout.

— Pourquoi ?

— Je ne saurai pas vous l'expliquer, c'est de l'ordre de la sensation. C'est justement parce qu'il n'est pas prémédité qu'un crime peut se produire, ou pas. Je crois que le fait qu'il ait eu lieu à cet endroit et ce jour-là, a été complètement fortuit. L'impulsion a primé, sans doute à cause d'un mot de trop, un geste, une expression du visage… Bien sûr, il y avait certainement des rancœurs antérieures et de la rage accumulée, ça ne fait aucun doute. Mais sans une étincelle… Entre la mort et la vie, l'assassinat et la normalité, il s'en faut très souvent de l'épaisseur d'un cheveu.

Coriani fronça le front et remit ses papiers en ordre.

— Allons l'entendre, décida-t-il en se levant.

Soneri le suivit. Le magistrat devait le prendre pour un fou ou un écervelé. Ils parcoururent ensemble le couloir, mais à mi-chemin, le portable du commissaire sonna.

— *Dottore*, on y est ! annonça Musumeci.

— Tu as trouvé quelque chose ?

— Une chemise déchirée avec des taches de sang. Mais je ne l'ai pas trouvée chez lui, précisa l'inspecteur un peu gêné aux entournures.

— Où, alors ?

— À la Scientifique, *dottore*. Nanetti l'avait emportée après la première perquisition.

Le commissaire retint son agacement.

— Et toi, tu viens de l'apprendre ?

— Je l'ai appelé pour lui demander des précisions. J'ai eu un doute en reconnaissant leur patte dans le désordre des tiroirs.

— Bon, l'important, c'est le résultat, abrégea Soneri. Je me débrouille avec Nanetti, acheva-t-il.

Quand ils entrèrent dans la pièce où se trouvait Cremonini, son avocat se leva en se présentant, collabora à cette espèce de messe bureaucratique qui préside aux interrogatoires, puis annonça que son client se prévalait de son droit au silence. Coriani, très contrarié, y répondit en prescrivant un transfert en maison d'arrêt. Tout fut conclu très rapidement, et Soneri en éprouva presque du soulagement. Il avait à l'esprit la chemise déchirée, et tout ce qu'il pourrait en déduire. Cependant qu'il tentait de placer cette info au bon endroit, son portable sonna encore.

— Collègue, on a retrouvé Filippo Cassinari, attaqua Ballero, toujours aussi stoïque.

— Où ?

— À l'hôpital de Levanto.

— À l'hôpital ?

— Il a eu un accident. Son état est préoccupant. À vue de nez, risqua-t-il d'un ton entendu, ce n'est pas clair.

— Pourquoi ?

— Une blessure au cou juste sous le menton, et plusieurs griffures sur la nuque. L'œsophage et la trachée sont lésés, mais pas de façon irréversible. Le hic, c'est qu'il a failli s'étouffer.

— C'est-à-dire ? voulut comprendre Soneri.

— J'ai pensé à la manière dont ça s'est passé, répondit Ballero. Son père dit qu'il redescendait d'une vigne sur un chemin caillouteux particulièrement raide, et que son tracteur a glissé sur l'herbe mouillée pour finir encastré dans les fils de fer qui servent à soutenir les sarments. Un des fils était à hauteur du cou.

— Et comment il s'en est libéré ?

— Oreste Cassinari était juste à côté, c'est lui qui a coupé les fils. Le tracteur a continué sa course pour finir par se renverser un peu plus loin tandis que son fils est tombé au pied des vignes.

— C'est crédible ? Vous avez été vérifier sur place ?

— Oui, ça peut arriver. Le genre d'accident qui joue vraiment de malchance. J'ai moi aussi des vignes, je peux imaginer comment ça s'est passé.

— J'arrive dès que possible, promit Soneri.

Il raccrocha et composa le numéro de Nanetti.

— Qu'est-ce que tu fous ? Tu joues à cache-cache ? grogna-t-il.

— Jamais avec un commissaire aussi sagace que toi, je me ferais tout de suite griller, plaisanta le collègue.

— Tu ne crois pas si bien dire : pourquoi tu ne m'as rien dit de la chemise ?

— Tu crois qu'on se la coule douce, au labo ? On attendait d'être plus au calme pour l'examiner, protesta Nanetti. Le sang m'a tout de suite intrigué, mais c'est en discutant avec le légiste que j'ai compris que ça pourrait nous donner des éléments intéressants.

— Exact, confirma Soneri. Par exemple, une agression subie par Boselli quelques jours avant sa mort.

— N'en sois pas si certain. Comme tu l'as déjà supposé, le tissu a pu se déchirer en s'accrochant à quelque chose, une pointe, un truc qui dépasse. En bref, c'est peut-être seulement un accident.

— Oui, oui… Je sais. Mais j'avais cru comprendre que le légiste penchait pour une lame…

— Quoi qu'il en soit, lui assura Nanetti, on bosse dessus.

— Bosse bien, alors, l'encouragea le commissaire. De mon côté, j'essaie de me faire raconter autre chose.

À peine eut-il raccroché qu'il s'adressa à Juvara :

— Va voir au poste s'ils ont relevé une agression deux ou trois jours avant la mort de Boselli. Demande aussi aux pandores. Ils ont peut-être verbalisé quelque chose… Ensuite, ajouta-t-il, essaie de voir où se trouvait Cremonini à ce moment-là. S'il refuse de se mettre à table, essaie avec son avocat : sous la menace d'une accusation pour homicide, il s'y résoudra peut-être.

Puis il prit son manteau, et décida de sortir. Tout en remontant la via Repubblica, il contacta la Pezzani.

— J'ai besoin de vous voir de toute urgence, attaqua-t-il d'une voix autoritaire.

— Vous l'avez arrêté ?

— Oui, répondit-il sèchement, mais ce n'est pas de ça dont je veux vous parler.

— De quoi, alors ?

— Attendez-moi devant chez vous dans une demi-heure, ordonna le commissaire sans s'expliquer.

## CHAPITRE 20

Il arriva via Palestro un peu avant midi. Un pâle soleil d'hiver avait percé le ciel. Des touffes de gelée blanche tombaient des arbres, et dans les jardins, des paquets de gouttes. Le brouillard restait aux aguets juste au-dessus de l'horizon, assiégeant les périphéries qui attendaient la nuit.

— Ça vous ennuie si on bavarde dans le quartier ? proposa Soneri lorsque la Pezzani sortit sa clé.

Elle fit signe que non, et ils prirent la direction du viale Solferino.

— Alors ? De quoi voulez-vous me parler ? s'enquit la femme avec impatience.

— Le fait est que je ne sais pas comment l'appeler : une agression ? Un accident ? Une rixe ? C'est à vous de me le dire.

— Je ne comprends pas à quoi vous faites référence, répliqua l'autre.

— À une blessure sur le dos de votre compagnon. Vous savez très bien de quoi je parle, dit Soneri en élevant légèrement la voix. Une blessure qui remonte à deux jours avant sa mort, spécifia-t-il. Cette fois, ne mentez pas, prévint-il d'une voix menaçante. On a trouvé chez vous une chemise déchirée.

— Il n'a pas su me dire qui lui avait sauté dessus, confia la femme à mi-voix.

— Où ça s'est passé ?

— Via delle Rimembranze, devant le parc de la Citadelle. Elmo revenait de chez des amis, il était à vélo, et quelqu'un l'a appelé. Un homme a demandé à le rencontrer et il a accepté, même si c'était la nuit et qu'il n'y avait pas un chat.

— Boselli n'a pas reconnu la voix de son interlocuteur ?

— Non. Et ce n'était pas la voix de celui qui l'a agressé.

Le commissaire se tut et continua de marcher.

— L'agresseur l'a insulté plusieurs fois, reprit la femme.

— Elmo ne vous a pas donné plus de détails ? insista Soneri.

— Vous voyez l'entrée du parc ? L'espèce de pelouse qui se trouve juste avant le pont qui traverse le fossé ? Il y a des haies sur le côté, c'est assez sombre, et quand Elmo les a longées, on lui a sauté dessus. Il est tombé dans l'herbe, et le type s'est excité avec un couteau à la main avant de glisser dans la boue. Elmo s'est défendu et protégé avec son vélo, mais l'autre a quand même réussi à le frapper dans le dos.

— Et ensuite, qu'est-ce qui s'est passé ?

— Précisément, je ne sais pas. Elmo a vu la voiture des vigiles au moment où l'autre prenait la fuite. C'est sûrement à cause d'eux qu'il…

— Il n'y avait personne d'autre dans les parages ?

— Comment savoir ?

— Il ne vous a rien dit de plus ?

— Il était assez perturbé. Il ne s'expliquait pas ce qui venait de se passer. On s'est dit pour finir que ça devait être un type en manque. Prêt à tuer père et mère pour une poignée d'euros. Il y a pas mal de toxicos dans cette zone-là.

— Vous avez prévenu la police ?

— Non, Elmo n'a pas voulu. Vous savez, lui et la Questure, ou les carabiniers… J'ai essayé de le convaincre, mais le lendemain, il a décrété que c'était juste une connerie de petit délinquant, et il a préféré laisser tomber.

Ils étaient arrivés devant un bar du viale Solferino, mais aucun des deux ne paraissait avoir envie d'y entrer.

— Je voudrais en savoir plus sur Cremonini, demanda sans prévenir le commissaire. Il soutient que Boselli lui devait cinquante mille euros et qu'il s'est adressé à vous pour se faire rembourser.

— Il m'en a demandé beaucoup plus, répondit la femme, brusquement dure.

— C'est possible, reprit le commissaire sans donner trop de poids à cette affirmation. Mais vous, si attentive à ce que la réputation de Boselli ne soit pas compromise… pourquoi ne pas avoir tenté de trouver un accord ? Vous en avez les moyens. Ça aurait eu un certain coût, mais vous auriez évité que les journaux parlent de l'ancien leader de 68 comme d'un escroc. D'autant plus que personne n'aurait su qu'il avait l'intention de gagner de l'argent en trafiquant des fringues fabriquées en Asie.

— Si j'avais remboursé Cremonini, j'aurais dû rembourser tout le monde, lança la femme. Je ne suis pas un tiroir-caisse ! Elmo ne m'avait pas dit qu'il avait autant de dettes. Après sa mort, ça a été une procession ! Je devais faire quoi ? Rembourser les yeux fermés ? Comment je pouvais être sûre que les sommes qu'on me réclamait étaient les bonnes ? Cremonini me réclamait cent mille euros, vous comprenez ? Ils m'ont prise pour une vache à lait ! Ces communistes, poursuivit-elle avec dédain, toujours prompts à dire que la propriété, c'est le vol, pour pouvoir se rafler tout ce qui passe à leur portée. Ils regardent le fric comme les hommes regardent les putains : ils le méprisent, mais ils couchent volontiers avec.

— Comme les bourgeoises de Parme avec le communiste Boselli…, la moucha Soneri.

— Dites-le à son ex-femme, gronda la Pezzani. Avec moi, il avait changé. Il n'était plus un extrémiste : seulement une personne cultivée, brillante et toujours séduisante.

— Le passé se nourrit de ce qu'on vit, il nous dévore. Ne croyez pas qu'on puisse l'effacer. Le moment vient où il pèse de plus en plus lourd, dit le commissaire.

— Je n'en ai pas encore l'âge, riposta la femme qui devenait acide et commençait à donner de l'urticaire au commissaire.

— Ne désespérez pas, ça viendra, renvoya-t-il. Si ce n'est déjà fait. La presse ne va pas être tendre avec Boselli, je vous préviens. La droite n'attend plus que de tirer à boulets rouges sur les symboles de ses adversaires.

— Que voulez-vous dire ? reprit la Pezzani en le regardant d'un œil torve. Que j'ai trahi Elmo parce que j'ai refusé de me soumettre au chantage d'un troupeau de crève-la-faim ? Moi, je n'ai trahi personne. Je vous répète que je n'étais pas au courant de ses dettes. Vous pensez que je l'ai pris comment ?

— Vous connaissiez pourtant le caractère d'Elmo, et le rapport qu'il entretenait avec l'argent, fit noter le commissaire.

— Oui, d'accord, il était immature. Il n'a jamais considéré que l'argent impliquait d'être responsable. Ni même que c'était une valeur. Mais ce qui me dégoûte, c'est cette foule de prêteurs qui se permettait de me faire la morale et qui maintenant me coure après la bave aux lèvres avec avidité. Des malhonnêtes et des sans-gêne.

— Choisir entre raison et sentiments n'est pas toujours facile, en convint Soneri. Vous aviez le choix entre rembourser ces tocards en échange de leur silence ou faire valoir la justice et garder votre argent. Vous avez choisi de garder votre argent. C'est ce qu'on vous a appris. Une preuve que le passé compte encore, conclut Soneri.

La Pezzani le fixa de cette haine froide qu'ont les gens habitués à garder le contrôle pour raison d'étiquette. Le commissaire lui jeta un regard triomphateur en espérant toutefois qu'elle n'en tire pas vengeance. Puis la femme s'écarta de lui, le dépassa et s'éloigna d'un pas rageur.

Soneri se saisit de son téléphone et joignit Juvara.

— Cremonini est encore là, ou vous l'avez déjà coffré ?

— Il est encore là, on attend qu'un véhicule soit disponible.

— Alors attendez-moi, je serai là dans une demi-heure.

L'inspecteur le retint avant qu'il ne raccroche :

— J'ai fait des recherches sur ce qui s'est passé pendant la nuit du mercredi au jeudi, avant que Boselli ne soit tué.

— Dis-moi alors, l'exhorta Soneri, exaspéré par les prémisses de Juvara.

— Je n'ai pas trouvé de plaintes. Par contre, j'ai un appel depuis la via delle Rimembranze mercredi soir à 22 h 47. Un type a signalé deux individus suspects en face du 31.

— On a contrôlé ?

— Une patrouille est allée voir, mais tout était tranquille.

— Tu as le nom de la personne qui a fait le signalement ?

— Oui, il l'a laissé : Carlo Pongolini, un géomètre.

Le commissaire raccrocha et s'y rendit directement. À l'adresse indiquée, il y avait une petite résidence dont l'aspect insolite évoquait les constructions de montagne faites de bois et de pierres apparentes. Il sonna et vit qu'un rideau s'écartait au rez-de-chaussée derrière lequel un vieux pointait son nez.

— Qui êtes-vous ? aboya celui-ci en ouvrant à peine sa fenêtre.

— Police ! cria le commissaire, pensant qu'il était sourd.

Après un temps assez long, il y eut un déclic, et la porte s'ouvrit.

Soneri, en entrant, remarqua la porte blindée et les minuscules détecteurs de mouvement que seul un œil averti était capable de repérer. Le jardin devait être bourré de caméras.

— Vous avez appelé mercredi soir pour signaler deux individus suspects devant chez vous, annonça le commissaire.

— Oui, deux types qui ne me semblaient pas bien intentionnés, confirma le vieux. Vous savez, on m'a cambriolé trois fois, alors maintenant, quand je vois quelqu'un…

— Vous sauriez me les décrire ?

— Un assez gros, les cheveux longs sur la nuque et le crâne dégarni. L'autre m'a semblé plus petit et plus maigre. Mais je ne l'ai pas bien vu, parce qu'il est resté presque tout le temps dans l'ombre.

— Qu'est-ce qui vous a interpelé ?

— Ils regardaient dans les jardins, comme s'ils cherchaient quelque chose. Après, je les ai vus discuter, et le plus gros s'est éloigné vers le viale Solferino.

— Et l'autre ?

— Il est resté un peu dans les parages, et ensuite, il a disparu.

— Vous voulez dire qu'il a disparu de votre vue ?

— Exact, il est parti.

— Vous n'avez rien remarqué d'autre ? Un détail ?

— Le gros avait l'air gauche dans ses mouvements.

Soneri enregistra l'information sans rien dire et salua l'homme. Il traversa le viale Martiri della Libertà et s'engagea via Padre Onorio. Le soleil pâlissait encore tandis que peu à peu se soulevait une brume épaisse, comme la poussière sur les boulevards en plein été. Une légère sensation d'inanition lui rappela qu'il n'avait pas pris le temps de déjeuner.

Quand il arriva à la Questure, il se sentit en manque de carburant. Il se traîna à son bureau, se libéra de son manteau et se fourra dans le bec un *toscano* éteint.

— Les collègues sont prêts, *dottore*, le prévint Juvara en indiquant une voiture dans la cour qui emmènerait ensuite Cremonini en prison.

— Ne t'inquiète pas, je vais régler ça vite fait, répondit-il avant de sortir.

Cremonini, marqué par sa nuit passée en cellule, était dans la même position que la veille. On lui avait apporté un sac de vêtements qu'il gardait à côté de lui comme un voyageur en attente de son train. Il implora Soneri du regard, et dans ses yeux, le commissaire y lut la peur de la prison qu'il avait vue tant d'autres fois sur les visages de gens normaux atterris par hasard dans un tourbillon de folie.

— Avec un bon avocat, vous ne prendrez pas beaucoup, tenta de le rassurer le commissaire. Mais il faudra tout dire au magistrat.

Cremonini baissa les yeux en signe de capitulation.

— C'est important que vous parliez, vous comprenez ? insista Soneri en haussant le ton afin de le secouer.

L'homme releva les yeux et parut se rendre disponible.

— Mercredi soir, entre 22 h 30 et 23 heures, où étiez-vous ?

— En Sardaigne, chuchota-t-il.

— Vous pouvez nous le prouver ?

— J'ai gardé mes billets d'avion. Mercredi, j'étais à Cagliari, j'ai dîné avec Ascanio Garau, un grossiste à qui j'ai tenté de vendre une part de mon activité. Vous pouvez lui téléphoner, si vous voulez.

— Et vous êtes revenu quand ?

— Vendredi, dans l'après-midi.

— Vous lui avez vendu vos parts ?

— Non, cette ordure proposait une misère. Dès qu'ils vous sentent en difficulté, ils vous saignent.

— La Pezzani affirme que vous lui avez réclamé cent mille euros, c'est vrai ?

Cremonini haussa les épaules.

— Vu qu'elle n'allait pas me donner le moindre centime…

Soneri retint un mouvement d'exaspération et ne s'en libéra qu'en bondissant hors de la pièce. Il se calma une fois assis à son bureau en observant le soleil pâle que le brouillard fluctuant avait voilé et réduit à un disque blanc aussi inoffensif qu'une lune diurne. Puis ses pensées se voilèrent à leur tour, et tout glissa définitivement dans le noir. Quand il rouvrit les yeux, le noir avait migré dehors et il fut ébloui par les néons de son bureau.

— Juvara, j'ai dormi ? demanda-t-il d'un air hagard.

— Pas longtemps, *dottore*, minimisa l'autre, mais à son embarras, on voyait qu'il mentait.

Soneri frappa un grand coup sur la table.

— Pourquoi tu ne m'as pas réveillé ? s'exclama-t-il.

— Vous aviez l'air crevé, j'ai vu que vous aviez besoin de vous reposer, se défendit l'inspecteur en écartant les bras avant de s'approcher et de lui tendre une enveloppe. Jetez un œil, il a donné des nouvelles, dit-il ensuite.

Le commissaire l'ouvrit et trouva la même feuille à carreaux sur laquelle on avait collé des lettres découpées dans un journal : « Vous allez avoir la nausée à force de tourner ». Il avait surtout la nausée à cause de son estomac vide.

« Très drôle », fut son seul commentaire.

Il retourna la feuille et la visa en transparence à travers sa lampe de bureau. Les lettres étaient celles d'un titre de journal et contenaient des bouts d'articles sur leur verso.

— Donne ce papier à Nanetti, ordonna-t-il à Juvara avant d'appeler dans la foulée le patron de la Scientifique. Rends-moi un service, annonça-t-il. Regarde tout de suite la feuille que Juvara va t'apporter et vois si tu peux retrouver le titre du canard où les lettres ont été découpées.

— La même provoc ?

— Oui, apparemment, il a très envie de jouer.

— J'ai pas mal de trucs à faire…

— C'est urgent, protesta le commissaire.

— Collègue, je n'ai pas d'ordre à recevoir de toi, c'est clair ? Et l'urgence, ça se paye.

— Ce soir au *Milord*, ça te va ?

— C'est un bon début.

Il avait la tête qui tourne, et pour se remettre les idées en place, il sortit dans le couloir et rejoignit la machine à café. Mais devant les allées et venues des agents et de Juvara, il eut une sorte de vertige. Il s'efforça de reprendre le fil de l'enquête et fut, une fois encore, interrompu par son portable.

— J'ai cherché à vous joindre tout l'après-midi, attaqua Coriani. Votre inspecteur m'a dit que vous étiez occupé.

— J'ai fait des vérifications, l'avisa Soneri de manière évasive.

— Comment avez-vous l'intention de procéder ? Je vous avoue être plutôt confus, confia le magistrat.

— Je n'ai pas non plus les idées claires.

— Vous m'avez dit que vous ne voyiez pas Cremonini dans le rôle de l'assassin… Pour tout vous dire, moi non plus, je ne suis pas convaincu. Et cette blessure que l'autre avait sur le dos ? Qu'en pensez-vous ?

— Cremonini n'a rien à voir avec cette histoire : il était en Sardaigne.

— Cela change encore les choses, reconnut Coriani.

— La Pezzani m'a expliqué que l'agression de Boselli avait eu lieu après le coup de fil pour lui donner rendez-vous, rapporta le commissaire. Et que son agresseur n'était pas le même que la personne qui l'a appelé. Vous voyez le bordel ? On pourrait penser à un piège, mais c'est si mal organisé que ça pourrait tout aussi bien être une attaque fortuite : l'endroit est fréquenté par les toxicomanes.

— Cette histoire ne suit aucun fil logique, bougonna le magistrat, et dès qu'on en trouve un, il se rompt.

— Ce sont les enquêtes les plus difficiles, confirma le commissaire. On ne peut rien échafauder, ni suivre aucun schéma. Le genre d'affaire où les passions dominent. Dans ces cas-là, il vaut mieux se fier à son instinct, le prévint Soneri.

— D'accord, mais ne négligeons pas les outils traditionnels, lui recommanda Coriani. Au fond, ajouta-t-il, ce n'est pas parce que nous ne trouvons pas le fil logique que celui-ci n'existe pas.

Le commissaire rongea son frein devant le ton professoral du magistrat. Les gens qui pontifiaient lui tapaient sur les nerfs.

— J'attends l'examen des fadettes de Boselli ainsi que les résultats des vérifications supplémentaires que j'ai demandées à la Scientifique. Notre homme s'amuse à nous provoquer, l'informa-t-il.

— Aujourd'hui, Capuozzo a tenu un point presse, dit l'autre en changeant de sujet. Je crains qu'il ait exagéré à propos de Cremonini et qu'il se soit un peu trop dispersé sur les hypothèses de l'accusation. Surtout qu'à la lumière de ce que nous venons de nous dire elles me paraissent inopportunes.

— Il parle trop, comme d'habitude ! Mais les journaux naissent le matin et meurent le soir, se consola Soneri. Reconnaissons tout de même que le questeur est un naïf, ajouta-t-il.

— Un naïf? s'alarma quelque peu le magistrat en baissant soudainement la voix.

— Je viens de vous le dire, on ne résout pas toutes les enquêtes à coup de logique, développa le commissaire. Capuozzo est victime du vieux préjugé des écoles de police selon lequel le mobile est toujours à l'origine des faits et de la chaîne de conséquences qui en découle.

On ne se concentre que sur le projet et la planification du crime, et toujours au travers d'hypothèses rationnelles. Or, le passage à l'acte est très souvent fortuit, c'est ça qui est déconcertant. La rationalité ne sert à rien : il faut accepter de plonger dans un océan de passions et suivre notre instinct pour essayer de trouver une piste.

Soneri s'aperçut que Juvara lui adressait de grands signes de la main. Le commissaire s'excusa et mit son portable en attente.

— Qu'est-ce qu'il y a ? souffla-t-il.

— *Dottore*, on a chopé l'agresseur de Boselli au parc de la Citadelle. Un toxico-dealeur, une vieille connaissance. Avec un couteau dans la poche. Il a avoué plusieurs agressions, les collègues sont sûrs que c'est lui.

Soneri acquiesça et reprit son échange avec Coriani.

— Une patrouille vient d'arrêter l'agresseur de Boselli devant la citadelle : un dealeur, annonça-t-il. Vous avez la démonstration de ce que nous venons d'évoquer.

— Néanmoins, il me semble que les faits appuient eux aussi l'hypothèse de la préméditation, répliqua Coriani. Vous venez de me dire qu'on l'avait attiré là-bas en lui téléphonant. Et que la voix du téléphone n'était pas la même que celle de l'agresseur. Il est possible que ce dernier se soit fait soudoyer pour de l'argent. Il peut donc également s'agir d'un plan prémédité.

— Vous pensez qu'on aurait fait appel à un sicaire aussi mal assuré pour liquider Boselli ? Sans tenir compte des rondes de nuit des agents de sécurité ? Ça ne tient pas, objecta le commissaire.

— J'espère qu'on pourra éclaircir tout ça. Il faut travailler, travailler sans relâche, conclut le magistrat sur un ton d'admonestation.

— Vous êtes jeune, renvoya tranquillement Soneri. Avec le temps, vous vous apercevrez que les affaires, y compris quand on les résout, conservent des aspects obscurs qu'il est inutile de tenter d'éclairer. Et qu'à force de nous les trimballer, ils deviennent une partie de nous-même.

— Vous devenez ésotérique, commissaire, dit Coriani dans un petit rire gêné avant de prendre congé.

Soneri savait qu'il était inutile d'en rajouter : seules les années feraient connaître au magistrat le poids de l'irrésolu.

— Juvara, où en sont les analyses des fadettes de Boselli ? demanda-t-il ensuite.

— L'opérateur ne nous a pas encore livré tout le matériel. Je l'ai relancé plusieurs fois.

Il eut envie de jurer, mais il s'interrompit. Dans la pénombre de la cour avait surgi une silhouette hésitante enveloppée dans un gros paletot d'où dépassait une tunique blanche. Quand celle-ci fut sous ses fenêtres, il reconnut sœur Donata. Il se leva et s'en alla à sa rencontre par la porte vitrée au bout du couloir de la PJ.

— C'est vous que je cherchais, dit la religieuse avant de lui emboîter le pas en silence sous les coups d'œil intrigués des policiers.

En entrant dans le bureau, elle retira son manteau, prit place en face de lui et le fixa intensément. Le commissaire en fut un peu gêné.

— Dites-moi, fit-il pour échapper à son regard.

— La dernière fois que nous nous sommes vus, commença sœur Donata, je ne vous ai pas tout dit.

— Qu'est-ce que vous ne m'avez pas dit ?

— Que Boselli était sous pression, sans qu'il n'explique pourquoi. Comme si quelque chose devait arriver ou qu'il aurait dû l'affronter, je ne sais pas.

— Dit comme ça, je ne crois pas que ce soit très utile, releva le commissaire.

— Je sais, admit la sœur, mais j'ai eu l'impression qu'il s'agissait d'une chose très importante. Il parlait de renouer des liens, de guérir quelque chose qui était resté en suspens.

— Vous n'avez pas compris s'il faisait allusion à une personne ou à un groupe, un événement ?

— Non, je ne l'ai pas compris. Mais j'avais l'impression que c'était en relation avec les jeunes. Comme si c'était fondamental de parler avec la jeunesse. Il disait que nous n'avions pas été en mesure de leur transmettre quelque chose de notre expérience, que le décalage était évident, et que les jeunes reproduiraient les mêmes erreurs. Il répétait que si les jeunes n'avaient pas de mémoire, c'était de notre faute. Moi, je lui rétorquais que ce n'était pas tout à fait vrai, que nous, les gens d'Église, nous faisions tout pour essayer de leur inculquer des valeurs, mais il me répondait que nous, les sœurs, les prêtres, en un mot, le clergé, nous ne comptions plus pour rien parce que nous n'avions plus aucun pouvoir sur leurs esprits. Quant à lui, il se sentait coupable et voulait y remédier. C'était ça, son obsession : réparer quelque chose au plus vite. Je ne sais pas quoi.

— Vous n'en avez aucune idée ?

— Ce devait être une question qui le concernait de près. Avec le temps, il m'en aurait parlé, malheureusement, il est parti trop tôt.

— En relation avec son fils ? risqua le commissaire.

— Il le voyait souvent, son fils, ils se parlaient pendant des heures, reprit sœur Donata. Et ils se disputaient beaucoup. Ils n'avaient pas du tout les mêmes idées, vous devez le savoir, n'est-ce pas ? Bien qu'il ne les partage pas, Elmo se sentait rassuré de savoir que son fils croyait en des idées. Il me disait qu'il se fichait que ce soit des idées qu'il avait toujours combattues. Il trouvait important que son fils croie en quelque chose. Le danger, insistait-il, n'était pas tant que les jeunes soient des fascistes, mais qu'ils soient vides à l'intérieur, et sans mémoire. Parce que c'était à cause de ce vide que les fascistes en profitaient, répétait-il. Il éprouvait sur le tard le besoin de communiquer, de raconter. Il me rappelait parfois la ferveur des missionnaires qui partent dans des contrées lointaines et qui disparaissent pour toujours. Il avait la patience du sage. Face aux répliques rageuses de son fils, il ne perdait jamais son calme. Il me confiait que la fureur passe avec le temps, et il me tapotait l'épaule en me souriant d'un air entendu, en faisant allusion à notre âge, il me disait : « On le sait bien, nous. »

— Peut-être devait-il avouer à son fils quelque chose qui lui coûtait ? supputa encore Soneri.

— Qui sait ? souffla sœur Donata. Je vous raconte tout ça parce que je crois que c'est nécessaire. Le jour où vous êtes venu me voir, je me suis tue à cause d'une espèce de pudeur, mais je sentais instinctivement que cet homme était dans l'urgence. Ça n'a peut-être aucune importance, dit la femme en remuant la tête, mais nous avons en nous des motivations si vivaces… Ce sont elles qui nous poussent, dans le bien comme dans le mal.

— Exact, confirma le commissaire en songeant à tout ce qu'il venait d'entendre.

Sœur Donata se leva silencieusement, remit son grand paletot et tendit au commissaire sa petite main rugueuse.

— Je continue de prier pour Elmo, confessa-t-elle, car malgré tout, c'était un homme qui avait de bonnes intentions.

Soneri observa sa minuscule silhouette disparaître dans la cour brouillardeuse et fut envahi par une mélancolie angoissante. Il éprouva le besoin d'appeler Angela.

— Quand est-ce que tu arrives ? attaqua-t-elle sans préambule.

— Demain, répondit le commissaire. Je ne sais pas à quelle heure.

— Je te croyais déjà en route, se plaignit-elle, déçue.

— Le brouillard est épais. Et je dois un dîner à Nanetti.

— Tu as trouvé une bonne raison de rester à Parme, ironisa-t-elle. À choisir, entre une soirée avec moi et une soirée avec Nanetti, tu préfères voir ton pote. N'importe quelle femme s'en trouverait offensée.

— Ce n'est pas seulement pour ça, se défendit Soneri. J'attends les résultats des fadettes de Boselli et ceux d'un examen que j'ai demandé à la Scientifique…

— Dommage, ici, la soirée est splendide. La nuit est claire, on a un fil de lune et il fait presque doux…

Le commissaire contempla le mur de vapeur par la fenêtre et eut du mal à imaginer qu'un monde tiède et limpide existât à une heure et demie de voiture.

— Tu as des nouvelles du fils Cassinari ? voulut-il savoir.

— Il a retrouvé la parole. Un peu plus et l'asphyxie le rendait idiot.

— Et ton amie Carla, qu'est-ce qu'elle en pense, de l'accident ?

— Il se murmure de drôles de choses, expliqua Angela. C'est aussi pour ça que ce serait bien que tu viennes.

— Quel genre ?

— Qu'il ne s'agirait pas d'un accident. Curieux comme dynamique, non ?

— Ballero m'a dit que c'était plausible.

— Mouais, peut-être..., estima-t-elle peu convaincue. Donne-moi un nombre de probabilités pour que les choses se soient passées comme ils l'ont dit ?

— Parfois, c'est encore plus tordu, raisonna Soneri, il se passe des trucs que tu n'aurais jamais imaginés.

— D'accord, mais pourquoi ne pas penser aux solutions les plus probables ?

— Qui seraient ?

— Bon Dieu ! Tu es commissaire ou pas ? Si tu trouves quelqu'un avec le cou à moitié ouvert au-dessus de la pomme d'Adam, et par-dessus le marché des éraflures assez profondes sur la nuque, tu penses à quoi ? Qu'il s'est mangé un fil de fer tendu ou bien qu'il a glissé son cou à l'intérieur ?

— Tu penses qu'il peut avoir tenté... Comme Oliescu ?

— Je ne sais pas, mais je me poserais la question. Je me dirais que c'est une possibilité. Surtout avec les bruits qui courent...

Soneri bougonna et se mit à rissoler comme dans une poêle.

— Qui est auprès de Filippo ?

— Son père. Il ne le lâche pas d'une semelle et garde tout le monde à distance. Il a même essayé de foutre Ballero dehors quand il est venu lui notifier l'avis d'infraction de non-présentation au commissariat.

— Je crois que c'est surtout avec son père que je vais être obligé de parler, murmura le commissaire.

— Pourquoi surtout ?

— Je sens qu'il a pas mal de choses à dire.

## CHAPITRE 21

Vers 19 heures, Soneri ne donnait toujours pas de signes d'agitation, immobile derrière son bureau. Juvara le scrutait, surpris de cette inertie inhabituelle, et restait aux aguets. Les lumières des étages supérieurs où se trouvaient les bureaux du service du questeur s'éteignirent les unes après les autres, et la cour intérieure s'obscurcit peu à peu. Le commissaire eut l'impression que tout ce noir entrait aussi en lui, comme un mauvais présage. Puis la porte s'ouvrit brusquement, et Musumeci entra, les fadettes à la main. Soneri parcourut la liste interminable de numéros, dates, horaires et durée des appels, mais se noya entre les lignes et finit par perdre patience. Il reprit sa recherche dans l'ordre chronologique jusqu'à ce qu'il tombe sur la soirée du mercredi qui précédait l'assassinat et qu'il repère l'appel de 22 h 07, celui-là même qui avait attiré Boselli à la citadelle. Il le souligna au crayon et ordonna :

— Je veux savoir à qui appartient ce téléphone.

Il se leva et perdit vaguement l'équilibre à cause de la fatigue.

— Regardez aussi le reste. Ensuite, on se tient au courant. En attendant, je vais voir si Nanetti a du nouveau.

Puis il enfila son manteau et quitta la PJ en faisant tourner son cigare éteint dans sa bouche.

Marcher dans le froid et les rues désertées à l'heure du dîner lui fit du bien. C'était comme s'il retrouvait du poids après avoir flotté dans une bulle vide ; ainsi, les pieds bien ancrés dans le sol, il commença à réfléchir. Il sentait que ce soir quelque chose céderait. D'un rien, sans doute, mais d'un rien suffisant à lui montrer la route. Perdu dans ses pensées, il fendait le brouillard qui s'abattait sur les immeubles comme des tourbillons d'eau qu'un obstacle refoule. Il devait prendre une décision : soit il restait en ville, soit il irait franchir les monts. Il fallait parfois s'éloigner des choses pour mieux les distinguer, comme le font les presbytes.

Nanetti l'attendait au *Milord* devant une assiette de charcuterie et de cubes de *grana* hérissés de cure-dents.

— Tu en es déjà à la déforestation ? plaisanta le commissaire.

— Et toi, tu deviens anorexique ? Il n'y a pas si longtemps, tu serais arrivé avant moi, considéra le collègue.

Soneri examina avec mépris cette banale assiette de dégustation qui réveillait son aversion pour les bars à la mode où la vieille tradition parmesane du petit blanc de malvasia s'était transformée en ridicules happy hours sans saveur ni convivialité.

— C'est quoi, ce truc ? s'étonna Soneri en s'adressant à Alceste.

— Pour les touristes, se justifia-t-il. Je l'avais mise sur le comptoir, c'est lui qui me l'a demandée…, ajouta-t-il en écartant les bras et en montrant Nanetti du regard.

— Tu vois que tu n'es plus le même, l'accusa son collègue. Tu arrives en retard et tu passes ton temps à râler. Mange, plutôt.

— Seulement pour éviter que ça n'aille à la poubelle, grommela le commissaire.

Quelques minutes plus tard, ne restait plus qu'un tas de cure-dents.

— Maintenant, passons aux choses sérieuses, déclara Soneri en voyant le patron qui venait prendre commande.

Le temps était aux *anolini* au bouillon et aux tripes, et ceux-ci furent fidèles à la tradition. Enfin, Nanetti annonça :

— On n'a pas eu trop de mal à retrouver le journal d'où viennent les lettres.

— J'attendais que tu m'en parles. Je sentais que tes mâchoires avaient besoin de répit, apprécia le commissaire. C'est quoi, le journal ?

— *Il Secolo XIX*[9], grognassa Nanetti en le regardant de travers.

Soneri comprit tout à coup que son « d'un rien » tant attendu s'était enfin manifesté.

— Comment tu as fait ?

— Le type n'est vraiment pas fufute : il a pris deux de ses lettres derrière le titre de la deuxième page, du coup, on pouvait lire des mots de l'ours.

— De l'ours ?

— Moi non plus, je ne le savais pas : il s'agit de cette partie du journal, le plus souvent sous le titre, qui te donne le nom du directeur, l'adresse de la rédaction, etc. Tu vois ?

— Ah oui..., visualisa Soneri.

— Voilà, derrière les lettres, c'était l'ours du *Secolo XIX*. On l'a compris assez rapidement, expliqua Nanetti.

9 Quotidien régional de Ligurie, fondé à Gênes à la fin du XIXe siècle.

De fugaces images de la Ligurie qu'il avait côtoyée ces derniers jours resurgirent dans l'esprit de Soneri. Avec, au centre du décor, l'ancienne compagne de Boselli, son fils, Oliescu, les deux Cassinari, et même Ballero, aussi âpre et rigide qu'un genévrier.

— Alors, tu en dis quoi ? questionna Nanetti pour sortir le commissaire de son apathie méditative.

— Que je dois y aller, répondit Soneri les yeux dans le vague.

— Dit comme ça, on dirait que tu vas t'embarquer pour un autre continent. La Spezia n'est qu'à une centaine de kilomètres.

— Ce n'est pas la distance qui compte, c'est ton état d'esprit qui change en fonction de l'endroit, se justifia le commissaire. De l'autre côté de la montagne, l'affaire change de perspective, comme si deux personnes différentes la racontaient.

Nanetti le fixa en opinant du chef pour signifier qu'il comprenait.

— Tu pars quand ?

— Demain matin.

— À ta place, c'est ce que je ferais. Sauf que j'irais au pif, parce que je n'ai rien en main. Tu en sais sûrement plus que moi.

— Non, je n'ai rien en main non plus, confessa Soneri en souriant avec amertume. Mais ce que tu viens de me dire m'a convaincu. J'ai tellement peu dans cette affaire qu'un rien suffit pour faire pencher d'un côté ou de l'autre.

Alceste apporta la soupière fumante d'*anolini*. Toutefois, avant de les verser avec sa louche dans les assiettes, il s'empressa de demander :

— Pas trop de bouillon ou bien arrosés ?

Le commissaire les aimait presque secs et sans trop de bouillon alors que Nanetti aimait qu'ils nagent dedans. En revanche, les deux aimaient les ensevelir sous une épaisse couche de *grana*.

— D'après toi, qui a envoyé ces lettres ? demanda Soneri.

— Je te l'ai dit, un type pas bien finaud, répéta Nanetti. N'importe qui sait parfaitement qu'il ne faut surtout pas qu'on découvre où tu as découpé tes lettres. Ce type est complètement crétin.

— Je suis d'accord, approuva Soneri. Le genre à bâcler son travail.

Les *anolini* étaient mémorables. Le *grana* extra vieux qui imprégnait la pâte et le bouillon qui mouillait la chapelure rehaussaient le goût de la farce. Dès que le commissaire en prenait un en bouche, il sentait la pâte al dente s'ouvrir et libérer ce mélange de saveurs qu'il avait appris à connaître dès sa plus tendre enfance et qui représentait l'une des rares constances de sa vie.

— Voilà ce qui me console ! s'exclama-t-il en dégustant ses *anolini* les uns après les autres.

— Si tu ne m'invitais pas ici, de temps en temps… marmonna Nanetti en balayant le *Milord* du regard. Ça va te manquer quand tu seras en Ligurie.

— Je ne vais pas m'y installer non plus, répondit Soneri. En tant qu'animal terricole, je ne résiste pas plus d'une semaine. J'ai rapidement besoin d'horizons plats et de l'odeur du brouillard.

Son portable sonna, et Nanetti se fâcha :

— Ah non ! Cette fois, tu ne me la fais pas ! Je ne partirai pas avant la suite, y compris si Capuozzo s'est suicidé dans le bureau du maire.

Soneri se résigna à répondre en soufflant.

— *Dottore*, c'est Juvara.

— Dis-moi, l'encouragea-t-il la bouche pleine.

— On a trouvé le propriétaire du téléphone qui a appelé Boselli mercredi soir.

— Qui est-ce ? s'agita Soneri.

— Oliescu, répondit l'inspecteur. Le numéro correspond à une carte SIM à son nom.

Il faillit laisser tomber sa cuillère dans la petite flaque de bouillon au fond de son assiette creuse. Il repensa à la description des deux suspects que lui avait livrée le vieux géomètre, à la Renault retrouvée piazzale Volta, à ce garçon pendant au bout d'une corde dans le chantier de l'ancien hôtel *Milano*. Des pensées disparates trottant dans tous les sens comme un troupeau épouvanté.

— Vous avez trouvé d'autres appels avec ce numéro ? questionna-t-il.

— Non. C'est le seul.

— Demain, continuez à bosser sur les fadettes. Je veux savoir à qui il a téléphoné ces derniers temps.

Juvara bougonna un assentiment et prit congé, et Soneri se jeta à nouveau sur son reste d'*anolini*.

— Visiblement, c'est le Roumain qui a posé un piège à Boselli devant la citadelle, annonça-t-il à son ami.

— Tu es sûr que c'est un piège ? Vu l'agresseur, un toxico en manque qui en fait voir de toutes les couleurs…, insinua Nanetti.

— Oui, c'est assez ambigu, admit le commissaire. Le toxico pourrait être une interférence, un accident.

— Pourrait… ou pas. On lui a peut-être demandé de donner une leçon à Boselli en échange de deux doses.

Soneri sentit le parfum des tripes dès qu'Alceste sortit de la cuisine et se tourna vers lui avant qu'il n'arrive à leur table.

— Quel limier ! le moqua Nanetti. C'est avec ton flair que tu résous les affaires.

— Absolument, confirma sérieusement le commissaire avant de se rendre compte à quel point cette affirmation dite sans y penser était vraie. Tu sais ce qu'a dit Capuozzo au point presse ? se renseigna-t-il ensuite.

— Un de mes hommes m'a rapporté qu'il a tourné autour du pot en rappelant dix-huit fois que l'enquête était difficile, et en bon roublard, il a laissé filtrer que l'enquête misait sérieusement sur Cremonini. Au fond, parmi tous les suspects possibles, il est le seul à avoir de très bonnes raisons de l'avoir tué.

— C'est vrai, mais je ne suis pas convaincu, répliqua Soneri, la bouche à nouveau pleine.

Les tripes, en revanche, le convainquaient à plein.

— Tu es toujours dans le doute…

— La réalité est ambiguë, c'est risqué d'être sûr de soi.

Nanetti éclata de rire.

— Si tu rassemblais tous tes paradoxes, tu pourrais écrire un bouquin : *Bréviaire d'un commissaire qui doute*. Qu'est-ce que tu dis du titre ?

— Dans l'ensemble, l'humain n'est jamais linéaire, ni rationnel, rebondit Soneri toujours aussi sérieux.

— Celui-là aussi, je me le note, ricana le collègue qui ajouta ensuite, profitant que le commissaire ne réagissait pas : Allez, je plaisante ! C'est toi qui as raison : le nombre de conneries qu'on peut faire si on se laisse aller à nos sentiments ou à nos passions à la con…

— CQFD, reprit Soneri. Je pense que c'est ce qui s'est passé dans cette affaire.

— Le mobile doit être un truc super intime, imagina Nanetti.

— Qui sait…, murmura le commissaire. Quelle dérision ! Dire que pour Boselli il n'y avait pas de frontière entre vie publique et privée…

— Tu crois à ces conneries ? Même eux n'y croyaient pas, affirma son collègue sur un ton de mépris.

— 68 a d'abord été une révolte stérile d'adolescents attardés contre le monde des pères. La vraie secousse, ce sont les ouvriers qui l'ont donnée un an plus tard, exprima Soneri. Cela dit, tout ça n'a pas grand-chose à voir avec notre affaire. Ici, ça pue l'intimité honteuse et sans doute inavouable.

— Qu'est-ce qui te fait penser ça ?

— L'inconsistance des autres hypothèses, tout simplement.

— Un peu léger, dit Nanetti en inclinant la tête.

— Aussi des trucs bizarres.

— Du genre ?

— La naïveté, comme celle dont tu viens de me parler, développa le commissaire. Si tu agis d'abord d'instinct, en général, tu continues sur ta lancée et tu finis par te trahir. Il faut être patient dans des affaires comme celle-là, comme à la pêche.

— Et tu as décidé d'aller pêcher en mer ?

— C'est toi qui m'as convaincu, ce soir. Et puis un accident bizarre.

— Les accidents dévoilent toujours un truc. Ils brisent l'hypocrisie des apparences. C'est quoi, cet accident ?

— Filippo, le fils de la Motti, s'est ouvert le cou, son père a raconté qu'il était tombé dans les vignes et qu'il s'est pris un fil de fer. Sauf qu'on lui a trouvé des plaies assez profondes sur la nuque, et que le bruit court que ça ne s'est pas passé comme ça.

— Comment, alors ?

— Tentative de suicide.

— Merde ! Avec un fil de fer, si tu tombes de haut, ta gorge est tranchée jusqu'à l'os, expliqua Nanetti.

— Dans son cas, il va s'en sortir, mais il a risqué l'asphyxie.

— C'est pour ça que tu vas là-bas, en fait. Les lettres n'ont rien à voir.

— Si, quand même, le rassura Soneri en terminant ses tripes et en repoussant son assiette.

Puis il se versa un verre de bonarda et le but en plusieurs gorgées. Il se sentait à la fois calme, lucide et euphorique. Tout lui semblait plus simple. Il aurait aimé retenir cet état de grâce, mais il connaissait la désillusion des réveils au petit matin avec pour perspective toute une journée à traverser.

Alors il se leva.

— Je vais me coucher, annonça-t-il.

Nanetti, qui le connaissait, n'y crut pas une seconde et se limita à sourire.

— Je t'en prie, tant que tu payes ton addition.

À peine sorti du *Milord*, Soneri s'alluma un cigare et se mit en chemin dans la ville déserte où s'élevait de temps à autre au milieu des immeubles le cri lancinant d'un ivrogne. Parme ressemblait à une coulisse imaginaire où les époques s'étaient superposées, où chaque recoin lui renvoyait une multitude d'évocations parmi lesquelles se débattait sa comédie personnelle. Il y a bien des années, il avait cru se nourrir du chaos vital d'une ville adolescente, mais aujourd'hui, dissimulée sous de froides et élégantes façades ou concentrée dans les cités vides de la périphérie, l'angoisse de la déchéance était de plus en plus présente. Même le quartier de l'Oltretorrente, désormais peuplé par le nouveau prolétariat issu de l'immigration, une légion d'étrangers bruyants et turbulents, n'empêcha pas son sentiment de douce décadence. Ce fut à ce moment-là que ses pas le portèrent piazzale Picelli.

Castellazzi et Gotti passaient leurs journées chez *Pàcio*. Ils ruminaient la politique d'antan et s'accrochaient à leur époque, survivants malheureux.

— Notre enquête est terminée, annonça le premier.

— Pas la mienne, repartit Soneri. Quelles sont vos conclusions ?

— Que les camarades n'ont rien à y voir.

— Vous avez donc classé le dossier.

— Quand je dis « camarades », précisa Castellazzi, je parle de ceux qui sont restés fidèles. Les vendus, je n'ai rien à en dire, c'est vous que ça regarde.

— Vous vous êtes limités à Maselli ?

— Ne nous sous-évaluez pas, intervint Gotti. Maselli ne va pas mieux, et d'après moi, ce n'est pas près de s'arranger. Si on vous dit que la politique n'a rien à voir, la nôtre, tout du moins, vous devez nous croire.

— Vous savez quelque chose de l'histoire de Cremonini ?

— Un dégueulasse ! gronda Gotti avec mépris. Un parasite qui avait pris sa carte pour nous sucer le sang ! S'il n'était pas aussi minable, je pourrais croire que c'est lui.

Castellazzi fit signe à Pàcio d'apporter à boire, et Soneri s'y résigna. Les deux lui soufflaient par moments leur haleine imbibée de vin. Ils avaient les yeux vides et fatigués de ceux qui revivaient chaque soir des rêves lointains autour d'un verre. Le commissaire se sentit soudain mal à l'aise, éprouvant même de la pitié. Seuls, vaincus et sans héritiers, on eût cru à des âmes perdues. Pendant qu'ils buvaient tous les trois et trinquaient sans entrain, Soneri se dit qu'ils étaient les premiers, après tant d'avancées, à laisser derrière eux un monde où tout serait pire.

Ils gardèrent le silence jusqu'à la fin de la bouteille. Le lambrusco n'avait pas provoqué chez eux les mêmes effets. Soneri pensait déjà à son départ, à ce qu'il trouverait à Levanto tandis que les autres, même dans leurs têtes, avaient l'air de faire du sur-place.

— Cherchez ailleurs, commissaire, suggéra enfin Castellazzi. Ça ne sert à rien de fouiller chez nous.

L'homme lui parut sincère et d'une franchise désarmante. Le commissaire promena son regard sur la salle, s'attarda sur les murs remplis d'images chargées d'histoire, se laissa emporter par les éclats de voix, les blasphèmes, les imprécations. Toutefois, malgré le vin, son euphorie s'était évaporée. Alors il se leva, paya les verres et glissa en silence parmi d'autres clients solitaires et perdus, ravis par les vapeurs d'alcool, aussi figés que des épaves échouées dans de mauvaises pensées.

Il fila droit jusque chez lui en regardant ses pieds. Avant de se coucher, il envoya un SMS à Angela : « J'arrive demain matin. »

## CHAPITRE 22

Coriani avait eu raison. La presse n'avait pas hésité à amplifier les déclarations de Capuozzo en qualifiant Cremonini d'« assassin présumé ». Presque tous accueillaient des commentaires peu flatteurs sur Boselli, surnommé avec dédain « le Guevara affairiste » ou, plus explicitement, « l'escroc rouge ». La droite n'avait pas lésiné pour mettre en pièces ce qu'il restait de la réputation du leader de la contestation parmesane. La vergogne post mortem semblait définitive, y compris à la une : « Une sordide histoire d'argent à l'origine de l'homicide de Boselli », titrait l'un des journaux les plus vendus.

Capuozzo, avec l'air de ne pas y toucher et une bonne dose de perfidie à l'égard d'un camp politique qu'il n'aimait pas, avait rejoué l'homicide en détruisant l'image d'un homme dont plus personne ne prendrait la défense. Ni la gauche bredouillante, pour qui Boselli n'avait été qu'« un extra-parlementaire n'ayant rien à voir avec le parti ». Ni même son fils, tiraillé entre les sentiments et la condamnation politique, et qui, dans les pages qui suivaient, était présenté, ironie du sort, comme le nouveau secrétaire d'un groupuscule d'extrême droite.

Soneri referma les journaux et les balança sur une chaise. Il devinait déjà les commentaires sarcastiques de Borriani et de la congrégation de fascistes qu'abritait la Questure. Partir, après ce qu'il venait de lire, le soulageait.

Il voyagea tôt le matin dans le silence du crépuscule encore identique à la nuit. Il sortit de la ville, emprunta la via La Spezia et se décontracta enfin tandis qu'il courait vers les monts entre deux rangées de platanes blanchis de givre. À Fornovo, le temps était plus clair, et la vapeur épaisse se mit à s'agiter, tourbillonnant entre ciel et terre. Quelques kilomètres plus loin, le rideau de brouillard se leva d'un seul coup sur l'aurore hivernale et laissa Soneri stupéfait : les reflets irisés des rayons du soleil levant sur les collines enneigées, les montagnes et leurs ombres immobiles, les viaducs qui volaient dans le ciel transparent pour franchir les vallons. Enfin, les tunnels sous le col, fuite et refuge en direction d'une délivrance à la fois douce et accueillante. Depuis Pontremoli, en chutant vers la mer comme sous l'effet de la gravité, il avait rencontré les oliviers et, à Santo Stefano, respiré les effluves salins sans même apercevoir la mer. Il ne la vit pas davantage quand il roula en direction de Gênes. Pendant un petit moment, l'autoroute courut à mi-côte au milieu d'un chapelet de tunnels et de bois de chênes verts comme à l'intérieur d'un maquis. Enfin, l'immensité marine se découvrit à l'approche de Levanto, une fois passé les coudes et le village au nom de poète : Montale. Quand il sortit de sa voiture, la lumière le fit vaciller. Angela vint à sa rencontre et le regarda avec curiosité. Puis elle le prit par le bras et l'entraîna à l'intérieur de la pension. À l'abri du miroitement éblouissant de l'eau, le commissaire se reprit peu à peu. Par la petite fenêtre du séjour, il contempla les vagues qui se brisaient paresseusement sur la jetée ainsi que des pêcheurs qui s'affairaient autour d'une barque. Il lui semblait que tout marchait au ralenti, comme lorsque le sommeil vous gagne.

— Tu n'as pas fait un bon voyage ? se risqua Angela.

— Je suis toujours comme ça quand je viens ici, dit Soneri en observant l'air absorbé et les sens en veilleuse cette mer aux mouvements placides et à la puissance silencieuse.

Il sentait cette même inquiétude affleurer à nouveau.

— J'ai l'impression d'avoir fumé un joint, confessa-t-il, je suis abruti, mais je crois avoir compris pourquoi je ne suis pas bien quand je viens ici, pourquoi j'éprouve toujours de la curiosité mêlée à de la peur.

— C'est déjà un bon résultat, l'encouragea-t-elle.

— Je pense à toutes ces profondeurs.

Angela le fixa avec une compassion mêlée d'humour.

— Qu'est-ce que tu vas me sortir ?

— Il doit y avoir de tout là-dessous, des réponses à un sac de questions. Le problème, c'est que l'eau submerge tout. Tu ne peux pas fouiller les fonds comme sur la terre. Et puis, aux gens de la *bassa*, ça fout la trouille, ces horizons profonds.

— Tu n'es qu'un foutu cérébral. Un barguigneur, abrégea Angela afin d'en venir au concret : Si j'étais toi, j'irais à fond sur la question de l'accident du fils Cassinari. Plus le temps passe, plus les voix se font insistantes... Tu m'as comprise ?

Le commissaire acquiesça.

— Tu devrais aller lui parler. Si ce qu'on raconte est vrai, il est sûrement fragilisé, et donc, il parlera, poursuivit-elle.

Soneri secoua la tête.

— Je vais aller chez le père, à Framura, annonça-t-il. Je veux voir où ça s'est passé et écouter ce qu'il a à me dire. Qui sait ? Si ça se trouve, je vais réussir à sonder les profondeurs et à y trouver quelque chose.

— Très bien, continue de bosser en douce alors, conclut-elle un rien vexée. Ballero va le faire à ta place, et ça risque de foutre le bordel.

— Il n'ira pas. Et s'il le fait, Filippo ne lui dira rien.

— Tu en es sûr ?

— Pas plus que d'habitude, tu l'as dit toi-même, je ne suis qu'un barguigneur. Mais à première vue, oui. Je pense que Filippo est le genre de type à deviner si tu sais des choses sur son compte, et s'il voit que tu n'as rien en main, il ne dit rien. Par contre, si tu entrouvres une brèche, il s'écroule. C'est pour ça que je vais d'abord rendre visite à son père.

Angela, sceptique, plissa le front.

— Fais comme tu veux, finit-elle par dire.

Le commissaire se leva comme si cette phrase avait été le coup d'envoi. Après tout, pourquoi ne pas considérer comme une compétition ce qui était sur le point de commencer ? Il quitta la pension, mais fut une fois encore retenu par son portable qui sonnait.

— Commissaire, attaqua Juvara, on a vérifié le contenu des fadettes de Boselli.

— Alors ?

— Peu de choses, mais significatives.

— Accouche ! s'écria Soneri qui perdait patience.

— Cinq appels de Cremonini d'une durée allant de six à dix-sept minutes, communiqua-t-il avec enthousiasme.

— D'accord… Autre chose ? tempéra le commissaire.

— Il semblerait qu'entre les deux, peu de jours avant la mort de Boselli…, insinua l'inspecteur. Capuozzo, ce matin, était rayonnant. Il pensait avoir trouvé une nouvelle preuve en faveur du mobile financier.

— Ces appels ne changent rien, le contredit Soneri. D'autant qu'on ne sait même pas ce qu'ils se sont dit.

À part Cremonini, avec qui Boselli a parlé ?

— Oui, mais…, voulut objecter Juvara avant d'entendre un grognement menaçant. Des conversations sans grande importance, reprit-il. Avec son fils, la Pezzani, son ex-femme, et plusieurs ateliers de couture. Il n'y a que deux appels qui ne sont pas dans ses habitudes.

— Lesquels ? voulut savoir le commissaire.

— Deux appels à un portable qui s'avère être celui d'Oreste Cassinari.

— Quand ?

— Le mercredi et le jeudi qui ont précédé sa mort.

— Durée ?

— Le premier : vingt-deux minutes, le deuxième, seulement quatre.

— Merci Juvara, tu viens de m'être très utile, acheva-t-il sans que Juvara ne comprenne pourquoi.

Il s'installa dans son Alfa et prit le large. Toutes les routes n'étaient que virages en épingle qui montent et qui descendent, interrompus parfois par l'irruption de la mer ou de tunnels mal éclairés. Ou par la pénombre des pins fleurant déjà les Alpes. Puis Framura, maisons agglutinées qui échappaient au monde. Cassinari était au bar et n'avait pas bonne mine. Il était assis à une petite table, en solitaire, devant une bouteille de vin blanc, son verre disparaissant entre ses mains. Sans rien dire, le commissaire s'assit en face de lui et resta en attente. Il ne voulait rien forcer, il laisserait tout couler afin d'en arriver naturellement à l'épilogue.

— Vous avez une tête de créditeur, dit finalement Cassinari avec un mouvement d'impatience.

— Dans un certain sens, je le suis, admit Soneri. Et comme nombre d'entre eux, je ne peux pas vous obliger à payer. Juste vous suggérer quel est votre intérêt.

— C'est une menace ? Je n'ai pourtant rien fait de mal. Plutôt les autres qui m'en ont fait.

— Les autres ?

L'homme, toujours irritable, l'invita à laisser tomber.

— Je deviens vieux, j'ai perdu une femme, et quand j'ai retrouvé un équilibre… Quand Filippo s'était enfin décidé…

Il s'interrompit en déglutissant plusieurs fois. Puis il leva son verre et but son vin d'un trait. Ce ne devait pas être le premier. La bouteille était à moitié vide, et la fixité de son regard prouvait que l'alcool lui avait embrumé l'esprit.

— Qu'est-ce qui est arrivé à Filippo ? risqua le commissaire.

Oreste bougea à peine le regard en se tournant.

— Votre collègue ne vous l'a pas dit ? Un accident. Un accident à la con.

— Personne n'y croit, riposta immédiatement Soneri.

L'homme paraissait souffrir à cause du harcèlement du commissaire, et un éclair de panique se manifesta dans ses yeux clairs.

— Les gens ne se fient plus à rien…

— L'ami de Filippo, le Roumain… Ils disent que votre fils aussi…

Cassinari éclata d'un rire hystérique.

— Mon fils ! Ce n'est pas mon fils ! hurla-t-il plein de rage avant de perdre la parole et de s'abandonner à un pleur silencieux. Son visage n'était plus qu'un masque d'émotions changeantes. Le commissaire attendit qu'il se calme et que son expression redevienne déchiffrable.

— Qu'est-ce que vous voulez dire par « ce n'est pas mon fils » ? susurra-t-il.

— Que ce n'est pas mon fils.

Il éclata cette fois d'un rire improbable, un rire forcé et silencieux.

— On m'a tout volé, il ne m'est rien resté. Même pas l'illusion d'être père. Ou de se l'entendre dire. Ça fait du bien, vous savez ? Quand on n'a que ça…

— De qui est-il le fils, alors ?

— De Boselli, murmura Oreste en fixant la petite table.

— Vous le saviez depuis toujours ?

Cassinari acquiesça.

— Quand je me suis mis en couple avec Alessandra, elle était déjà enceinte. Elle me l'a dit tout de suite. Elle voulait avorter, mais on vivait en Inde, un pays pauvre, il y avait trop de risques. Alors on a décidé de le garder sans rien dire à personne. Alessandra, en larmes, a écrit une lettre à Boselli en lui demandant de l'oublier pour toujours, sans le mettre au courant de sa grossesse. Mais elle ne s'est jamais remise de cette rupture. Même si on était jeunes, même après la naissance de Filippo, elle continuait de souffrir. Et cette souffrance, avec le temps, au lieu de disparaître, est devenue plus profonde, au point de lui rendre la vie insupportable. Ajoutez-y la fin de nos espérances et la conscience que notre temps était passé. On a connu la pauvreté, et on n'a pas offert grand-chose à Filippo. Je m'en sens responsable. Et maintenant que j'étais en train de lui donner mon affection…

Oreste se versa un autre verre de vin et l'avala une nouvelle fois cul sec. On aurait dit que ces souvenirs l'avaient brusquement réveillé, brusquement rendu sur ses gardes.

— Je lui aurais donné tout ce que je pouvais, j'aurais tout fait pour le dédommager. C'est peu de chose, je m'en rends compte. Pour lui aussi, beaucoup de portes se sont fermées, reprit-il en proie à une sorte de frénésie fébrile.

— Vous pourrez continuer d'être proche de lui…, dit le commissaire qui se sentait en devoir de le rassurer.

— Je ne peux plus ! hurla l'autre tandis que deux clients se levaient et sortaient en silence. Parce qu'il le sait ! Vous n'imaginez pas quel gâchis…

— Qui lui a dit ?

— Boselli ! Il m'a dit qu'il était en crise, qu'il voulait changer… Qu'il voulait entrer en contact avec Filippo. Je l'ai supplié de ne pas le faire, je lui ai dit que c'était un garçon fragile, mais Boselli se persuadait qu'il comprendrait. Il disait qu'il avait un poids sur la conscience depuis qu'il avait su par un ami fidèle que cet enfant était le sien à son retour en Italie. Tout le monde avait bien vu qu'un truc clochait : je n'étais que depuis sept mois avec Alessandra quand Filippo est né. À cette époque, Elmo avait autre chose en tête. Et moralement, cette lettre d'adieu sur laquelle lui aussi avait pleuré était une sorte d'autorisation. Est-ce qu'il voulait vraiment réparer ses torts ? Ou est-ce qu'il n'était qu'un sale égoïste ? Tout le monde sait le mal qu'on peut faire avec les meilleures intentions, et tout le monde sait à quel point c'est stupide de vouloir revenir sur le passé. Nous, le passé, on l'a gâché, grogna Oreste. On s'est amusés avec nos branlettes mentales et on s'est comportés en éternels adolescents, irresponsables pour tout. Ce n'est qu'ensuite qu'on s'aperçoit de ce qu'on perd, des liens affectifs qui nous restent, les mêmes qu'on méprisait encore il n'y a pas si longtemps. Aujourd'hui, je n'ai plus rien.

— Boselli a contacté Filippo ?

— Oui, il y a une quinzaine de jours : « Papa, un type de Parme m'a téléphoné pour me parler de choses personnelles », m'a-t-il dit. J'ai pensé à ce « papa », et j'ai compris que ce serait la dernière fois qu'il m'appellerait comme ça.

— Où se sont-ils rencontrés ?

— Ici, dit Cassinari en montrant les tables vides devant lui.

— Comment ça s'est passé ?

— Filippo a failli le frapper. Il ne voulait pas y croire, il pensait qu'on se foutait de sa gueule. C'est un garçon instable, qui a failli mal finir plusieurs fois. Sa mère est morte à petit feu à cause de l'héroïne, et récemment, un de ses amis a quitté ce monde par désespoir. Il me disait, comme si c'était un avertissement, qu'il n'était pas dans un meilleur état.

— Il ne l'a donc pas cru ? Vous auriez pu démentir Boselli et le faire facilement passer pour un mythomane, non ?

— Il n'y a rien de pire que d'instiller le doute chez une personne fragile. Filippo était méfiant, mais il voyait que Boselli connaissait des détails sur sa mère et sur lui, il sentait qu'il y avait du vrai dans ce que Boselli racontait. Sans compter cet appartement en usufruit…

— C'est l'argument qui l'a convaincu ?

— Convaincu, non, disons que ça a rendu l'histoire plausible. Filippo m'a souvent demandé pourquoi sa mère jouissait de cet usufruit, et pourquoi le propriétaire ne donnait jamais signe de vie, même quand Alessandra est morte. J'ai répété que c'était un camarade au courant de nos difficultés, mais j'avais l'impression qu'il faisait semblant d'y croire, par crainte d'approfondir. Alors quand Boselli lui a tout balancé, ses doutes ont été confirmés.

— Mais que voulait Elmo de Filippo après toutes ces années ? s'étonna le commissaire. Le reprendre chez lui comme on peut le faire avec un enfant en bas âge ? Lui faire connaître son demi-frère ? Ils auraient pu s'entendre sur le plan politique.

— Je ne sais pas, dit Oreste en secouant la tête avec une résignation rageuse. Au téléphone, il m'a dit qu'il voulait se libérer d'un poids, réparer une lâcheté, demander pardon, et l'aider. Il ne supportait pas l'idée d'avoir deux fils aussi différents : un parmi les patrons, et l'autre chez les pauvres. La dernière fois que je l'ai eu au téléphone, je l'ai supplié de laisser tomber. Qu'ils aillent se faire foutre, lui et son obsession de mettre sa conscience en ordre ! J'ai hurlé, mais lui ne faisait plus que geindre, avec sa nouvelle voix de curé pénitent, il n'arrêtait pas de répéter que Filippo allait comprendre, et même qu'il me remercierait de l'avoir élevé comme mon fils, en l'aimant. Je l'ai détesté. Et je me suis détesté moi-même, et tous ceux qui étaient comme moi, qui se reflétaient en lui, se résumaient en lui. Des gamins beaux parleurs, égoïstes et serviles, seulement capables de renier ce qu'ils ont fait, ou de se repentir trop tard, de façon ridicule. On a détruit tout ce qu'on a touché, conclut Cassinari en fixant le commissaire dans un sursaut de colère impuissante, même nos enfants.

Soneri pensa à ce que le monde était devenu, et il ne put lui donner tort.

— S'ils sont fascistes, c'est parce qu'au fond ils nous méprisent, reprit l'homme en faisant allusion à Filippo et à ceux de sa génération. On n'a même pas eu l'humilité de leur transmettre quelque chose, à part notre image de perdants complètement désillusionnés. Ils ont dû tout reprendre à zéro, en suivant leur instinct.

— Qu'est-ce qui s'est passé, après ?

— Filippo est revenu chez moi, il était hors de lui. Il ne savait plus qui il était. Il m'a hurlé dessus : « qu'est-ce que vous avez branlé ? », et pour la première fois, j'ai vu un homme devant moi, pas un fils. Il n'avait plus que de l'indifférence et de la rage dans le regard, pas une once d'indulgence. Je le comprenais. Mais moi ? Je devais dire quoi ? J'étais encore plus anéanti que lui, je n'avais même plus l'illusion d'être un père. Comment reconnaître que toute sa vie avait été fondée sur ce mensonge, et que ce mensonge serait resté enseveli après ma mort et celle de Boselli ? Je m'y étais accroché comme une moule à son rocher ! Et Filippo aussi, inconsciemment. Mais au moins, il était serein.

— Au contraire, il ne l'a pas bien pris…

— Il s'est senti traité comme un objet. Il m'a reproché de ne lui avoir rien dit, mais ce qui l'a surtout bouleversé, c'était de perdre son identité sans possibilité de se reconstruire, entre un faux père et un vrai géniteur qui surgit tout à coup comme une disgrâce ou le gros lot. Trop tard pour réussir à l'aimer. Voilà, je vous ai tout dit, termina Cassinari complètement épuisé. Maintenant, on est seuls au monde, et on vit comme des étrangers.

— Ce qui vient de se passer…, balbutia Soneri, l'accident, vous rapprochera. Vous allez être à ses côtés, et Filippo comprendra que ce ne sont pas les gènes qui comptent, mais tout ce qu'on vit ensemble, les liens qu'on se construit.

L'homme dodelina de la tête sans trop y croire.

— En réalité, nous n'avons pas beaucoup vécu ensemble. Filippo a davantage vécu chez mes parents qu'avec moi et Alessandra. Notre absence a accompagné toute son enfance. Nous étions tellement engagés que nous l'avons perdu en route.

Oreste leva les yeux sur le commissaire comme pour implorer sa pitié. Puis son regard devint vitreux, et des larmes coulèrent lentement comme des gouttes de condensation.

— Il a voulu partir…, chuchota-t-il, la voix étranglée par la peine et les remords.

Soneri le laissa se soulager un peu jusqu'à ce que sa respiration cesse de gargouiller.

— Ça s'est passé où ?

— Dans mes vignes.

— Vous l'avez sauvé ?

— Pas moi, le hasard.

— Expliquez-moi.

— La branche de l'olivier à laquelle il s'était pendu a cassé. Filippo pèse assez lourd.

— Combien de temps s'est écoulé avant que vous ne le trouviez ?

— Pas beaucoup, il ne savait pas que j'étais dans la remise. J'ai entendu la branche tomber et j'ai couru dehors. Filippo était par terre, j'entendais qu'il râlait, j'ai vu qu'il avait un fil de fer autour du cou. Je pense qu'il est monté sur le siège du tracteur et qu'il a donné un coup sur le levier de vitesse pour le mettre au point mort. Le véhicule s'est avancé et l'a laissé dans le vide. Comme s'il voulait me permettre, en faisant quelques retouches, de monter une mise en scène pour simuler un accident. Jusqu'au dernier moment, il n'a été qu'une ombre discrète. Une apparition fugace que personne n'a pris au sérieux.

— Et après ? Dites-moi ce qui s'est passé après.

— J'ai eu un éclair de lucidité, exactement comme à l'époque des affrontements de rue. Je voulais à tout prix sauver la réputation de Filippo en dissimulant son suicide. Je l'ai tout de suite emmené à l'hôpital, et puis je suis revenu ici pour mettre les choses en place et rendre la scène vraisemblable. Personne n'est bienveillant avec les gens qui tentent de se suicider.

— Mais des rumeurs ont circulé. Quelqu'un vous a vu ?

— Il y en a toujours. Les gens sont méchants…

— Filippo vous a parlé, depuis ?

— Non, c'est bien ça le plus terrible. Il est muet, absent. On dirait que l'idée de la mort lui est entrée dans la tête, qu'il ne veut plus rien avoir à faire avec ce monde. Vu ce qu'il lui a offert, il a sans doute raison.

— Ce n'est pas lié à autre chose ?

Cassinari fit non de la tête.

— Filippo aurait préféré que je lui dise la vérité. Bien sûr, il a souffert du peu d'affection qu'on lui a donné, mais c'est parce qu'on lui a menti qu'il s'est senti indigne de respect et d'attention.

Soneri acquiesça et regarda Oreste.

— Il n'a pas fait d'autres conneries ?

— Vous ne pensez pas que celle-ci suffise ?

## CHAPITRE 23

Après être sorti du bar, Soneri prit la direction des vignes. Sous le soleil, il contempla les gradins de terrasses en pente douce et il lui sembla impossible que quelqu'un puisse se suicider ici, face à la mer, dans cette lumière qui aveuglait et invoquait la vie. Il songea à l'immense désespoir que Filippo devait éprouver, et en réfléchissant à cette histoire, se bousculèrent dans son esprit les détails de l'enquête : la Renault garée piazzale Volta, le coup de téléphone passé depuis le portable d'Oliescu pour donner rendez-vous à Boselli devant la citadelle, le signalement du géomètre via delle Rimembranze, les meubles saccagés de l'appartement de Moneglia, le billet de car de La Spezia dans le jardin où l'homicide s'était produit, les lettres du message découpées dans un quotidien génois… Tout tendait à le rapprocher d'un dénouement dont il ne possédait, toutefois, aucun semblant de preuve.

Le récit d'Oreste l'avait touché au plus profond, lui rappelant ce sentiment de paternité manquée qui continuait de l'agiter de temps à autre. Il s'assit sur un muret de pierre, et depuis cette espèce de balcon sur la mer, téléphona à Angela.

— Va le voir, persista-t-elle. S'il a voulu en finir, c'est qu'il n'en a plus rien à foutre. Face à la mort, on est à nu, sincère. Vas-y avant qu'il ne sente à nouveau la nécessité de mentir comme tous les autres l'ont fait avec lui.

Soneri fut encore plus secoué par ces paroles. Des paroles tellement fortes qu'elles laissaient supposer qu'Angela les avait mûrement réfléchies, sans doute à force de côtoyer ses états d'âme à lui. En proie à une inquiétude insidieuse, il reprit le volant et se rendit à l'hôpital de Levanto.

Filippo Cassinari était assis en tailleur contre un gros oreiller, les jambes croisées comme un chef indien. Il avait le cou bandé, une perfusion dans le bras, et un aspect froissé qui le vieillissait. Quand le commissaire s'approcha, il le regarda avec indifférence.

— Je suis le commissaire Soneri, de la Questure de Parme, se présenta-t-il.

L'autre continua de le fixer d'un air absent, sans doute sous l'effet des sédatifs, et ne répondit pas. Il était le seul patient de cette chambre à deux lits. Le soleil entrait par les fenêtres, l'atmosphère était calme, immobile, recueillie.

— Qu'est-ce que vous voulez de moi ? murmura soudain Filippo.

— Comprendre, répondit doucement Soneri.

L'autre hocha la tête, sans que l'on sache s'il le faisait pour refuser ou pour se plaindre.

— Comprendre, par exemple, pourquoi votre ami Oliescu s'est suicidé de cette façon, continua Soneri en s'efforçant d'entamer une conversation qui lui était pénible. (Pourquoi amorçait-il la discussion en parlant du Roumain ? Il n'en avait aucune idée, mais son instinct lui suggérait qu'il valait mieux tourner autour du pot.) Nous n'en connaissons toujours pas les raisons, souligna-t-il.

— Il se sentait inutile, répondit subitement Filippo. Le monde ne l'intéressait plus.

— À cause de son travail ? Je sais que son contrat n'avait pas été renouvelé et qu'il risquait la clandestinité…

Cassinari haussa les épaules.

— Pour ça et pour autre chose, dit-il.

— Quoi ? l'encouragea le commissaire sans toutefois élever la voix.

— Vous feriez quoi si votre père avait disparu, que votre mère était morte et que vous ne saviez pas où étaient vos frères ? Si tout le monde vous frappait et qu'on vous prenait pour un chien galeux ? Votre patron qui vous licencie, vos amis qui vous accusent et vous excluent du groupe, vos proches qui font semblant de ne pas vous connaître…

À présent, Cassinari était régulièrement secoué d'une légère agitation.

— Il vous avait vous, comme ami…, tenta le commissaire.

— Ça ne suffit pas. Et puis je n'étais pas forcément la bonne personne pour lui remonter le moral.

Et il hocha encore la tête.

— Vous ne vous êtes jamais dit qu'il aurait pu se pendre ?

— Si je me l'étais dit, j'aurais essayé…, répliqua Filippo en s'indignant légèrement. Il n'en pouvait plus, il ne trouvait pas de boulot, et l'idée de retomber dans la misère en Roumanie l'angoissait. Pire que le moment où il l'avait quittée, une défaite.

— Il était allé voir des gens de sa famille, fit remarquer Soneri.

Cassinari se retourna avec une expression de dégoût.

— Les salauds ! C'est leur faute si ça s'est terminé comme ça. Ils ne lui ont pas ouvert la porte. George n'avait plus personne, autant qu'il disparaisse. Tu ne peux pas passer ta vie à te prendre des « va te faire foutre ».

— Vous l'avez vu quand, la dernière fois ?

— Le jour où il s'est suicidé.

— Il était comment ?

— Très agité. Très en colère.

— Par rapport à quoi ? À ce que vous venez de me dire ?

— Non, par rapport à autre chose.

— Quoi ?

— Il avait su par des compatriotes que son père vivait en Allemagne avec une nouvelle femme et qu'il avait monté une boîte qui rapportait de l'argent. Il s'en foutait de son fils, dit Filippo en élevant légèrement la voix.

Il avait à présent une respiration rapide, et son agitation croissait. Le sujet de la paternité devait le rendre anxieux et angoissé. Sur son visage était apparu un pli de rancœur, et son corps un peu gauche s'était chargé d'une énergie menaçante. Soneri devina qu'il avait les nerfs à vif et décida de les toucher.

— Évidemment, quand un père vous repousse…, reprit-il sur un ton apitoyé tandis que Filippo serrait ses mâchoires au point de faire vibrer les muscles de ses joues. Mais vous, un père, vous en avez un, piqua-t-il.

On entendit d'abord le flacon de la perfusion battre contre son support en même temps que le lit grinçait. Puis Filippo lâcha de manière sarcastique :

— À l'état civil, oui. Et encore, même pas sûr !

— Qu'est-ce que vous voulez dire ?

— J'ai passé mon enfance à compter les arrivées et les départs. Un peu avec l'un, un peu avec l'autre… Ma mère était accro à un poison qui lui bouffait tout son courage… De fait, ensuite…, dit-il la voix chargée de tension en braquant son regard sur l'aiguille de la perfusion qui était plantée dans son bras. Ça faisait longtemps qu'elle ne s'occupait plus de moi. Elle en avait suffisamment avec la politique et ses problèmes.

— Et votre père ?

Filippo le fixa avec des yeux vifs et une expression stupéfaite. Toute sa tension se relâchait dans un éboulement de paroles restées en équilibre, posées contre un ultime rempart de crainte et de vergogne.

Ce fut alors que le commissaire en profita :

— Vous vous êtes reconnu dans votre ami Oliescu ? C'est ça qui vous fait mal ? Vous avez l'impression d'être comme lui ? Jeté dans le monde sans que personne ne vous offre un peu d'affection et de bienveillance ? Ce n'est pas facile de trouver sa voie, dans ces conditions. C'est plus facile de se perdre, de ne pas comprendre ce qu'on fait là, au milieu d'un va-et-vient où tout le monde vous heurte et vous bouscule sans vous adresser la parole…

Cassinari écoutait en silence et continuait de fixer Soneri, mais son regard était maintenant le regard d'un enfant.

— Vous vous êtes souvent fait des illusions en nouant des amitiés avec des gens qui ont rapidement disparu de la circulation, poursuivit Soneri en s'identifiant. Et quand ça n'était plus tenable, vous avez capitulé, pas de la même manière, mais fils de la même cause.

Il y eut de nouveau un silence. Le commissaire attendit patiemment jusqu'à ce que Filippo réponde d'une voix grave :

— Pour moi, c'était pire, murmura-t-il. Une fois que les engueulades politiques ont été terminées, j'avais trouvé un père et un endroit pour vivre. J'étais enfin tranquille, on faisait même des projets… Vous auriez réagi comment si quelqu'un se pointait pour vous dire que toute votre vie n'avait été qu'une illusion ? Votre vie ne s'écroulerait pas ? Je n'en avais rien à foutre qu'Oreste Cassinari ne soit pas mon père biologique ! Le principal, c'est que j'y croyais ! C'était ça qui comptait ! Pourquoi Boselli s'est pointé ? Pourquoi il ne m'a pas foutu la paix ? Il disait qu'il ne voulait rien changer, que les choses resteraient comme avant. Merde ! Comment ça pouvait rester comme avant ? Autour de moi, que des bobards, et des gens qui se foutent de moi. Depuis toujours. Ras le bol de croire que je ne valais rien ! J'avais la haine. J'aurais voulu tout défoncer pour prouver que j'existais. Tous les détruire, eux et leurs choses, pour apprendre à me considérer. Voilà comment je me suis senti. J'avais la rage, parce qu'il ne me restait plus que ça.

Soneri songea à la violence gratuite, aux poursuites en voiture, aux graffitis, aux mille et un vandalismes dont il s'était occupé dans sa vie de policier, et ne vit devant lui qu'un cri désespéré, celui d'une génération niée, réduite au rôle de spectatrice de son époque.

Il eut envie de poser une question directe, mais préféra ne rien forcer. Il continua de tourner autour du pot :

— George vous a accompagné à Parme trois jours avant son suicide. C'est lui qui a téléphoné à votre père pour lui donner un rendez-vous devant le parc de la Citadelle. Pourquoi ne pas l'avoir fait vous-même ?

— Il a insisté pour que j'utilise son portable, chuchota Filippo. Il m'a dit : « De toute manière, personne ne me cherche. » Je crois qu'il avait déjà tout prévu.

— Tout quoi ?

— Ce qui s'est passé après.

— Le suicide ? osa le commissaire.

— Aussi, répondit Filippo d'un air énigmatique.

— Quelles étaient vos intentions ?

— Oliescu n'a rien à voir, c'est moi qui voulais parler à Boselli.

— Seulement parler ?

— J'étais complètement stressé. Vous ne l'auriez pas été à ma place ?

Soneri opina du bonnet.

— Ce soir-là, vous cherchiez son adresse ?

— Oui, mais comme on ne connaît pas bien Parme, on s'est perdus, répondit Filippo. C'est là que j'ai décidé de l'appeler.

— Et après ?

— Ça ne s'est pas passé comme prévu. Un type a déboulé de nulle part et lui a sauté dessus avant même qu'on se rencontre. On a cru qu'il allait le tuer, il avait l'air hors de contrôle.

— Et vous n'êtes pas intervenus ?

— Je suis resté paralysé, je ne ressentais rien. Il aurait pu le tuer, je m'en foutais complètement. On s'est barrés en voyant Boselli remonter sur son vélo et foutre le camp. Le seul truc qui me préoccupait, c'était le coup de téléphone qu'on lui avait passé : j'avais peur qu'on remonte à George. Quand je lui ai dit, il s'est mis à rire d'un rire que je ne lui connaissais pas, qui sonnait faux, et il m'a répondu que ce n'était pas la peine de m'inquiéter, qu'il gérait. J'aurais dû comprendre ce qu'il avait décidé de faire, regretta Filippo.

— Vous, par contre, vous n'aviez encore rien décidé, je me trompe ? Il vous restait George, votre dernier soutien, l'amitié… Vous avez même continué de le fréquenter quand il s'est fait exclure du groupe.

— Qu'ils aillent se faire foutre, ceux-là, avec leur discipline ! s'exclama Filippo. Qu'ils aillent tous se faire foutre : les vrais parents, les faux, La Spingarda, le monde entier ! Quoi qu'il arrive, avec George, on s'en serait sortis !

— Vous ne vous attendiez pas à ce qu'il mette fin à ses jours, reprit Soneri. Que lui aussi s'en aille et vous laisse seul…

— Quand je l'ai su, je me suis dit qu'il était plus courageux que moi, dit le garçon. On vivait plus ou moins la même situation. On se comprenait.

— Tout ça a envenimé les choses ?

— Je vous l'ai dit, j'étais furieux de ne pas avoir compris. Pareil quand on a volé la valise. C'était l'idée de George, mais jamais je n'aurais pensé qu'il l'avait fait pour être bien sapé au moment… Dans un certain sens, par lui aussi, je me suis senti trahi.

L'expression enfantine et désarmée de Filippo s'intensifia. Un enfant que personne n'avait fait grandir survivait dans un corps trapu et hargneux de gros sanglier.

— C'est tout ?

— Je me suis senti encore plus seul, et encore plus stupide. Comment j'avais pu ne rien voir, à aucun moment ? Je n'avais plus envie d'être manipulé par les autres. J'avais un besoin terrifiant de faire quelque chose par moi-même.

— C'est à ce moment-là que vous avez pris votre décision ?

— Non. Je n'étais pas sûr d'en avoir le courage, répondit Filippo. Je n'arrêtais pas de penser à mon père biologique. Et même si je n'en avais plus rien à foutre, j'étais très angoissé. Peut-être à force d'avoir vécu dans l'instabilité.

— Pourtant, vous êtes allé le chercher…, lui suggéra encore le commissaire.

L'autre avait définitivement capitulé. Il parlait même ingénument avec une légère affectation. C'était sans doute la première fois qu'il se sentait protagoniste.

— Oui, le samedi, confirma-t-il. On est revenus à Parme avec George pour faire de nouveaux repérages via Palestro, mais dès qu'on est arrivés sur la place du cinéma, George m'a annoncé qu'il devait faire un saut à la gare pour vérifier des horaires de trains. Mais c'étaient des conneries. Une heure après, quand je l'ai appelé et que son portable était éteint, je me suis dit qu'il s'était passé quelque chose. Je me suis mis à flipper. Je suis devenu agressif.

— C'est là que vous avez décidé de le tuer ?

— J'avais un couteau avec moi, poursuivit Filippo. À La Spingarda, on en a toujours un. Je n'avais pas vraiment de plan précis. Je voulais l'insulter, lui cracher son abandon à la figure. J'étais très agité, et ça me faisait du bien. Je marchais vite, mon cerveau carburait. La peur, tout ce que je ressentais, se mélangeait avec ma haine.

— Expliquez-moi ce qui s'est passé, dit le commissaire avec douceur, presque persuasif.

— Je suis allé dans un bar, j'ai bu deux ou trois verres, et je suis allé sonner chez lui. Il m'a ouvert, et quand j'ai vu où il vivait, tout ce luxe, ça m'a rendu fou. Il pleuvait, j'étais trempé, je ne devais pas être beau à voir, mais qu'est-ce que j'en avais à foutre ! Je n'entendais plus rien autour de moi. Il était sous la véranda, il m'a dit d'avancer, il m'a même proposé d'entrer, peut-être pour me présenter sa nouvelle femme ? J'ai dit qu'il était hors de question que je mette les pieds chez lui, alors il a été chercher son parapluie et il est venu vers moi. On s'est regardés un petit moment. Il a sûrement compris pourquoi j'étais dans cet état, parce qu'il a souri. Putain ! Comment il pouvait sourire ? Il s'imaginait que j'allais lui sauter au cou et que j'allais l'appeler papa comme s'il était revenu de la guerre ? L'égoïste dans toute sa splendeur ! Monsieur voulait mourir tranquille et sans remords... S'il avait vraiment fait l'effort de penser à mon bonheur, il m'aurait foutu la paix avec mes illusions. Mais non, il me voulait moi, moi et mon pardon, il fallait que je comprenne. Il m'a même dit qu'il allait vendre l'appartement de Moneglia pour rembourser ses dettes et être tranquille. Tranquille ! Je lui ai demandé comment il pouvait être tranquille après tout ce qui s'était passé. Et puis, je ne sais pas pourquoi, j'ai eu comme une sorte de raptus, c'est sorti tout seul, je l'ai accusé d'être responsable de la mort de ma mère et je me suis rendu compte que je l'avais tutoyé, comme un fils avec son père. Je me suis senti submergé par ma pauvre vie de merde, et je me suis mis à chialer. À cause de tout ce qu'on n'avait pas vécu, à cause de ma mère, des occasions manquées, de la misère à laquelle il m'avait condamné, d'avoir gâché tous mes espoirs. J'avais besoin que quelqu'un me prenne dans ses bras, comme on le fait avec un enfant qui pleure. Et lui, comme s'il l'avait deviné, il s'est approché de moi en avançant les mains, et je n'ai pas supporté son geste, je trouvais ça ignoble, je l'ai trouvé dégueulasse. J'ai reculé d'un bond, en serrant ma lame dans ma poche. Il est resté en plan, il m'a regardé, un peu surpris, et tout à coup, j'ai lu la peur sur son visage. D'instinct, j'avais sorti ma lame. Je crois que c'est là qu'il a compris. Il a jeté son parapluie, il s'est mis à courir, et ça a réveillé des mécanismes dont j'avais l'habitude dans les bastons avec mes potes du foot. Je l'ai rattrapé direct et je l'ai planté, d'abord une fois, encore une fois quand il s'est retourné, comme s'il avait peur, ou comme s'il n'y croyait pas. Il s'est laissé tomber sans essayer de se défendre, et moi, j'ai continué, je frappais, frappais, j'étais comme enragé, jusqu'à ce que ça m'épuise. Après, j'ai balancé le couteau dans la première poubelle que j'ai croisée, et je n'ai plus pensé à rien. Maintenant non plus, je ne pense à rien. Je n'en ai rien à foutre des conséquences, et je me dis qu'en prison j'aurai plus de potes que dehors. Au moins, là-bas, je ferai partie d'une communauté. Et puis la méchanceté, ce ne sera pas pire qu'ailleurs.

Le commissaire n'aurait su dire combien de temps il garda le silence. Il se leva ensuite avec une certaine gravité et sentit ses genoux vaciller comme après un effort intense. Les rayons du soleil, plus vifs qu'auparavant, se reflétaient sur le carrelage et formaient un large faisceau de lumière aveuglante dans lequel Filippo Cassinari n'était plus qu'une ombre noire, immobile.

— Un de mes collègues viendra s'occuper de vous, lui dit Soneri en sortant.

— N'oubliez pas la presse et la télé ! cria Filippo d'une voix hystérique. Je veux qu'on me voie à la télé ! Je veux ma gueule en première page ! Je veux qu'on sache que j'ai eu les couilles de tuer un homme !

Le commissaire fila dehors et composa le numéro de Coriani.

— C'est son fils, dites à Ballero de s'en occuper. Ça lui fera plaisir.

— Son fils ? L'avocat ?

— Non, l'autre.

— Quel autre ?

— Filippo Cassinari. Fils biologique de Boselli. Quand la Motti s'est mise avec Oreste Cassinari, elle était déjà enceinte. Jusqu'à il y a deux mois, Cassinari n'en savait rien, il l'a appris par Boselli.

— Mais quel est son mobile ?

— Absence du père.

Il entendit le magistrat à l'autre bout du fil retenir un éclat de rire.

— Ce serait sa motivation ?

— Elle en vaut bien d'autres, répliqua gravement Soneri. Une affaire de générations.

— Oh mon Dieu, commissaire, vous vous mettez à faire de la sociologie ?

— C'est beaucoup plus simple : il y a quinze jours, Filippo Cassinari a rencontré Boselli, et cette rencontre a fait plus de dégâts que si ce père était resté dans l'ombre. La vérité l'a tellement bouleversé qu'il a perdu le peu de certitudes qu'il avait, et la colère devant le sort qu'on lui a réservé s'est concentrée sur ce père surgi de nulle part. Son besoin désespéré d'être considéré l'a poussé à avoir recours à des moyens extrêmes, comme il arrive parfois pour montrer qu'on existe. La frontière entre le désir d'amour et la haine profonde est aussi subtile que le fil d'une lame de couteau.

— Je comprends…, marmonna Coriani. Alors c'est lui, le coupable, marmonna-t-il encore, presque incrédule.

— Je ne suis pas sûr qu'il soit autant coupable que ça, jugea le commissaire.

— Que voulez-vous dire ?

— Rien, rien… Je pense qu'il peut bénéficier d'un certain nombre de circonstances atténuantes. Et que le problème est plus général. Qu'en somme ce n'est pas seulement le problème de Filippo et de son père... Il n'y a plus de continuité entre générations, tout est à recommencer. Même les enfants des révolutionnaires sont de droite.

— D'accord, commissaire, mais quel genre de discours tenez-vous ? Qu'avons-nous à voir avec la politique et tout ce qui s'ensuit ? se récria Coriani.

— Rien, rien…, répéta Soneri, déçu et rempli d'amertume. Nous, on est seulement là pour ramasser les morceaux.

FIN

# GLOSSAIRE

**Mouvement Étudiant** (*Movimento Studentesco*) : organisation d'inspiration marxiste-léniniste née à l'université de Milan lors de la contestation étudiante de 1967-1968. Ses leaders sont Salvatore Toscano, Luca Cafiero et Mario Capanna. Au début des années 1970, le Mouvement vit une période de crise et de débats, aboutissant en 1976 à la création d'un parti qui fusionnera ensuite avec d'autres, participant, de fait, à la vie parlementaire italienne.

**Front de la Jeunesse** (*Fronte della Gioventù*) : Mouvement de jeunesse du MSI (Movimento Sociale Italiano – Mouvement social italien), parti néofasciste créé en 1946 par d'anciens combattants de la République sociale italienne (dite aussi la république de Salo).

**PCI** : Parti communiste italien.

**Comités Unitaires de Base** (*Comitati Unitari di Base*) : Nés à Milan de la rencontre des ouvriers avec le Mouvement Étudiant de 68, les CUB accusent les syndicats de complaisance avec le patronat et s'organisent spontanément dans les usines. Les CUB posent les bases d'une nouvelle manière de concevoir la mobilisation, exigeant, outre de meilleures conditions de travail, une transformation radicale du rapport entre capital et travail. Les CUB deviennent une référence et entraînent dans tout le pays des mouvements spontanés et la création de conseils ouvriers.

**Potere Operaio** («pouvoir ouvrier») : Groupe politique fondé en 1967 par Toni Negri, Oreste Scalzone et Franco Piperno, rassemblant des théoriciens de l'opéraïsme. Très présent à Rome, Turin et Porto Marghera, il prône l'autonomie et l'insurrection, et devient un mouvement deux ans plus tard. Édite son propre journal pendant plusieurs années.

***Il Manifesto*** (*Le Manifeste*) : Revue mensuelle fondée en juin 1969 par la frange dissidente du PCI, menée par Luigi Pintor, Rossana Rossanda et Aldo Natoli. Outre la critique radicale de la politique de l'URSS et l'exigence d'indépendance du Parti vis-à-vis de celle-ci, le groupe du *Manifesto* se montre intéressé par la révolution culturelle chinoise et soutient les mouvements étudiants d'extrême gauche, étrangers à la gauche traditionnelle. En novembre de la même année, tous les membres du groupe sont radiés du Parti. De nombreux intellectuels participèrent à la revue, parmi lesquels Umberto Eco et Jean-Paul Sartre.

**Lotta Continua** («lutte continue») : Organisation révolutionnaire prônant l'autonomie ouvrière (grèves sauvages, assemblées spontanées, sabotages). Très active dans les établissements industriels du Nord, mais également dans les prisons et les casernes. Ses leaders sont Adriano Sofri, Mauro Rostagno, Luigi Bobbio et Marco Boato. Lotta Continua crée d'abord un hebdomadaire puis, à partir de 1972, son propre journal, homonyme ; il s'agit de l'une des plus importantes organisations en termes de nombre de militants. Elle se dissout en 1976.

**L'automne chaud** (*autunno caldo*) désigne la période des luttes ouvrières de la fin de l'année 1969 (en particulier dans le secteur de la métallurgie et de la chimie) en prolongement de la contestation étudiante, qui aboutira à l'adoption, en 1970, du Statuto dei Lavoratori (« statut des travailleurs »), correspondant plus ou moins au Code du travail français.

LA SEPTIÈME ENQUÊTE
DU COMMISSAIRE SONERI

« Passionnant »
*France Inter*

« Un polar humain et poétique »
*Libération*

« Cette septième enquête atteint des sommets »
*Le Point*

Disponible en poche **POINTS**

**La traductrice :**

Florence Rigollet est traductrice depuis sept ans. Outre les enquêtes du commissaire Soneri, elle a traduit entre autres les mémoires d'Ugo Tognazzi, ceux d'Ennio Morricone et de nombreux articles.

**Bibliographie sélective :**

Ugo Tognazzi, *La Grande Bouffe d'Ugo Tognazzi*, Séguier, 2016

Valerio Varesi, *La Pension de la via Saffi*, Agullo Éditions, 2017 ; *Les Mains vides*, Agullo Éditions, 2019 ; *Or, encens et poussière*, Agullo Éditions, 2020 ; *La Maison du commandant*, Agullo Éditions, 2021 ; *La Main de Dieu*, Agullo Éditions, 2022.

Goffredo Fofi, « Un héros marginal », postface à sa traduction italienne de *Codine*, de Panaït Istrati (*Il Bruto*, e/o Edizioni), parue dans la revue *Le Haïdouc*, n° 14/15, 2017/2018.

Ennio Morricone, *Ma musique, ma vie – Entretiens avec Alessandro De Rosa*, Séguier, 2018.

Asia Argento, *Anatomie d'un cœur sauvage*, Hors Collection, 2021.

## Déjà parus chez Agullo Noir

Maryla Szymiczkowa
*Le Rideau déchiré*
*Madame Mohr a disparu*

Miguel Szymanski
*La Grande Pagode*
*Château de cartes*

Jurica Pavičić
*L'Eau rouge*

Arpád Soltész
*Le Bal des porcs*
*Il était une fois dans l'Est*

Valerio Varesi
*La Main de Dieu*
*La Maison du commandant*
*Or, Encens et Poussière*
*Les Mains vides*
*Les Ombres de Montelupo*
*La Pension de la via Saffi*
*Le Fleuve des brumes*

Frédéric Paulin
*La Nuit tombée sur nos âmes*
*La Fabrique de la terreur*
*Prémices de la chute*
*La Guerre est une ruse*

Wojciech Chmielarz
*Les Ombres*
*La Cité des rêves*
*La Colombienne*
*La Ferme aux poupées*
*Pyromane*

Magdalena Parys
*Le Magicien*
*188 mètres sous Berlin*

Bogdan Teodorescu
*Spada*

Déjà parus chez Agullo Fiction

Soufiane Khaloua
*La Vallée des Lazhars*

Faruk Šehić
*Le Livre de l'Una*

Sigbjørn Skåden
*Veiller sur ceux qui dorment*

Jurica Pavičić
*La Femme du deuxième étage*

Laura Mancini
*Rien pour elle*

Magdaléna Platzová
*Le Saut d'Aaron*

Dragan Velikić
*La Fenêtre russe*
*Le Cahier volé à Vinkovci*

Osvalds Zebris
*À l'ombre de la Butte-aux-Coqs*

Astrid Monet
*Soleil de cendres*

Maria Galina
*Autochtones*
*L'Organisation*

Joe Meno

*La Crête des damnés*

*Le Blues de La Harpie*

*Prodiges et Miracles*

Viliam Klimacek

*Bratislava 68, été brûlant*

Bogdan Teodorescu

*Le dictateur qui ne voulait pas mourir*

Dmitri Lipskerov

*Léonid doit mourir*

*L'Outil et les Papillons*

*Le Dernier Rêve de la raison*

Jaroslav Melnik

*Espace Lointain*

Saad Z. Hossain

*Djinn City*

*Bagdad, la grande évasion !*

S.G. Browne

*Héros secondaires*

*La destinée, la Mort et moi, comment j'ai conjuré le sort*

Vladimir Lortchenkov

*Le Dernier Amour du lieutenant Petrescu*

Anna Starobinets

*Refuge 3/9*

Rui Zink

*Le Terroriste joyeux*

*L'Installation de la peur*

## Déjà parus chez Agullo Court

Rui Zink
*L'Installation de la peur* (nouvelle édition augmentée)

Maja Thrane
*Petit Traité de taxidermie*

Sigbjørn Skåden
*Oiseau*

Asja Bakić
*Mars*

Yan Lespoux
*Presqu'îles*

Achevé d'imprimer en mars 2023
sur les presses de l'Imprimerie CPI Bussière
à Saint-Amand-Montrond (18200)
pour le compte de Agullo Éditions.

ISSN : 2551-5861
ISBN : 978-2-38246-090-0
Dépôt légal : mai 2023
Numéro d'impression : 2070576